Was immer du willst
Valentina Foster

Das Buch

Was immer du willst ist der Debüt-Roman von Valentina Foster.

Selbstbewusst, sexy und stark – das war einmal. Die erfolgreiche Ärztin Adrienne Laurent ist mit ihrem Leben und ihrem Hang zum Perfektionismus überaus zufrieden bis sie ausgerechnet an ihrem Geburtstag von ihrem Langzeitfreund verlassen wird.

Plötzlich fühlt sie sich allein, zurückgewiesen und wie ein Loser. Denn mit dreißig scheint nicht mehr bloß zu zählen, ob du es karrieretechnisch weit gebracht hast. Nein: Alle deine Freunde führen Bilderbuchbeziehungen, deine jüngere Schwester heiratet und du bist... Was eigentlich? Single.

Adrienne beschließt, sich und ihr perfekt durchgeplantes Leben neu zu sortieren und einen Neuanfang zu wagen.

Zwischen Reisen zu ihrer herzlich-chaotischen Familie an die Côte d'Azur und den alltäglich großen und kleinen Katastrophen zu Hause findet Adrienne zu sich selbst zurück und ganz nebenbei scheint auch noch das Schicksal an ihre Tür zu klopfen. Oder wie nennt man das als vernunftgeleiteter Mensch, wenn jemand einen Ballon findet, auf dem dein größter Wunsch und deine Handynummer steht?

Und auch der gut aussehende Kollege, dem der Ruf als Playboy vorauseilt, macht Adrienne ein Angebot, das sie eigentlich nicht ausschlagen kann.

Valentina Foster

Was immer du willst

Roman

TWENTYSIX

Bibliografische Information der Deutschen Nationalbibliothek:
Die Deutsche Nationalbibliothek verzeichnet diese Publikation in
der Deutschen Nationalbibliographie, detaillierte bibliographische
Daten sind im Internet über dnb.dnb.de abrufbar.

TWENTYSIX – Der Self-Publishing Verlag
Eine Kooperation zwischen der Verlagsgruppe Random House
und BoD – Books on Demand

Herstellung und Verlag: BoD – Books on Demand, Norderstedt

ISBN: 978-3740765101

Für all die gebrochenen Herzen
da draußen:

Was immer du willst

„Ich hatte Staub auf meiner Seele,
meine Augen waren taub […]
Was immer du willst,
was immer du fühlst,
was immer es ist,
ich bin bei dir.
Was immer du brauchst,
was immer dir fehlt,
sei sicher, du findest es in mir…"

–   Marlon

…du findest es in dir!

Du musst erst dich selbst glücklich machen, bevor du
es von jemand anderem verlangen kannst.

1
Rolling in the deep

„...the scars of your love remind me of us
they keep me thinking that we almost had it all..."
– Adele

„Sei mir nicht böse." Viktor nahm die cremefarbene Serviette von seinem Schoß und legte sie achtlos neben dem Teller ab, der bis auf ein Salatblatt und eine Zitronenscheibe geleert war, erhob sich von seinem Stuhl und verließ schnellen Schrittes das Restaurant ohne sich dabei noch einmal umzusehen.

Mein Gesicht war tränennass. Das konnte er nicht machen. Das konnte er mir nicht antun! Wie herzlos konnte ein Mensch sein?! Ich ballte die Hände zu Fäusten. Das Rotweinglas, das ich immer noch mit der rechten Hand umfasst hielt, um mich an irgendetwas festzuhalten, zersprang. Ich verlor den Halt. Wein verteilte sich über dem weißen Tischtuch und keine Sekunde später gesellte sich ein dunkelroter Tropfen dazu. Meine Handinnenfläche brannte wie Feuer. Die Glassplitter hatten mich geschnitten. „Mist! Verfluchte Scheiße!", murmelte ich durch die zusammengebissenen Zähne und nahm meine unbenutzte Serviette, um sie auf die schmerzende Wunde zu drücken. Die Wunde in meiner Hand konnte ich damit stillen. Das Loch in meiner Brust schien sich mit jeder Minute, die ich länger allein an diesem Tisch im Kerzenschein des Restaurants verbrachte, weiter auszubreiten. Wie in Trance starrte ich auf die rote Rose in der geschwungenen Vase, daneben zwei cremefarbene Kerzen in goldenen Kerzenhaltern. Ich vernahm lachende Menschen um mich herum, klapperndes Porzellan, klirrendes Besteck. Eilig wischte ich meine Wangen mit den Fingerspitzen trocken.

So hatte ich das alles nicht geplant. Der Abend sollte ganz anders laufen! Das konnte nicht passieren! Das konnte heute nicht passieren! Nicht heute! Überhaupt nicht... Ich war alleine. Verlassen.

„Madame, alles in Ordnung? Kann ich Ihnen 'elfen?" Der Kellner mit dem vertrauten, französischen Akzent sah mit weit aufgerissenen Augen, die Stirn in Falten, auf mich hinab.

Ich brauchte kein Mitleid. „Non, merci! Tout est ... merde!" Das letzte Wort war nur noch ein leises Flüstern, doch der Kellner schien es verstanden zu haben. Er verschwand. Mit der linken Hand wischte ich eine letzte Träne von meiner Wange. Ich schluckte schwer und blickte hinab auf die schmerzende Hand in meinem Schoß, die die Serviette rot tränkte. Mit geschlossenen Augen sog ich Luft ein. Atmete ein und wieder aus. Ich wollte nicht in aller Öffentlichkeit weinen. Abermals schluckte ich die Tränen herunter. Nach all den Jahren war ich allein.

Keine zwei Minuten später beglich ich die Rechnung, verließ das Restaurant und lief mit schwimmenden Augen zu meinem roten Audi. Ich knallte die Autotür hinter mir zu und fuhr mit quietschenden Reifen vom Parkplatz.

Zu Hause schmiss ich den Mantel achtlos neben die Garderobe, die Schlüssel in die dafür vorgesehene Schale neben der weißen Orchidee auf der Kommode, dass es nur so klirrte, und stürmte ins Bad. Es war ein drei Zentimeter langer

Schnitt, nicht tief, aber sehr schmerzhaft. Nachdem ich die Wunde verbunden hatte, ging ich in die Küche. Ich öffnete die chromfarbene Tür des Kühlschranks und griff nach einem Flaschenhals. Zur Feier des Tages hatte ich Champagner kalt gelegt. Zwei Gläser warteten auf dem Couchtisch auf mich. Die höllisch hohen, schwarzen Lack-Peep-Toes kickte ich von den Füßen, während ich den Korken knallen ließ. Ich schaltete den CD-Player ein, drehte den Lautstärke-Regler etwas höher und setzte die Flasche an den Hals. Bon anniversaire!

***

Am nächsten Morgen wachte ich vor der Leder-Couch auf. Scheinbar war ich in der Nacht hinunter gerutscht. Wenigstens war ich auf dem hellen Flokati weich gelandet. Mein Schädel hämmerte, die rechte Hand zwickte und als ich die Augen aufschlug, sah ich erst einmal nur schwarz bis ich mir die Haare aus dem Gesicht geschoben hatte. „Was für ein Albtraum!" Mit der linken Hand stützte ich mich ab, um mich aufzurappeln. Alles drehte sich. Das war eindeutig zu viel für meinen Kreislauf! Langsam sank ich auf die Couch und hielt mir stöhnend die Stirn. Nachdem die Karussellfahrt ein wenig nachgelassen hatte, betrachtete ich das Chaos um mich herum. Auf dem Tisch ein Durcheinander aus diversen Schokoladen-Verpackungen und Goldpapieren, eine leere Flasche Champagner, zwei nicht angerührte Gläser und auf der Couch eine leere Schachtel Pralinen. Die plötzliche Übelkeit musste von einer Überdosis Schokolade kommen.

Langsam torkelte ich ins Bad. Ein Blick in den Spiegel verriet mir, dass ich nicht ganz so schlimm aussah, wie ich mich fühlte. Die Wimperntusche hatte sich in schwarzen Sprenkeln über meine Wangen verteilt, der rote Lippenstift klebte am Kinn und meine Haare waren der reinste Urwald. „Schon mal Amy Winehouse im Spiegel gesehen?" Mein Gegenüber verdrehte die Augen und hielt sich stützend am Waschbeckenrand fest. Schwerfällig und stöhnend schälte ich mich aus dem kleinen Schwarzen, der Nylonstrumpfhose, die nach dieser Nacht einige Laufmaschen aufwies und den Weg direkt in den Müll fand, schlüpfte aus den schwarzen Spitzen-Dessous und flüchtete unter die Dusche.

Eine halbe Stunde später sah mein Spiegelbild wieder aus wie ich. Jedenfalls annähernd. Traurige, braune Augen starrten mich aus einem müden Gesicht an, das von gewellten schwarzen Haaren umrahmt wurde.

Ich verband meine Hand erneut, zog den Bademantel über und ging in die Küche. Was ich dringend brauchte waren eine Kopfschmerztablette und eine Tasse heißen Tee. Ob ich wohl noch etwas von dem Beruhigungs-Tee hatte, den ich meinen Patientinnen gelegentlich empfahl?

Nachdem ich unter kratzendem Geräusch eine Scheibe Toast mit Marmelade bestrichen hatte, hatte ich keinen Hunger mehr. Die Unordnung im Wohnzimmer schrie danach, beseitigt zu werden. Ich nahm die CD aus dem Spieler und legte das Best-of von *Snow Patrol* ein, das ich mir zusammen mit einem neuen Handy zum Geburtstag geschenkt hatte. Nun war ich auch eine der Verrückten, die mehr als ein Handy besaßen, allerdings aus rein praktischen Gründen, versteht sich. In meinem Beruf war es durchaus von Vorteil Privates und Berufliches voneinander zu trennen.

Trotz Fußbodenheizung fand ich es kalt, aber ich hatte keine Lust, mir etwas überzuziehen. Unterwäsche und Bademantel sollten reichen. Heute durfte ich einmal gemütlich durch meine eigenen vier Wände schleichen. Wann hatte ich mir das zum letzten Mal gegönnt? Ich stapelte Holz im offenen Kamin und zündete ein Feuer an. Während es brannte und ich mich aufrichtete, fiel mein Blick auf das Foto in dem weißen Porzellan-Rahmen, der auf dem Kaminsims stand. Es zeigte Viktor und mich in eng umschlungener Pose. Eine Weile starrte ich das Pärchen an, das keines mehr war, bis ich das Bild in die Hände nahm und mich damit auf dem Sofa niederließ. „Oh, Vick, warum nur?"

Nach der Spätschicht vorgestern Abend hatte ich noch gemeinsam mit meinen Freundinnen ein Gläschen in einer Bar getrunken, um in meinen Geburtstag hinein zu feiern und darüber gegrübelt, was Viktor mir schenken würde. Vor einigen Monaten hatten wir noch über Pläne gesprochen zusammenzuziehen.

Seit diesem Sommer war allerdings einiges zwischen uns anders gelaufen. Irgendwie hatten wir uns voneinander entfernt. Zwei Magnete, die Tag für Tag aufeinander zu gesteuert waren, bis sie plötzlich immer mehr Widerstände erschüttert hatten und schließlich mit den falschen Polen voneinander abgestoßen wurden. Wie hatten wir es nur so weit kommen lassen können? Wir hatten eine kurze Pause eingelegt. Eine Beziehung braucht keine „Pausen", es sei denn, sie ist zum Scheitern verurteilt und das schien hier definitiv der Fall zu sein! Er liebte mich nicht mehr. Er liebte mich nicht ... mehr. Hemmungslos brach ich in Tränen aus. Ich solle ihm nicht böse sein?! Vom lauten Schluchzen geschüttelt ließ ich das Bild zu Boden fallen. Es gab nicht einmal ein Geräusch von sich. Fröhlich grinste es mich im Vordergrund des Flokatis an. Ich hob den Kopf. Mein Blick fiel auf eine Reihe weiterer Fotos, die an den cremefarbenen Wänden hingen. Ohne lange zu überlegen, nahm ich sie ab, löste die Fotos heraus und hängte die leeren Rahmen zurück an die Wand. Verliebte Fotos von der Côte d'Azur landeten auf Küssen vor dem Eiffelturm. Allmählich bildete sich ein kleiner Stapel Erinnerungen neben einem Berg benutzter Taschentücher zu meinen Füßen. Die Stapel schienen in einem proportionalen Verhältnis anzuwachsen. Ein kleines herzförmiges Kissen von der Kirmes, Postkarten sowie Musical- und Konzert-Tickets gesellten sich dazu. Ich lief durch die Wohnung und suchte alle Ecken nach Dingen ab, die Viktor mir einst geschenkt hatte. Den Kram musste ich mir aus den Augen schaffen! Aus den Augen, aus dem Sinn. Ob das wirklich so einfach werden würde? Mir schnürte sich die Brust zu. Ich schluchzte verzweifelt auf und wischte mir die Tränen von den Wangen, um mich zusammen zu reißen. „Okay, wohin damit?" Ich ging ins Schlafzimmer und öffnete den Schuhschrank. Einen der vielen Schuhkartons würde ich entbehren müssen. Schnell hatte ich einen gefunden, die zugehörigen Pumps stellte ich fein säuberlich in eines der überfüllten Fächer.

Zurück im Wohnzimmer fiel mein Blick auf die riesige Palme, die Viktor mir vor zwei Jahren zu meinem Einzug in diese Wohnung geschenkt hatte. Von ihr konnte ich mich nicht trennen. Dieses Lebewesen war nicht schuld daran, dass diesem Idioten nichts Besseres eingefallen war, als mich einfach sitzen zu lassen. Im wahrsten Sinne des Wortes!

Erinnerungsstücke landeten in dem schimmernden blaugrauen Schuhkarton. Es passte alles hinein. Wenn ich darüber nachdachte, hatte ich viel mehr in unsere Beziehung investiert als er. Er hatte mich nur selten überrascht. Einmal im Jahr bekam ich eine Rose geschenkt. Damit hatte er seinen Aufmerksamkeitsanteil erfüllt. Abgesehen von den Geburtstagen – den Diesjährigen nicht eingerechnet. Ich ließ den Kopf in die Hände sinken. Meine Schultern zuckten unter meinen stummen Tränen wie Espenlaub.

Das Herz-Kissen musste sein Leben lassen. Es passte nicht in den Karton. Pink war außerdem nie meine Farbe gewesen und zu allem Überfluss auch noch dieser hässliche, kitschige Samt! Mit einer Schere schnitt ich es in tausend Teile. Ich fühlte nichts dabei. Sobald überall pinkfarbene und weiße Flusen um mich verstreut lagen, brach ich jedoch erneut in Tränen aus. Damals waren wir glücklich gewesen. Damals auf der Kirmes hatte er mich geliebt. Erinnerungen an eine romantische Fahrt im Riesenrad, Feuerwerk und gebrannte Mandeln wurden wieder wach. Es kam mir vor, als ob es ewig lange her gewesen wäre. Der Viktor in meinen Erinnerungen war ein anderer Mensch gewesen, als der Mensch, der an meinem Geburtstag mit mir Schluss gemacht hatte. An meinem dreißigsten Geburtstag... „Verdammter Scheißkerl!" Ich verbrannte die Überreste des Kissens im Kamin.

Vier wunderbare Jahre meines Lebens hatte ich mit ihm vergeudet! Ich hatte mich fast völlig für ihn aufgegeben, meine Termine immer versucht mit seinen in Einklang zu bringen. „Wenn ich doch die Zeit zurück drehen könnte!" Doch wo hätte ich sie gestoppt? Wo hätte ich neu angesetzt? Ich starrte in die Flammen und ließ unsere Beziehung Revue passieren.

Während meines Studiums hatte ich in einer WG gelebt. Meine Mitbewohnerin Katharina war ziemlich beliebt gewesen. Sie hatte eine Clique und einen festen Freund gehabt. Eines Morgens war ich aus meinem Zimmer gekommen und in der Küche auf ein Til-Schweiger-Double in Boxershorts und weißem T-Shirt getroffen. Zuerst hatte ich gedacht zu träumen. Im zweiten Moment war ich enttäuscht gewesen, weil ich vermutet hatte, Katharina hätte ihrem Freund nun den Laufpass gegeben und sich diesen Schönling angelacht. Die Sache hatte sich allerdings schnell aufgeklärt. Der Til-Schweiger-Verschnitt war ein Freund von Katharinas besseren Hälfte und hatte auf unserer Couch übernachtet. Til hieß in Wirklichkeit Viktor und war nicht in der Film-, sondern IT-Branche tätig. Hin und wieder hatte Katharina mich auf eine Party ihrer Freunde mitgenommen und so waren Viktor und ich mit der Zeit gute Freunde geworden. Wir hatten uns ungefähr ein Jahr gekannt, bis wir ein Paar geworden waren. Irgendwann hatte es zwischen uns gefunkt. Katharina und ihr mittlerweile Ehemann hatten vor ein paar Jahren Good-old-Germany verlassen, um die Welt zu verbessern. Scheinbar hatte sie mich unter Bestrahlung der afrikanischen Sonne völlig vergessen. Damals dachte ich, es sei nicht so schlimm – zwar schade, aber nicht schlimm. Schließlich hatte ich ja Viktor, mit dem ich über alles reden konnte. Wer brauchte da schon eine beste Freundin? Schuhe kaufen konnte ich auch alleine.

Alleine. Nun war ich alleine. Ich fühlte mich wie der einzige Mensch auf der Erde. Ohne Freund. Freund. Ich hatte Vick heiraten wollen! Wie oft hatten wir über eine gemeinsame Zukunft gesprochen? Das sollte nun alles vorbei sein? Keine Hochzeit, keine Flitterwochen im Indischen Ozean, keine Kinder? Keine Zukunft. Wir hatten keine gemeinsame Zukunft.

Meine Freundinnen hatten mich so oft wegen Vick beneidet. Jennifer hatte einmal gesagt: „Ihr seid wie ein zweiteiliges Puzzle. Ihr passt perfekt zusammen." Jenny würde aus allen Wolken fallen, wenn ich ihr von diesem Desaster erzählte.

Meine Mutter hatte immer gesagt, unsere Kinder würden die besten Erbanlagen erhalten, und meine Schwestern hatten sich bloß darum gestritten, welche Farbe die Brautjungfernkleider bekommen sollten. Darüber brauchten sie sich nun keine Gedanken mehr zu machen. Es gab keinen Viktor, also gab es auch keine Hochzeit. Er liebte mich nicht mehr. Ich musste schlucken. „Ach, Vick!" Ich warf einen übrig gebliebenen Fusel ins Feuer. Es zischte. Eine Träne rollte über meine Wange.

Plötzlich klingelte das Telefon. Ich schreckte hoch. Wer konnte das sein? Falls Viktors Nummer auf dem Display stünde, schwor ich mir, nicht zu Hause zu sein. Vielleicht war es das Krankenhaus? Ich hatte mir zwei freie Tage nach meinem Geburtstag gegönnt, weil ich an Heiligabend und dem ersten Weihnachtstag arbeiten sollte. Ich wollte ein verlängertes Wochenende mit meinem... mit Viktor verbracht haben. Spontan wegfahren...

„Laurent?", meldete ich mich und fand, dass meine Stimme ziemlich weinerlich klang. Ich griff nach der Fernbedienung und schaltete die Musik leise.

„Adrienne! Mon dieu! Du 'örst disch ja gar nischt gut an. Bist du krank? Ist alles in Ordnung?" Meine Mutter hatte es nie geschafft, ihren Akzent abzulegen. „Wir wollten disch gestern Abend noch anrufen, aber du warst nicht zu 'ause."

„Nach der Arbeit wollten … wir essen gehen." Ich räusperte mich. Das „wir" zu benutzen klang plötzlich fremd.

„Was ist los?" Mama klang besorgt. Der mütterliche Instinkt schien bis über die Landesgrenzen hinweg zu wirken.

Ich hockte mich auf den Rand der Couch, richtete den Oberkörper auf, um tief Luft zu holen und sagte: „Maman,

Viktor wird Weihnachten nicht mit nach Frankreich kommen. Gestern Abend hat er sich von mir getrennt."

Es herrschte Stille am anderen Ende der Leitung. Als ich dachte, sie hätte eventuell einen Herzinfarkt bekommen, meldete sie sich wieder: „Was 'at er?"

„Er sagt, er liebt mich nicht mehr." Meine Haltung sackte in sich zusammen. Ich schluckte die aufkommenden Tränen hinunter.

Erneutes Schweigen. „Adrienne, isch weiß ja, dass ihr seit einiger Zeit eine kleine Krise 'abt, aber das überrascht mich doch sehr."

„Ist was passiert?", hörte ich meinen Vater im Hintergrund.

„Viktor 'at Adrienne verlassen. Er sagt, er liebt sie nischt mehr. An ihrem Geburtstag! Kannst du dir etwas Schlimmeres vorstellen, Arnold?"

Ich konnte mir das sehr gut vorstellen. Seit einigen Wochen hatte es mir schon vor dem vierten Dezember gegraut. Mit dem Gedanken, dreißig zu werden, konnte ich mich nicht gut anfreunden. Dreißig Jahre hörten sich alt an. In den Zehnern geht man zur Schule, ist völlig mit der Pubertät beschäftigt und lebt seinen Teenager-Alltag. Die Zwanziger verbringt man mit Studieren, Berufseinstieg und dem plötzlichen Erwachsensein, der Freiheit. Die Dreißiger machten mir Angst, weil ich nicht wusste, was kommen würde. Ich schwebte irgendwo zwischen der Realität als „fester Freundin" und dem hin und wieder auftretenden Wunsch nach Status „Ehefrau und Mutter". Gestern war es schließlich so weit gewesen. Die Dreißig war ein schlechtes Omen.

Mein Vater tobte im Hintergrund. „Der Junge soll mir noch einmal vor die Augen treten! Wenn ich nicht so viele

16

Kilometer entfernt wäre, würde er sich wünschen nie geboren zu sein!"

„Hat Papa seine Tabletten genommen?", erkundigte ich mich. Wegen so etwas sollte er nicht noch höheren Blutdruck bekommen.

„Arnold, nimm deine Pillen", sagte meine Mutter und wandte sich wieder mir zu. „Wie gerne würde isch jetzt für disch da sein."

„Ich schaffe das schon, Maman." Irgendwann würde ich darüber hinweg sein. Irgendwann.

„Lass den Kopf nischt 'ängen. Du findest sischer bald jemanden, der disch ebenso liebt, wie du ihn liebst. Du bist eine starke, unab'ängige, intelligente und erfolgreische Frau. In unserer Nachbarschaft wohnt ein netter Mann, isch glaube, er 'at weder Frau noch Freundin. Jedenfalls 'abe isch ihn noch nie mit einer Frau gese'en. 'ab ich Rescht, Arnold?"

„Danke, Mama, aber eine Fernbeziehung halte ich auch nicht für besonders günstig." Ich schüttelte den Kopf. Eigentlich wollte ich momentan nur eins: Mich damit abfinden, allein zu sein.

„Aber du kommst bald 'er und vielleischt lernt ihr eusch kennen? Du könntest nach Frankreich zie'en? Ihr würdet 'übsche Kinder 'aben..."

„Maman!", unterbrach ich sie. Gerade erzählte ich ihr, dass Viktor Schluss gemacht hatte und sie hatte nichts Besseres zu tun, als gleich den nächsten Mann für mich auszusuchen und sich Gedanken über die zukünftigen Gesichter in den Bilderrahmen auf dem Kaminsims zu machen! „Wir sehen uns am zweiten Weihnachtstag, aber versprich mir, du lässt den Nachbarn in Frieden!"

„D'accord. Na, gut."

„Danke, Maman."

17

„Mit dreißisch 'atte isch bereits drei kleine Kinder und das Vierte im Bauch."

Ja, da hatte meine Mutter allerdings Recht. Ich konnte weder mit einem Baby im Bauch noch mit dem Vorhandensein eines Mannes trumpfen. Woran das wohl lag? Ich hatte vier Jahre mit Viktor verschwendet! Er war nicht der lang ersehnte Richtige gewesen! Vier Jahre! Vorher hatte ich bereits einen Freund gehabt. Nach seinem Abitur hatte er in Berlin ein Studium begonnen und der Kontakt war abgebrochen. Yanik war in der Schule der einzige Junge gewesen, der keine Angst vor mir gehabt hatte. Die meisten waren damals von der „Kleinen" eingeschüchtert gewesen, weil ich mein Abitur bereits mit siebzehn gemacht hatte. Ich war früher eingeschult worden und hatte zudem eine Klasse übersprungen. Die Lehrer konnte ich mit meinem flüssigen Französisch beeindrucken, bei den Mitschülern machte mich das allerdings nicht besonders beliebt.

Meine Geschwister und ich sind deutsch-französisch aufgewachsen. Maman ist Französin, Papa ist Deutscher. Gerade musste ich mir zum hundertsten Mal von meiner Mutter anhören, dass mein Vater anno-pief beruflich nach Frankreich gekommen war und sie und er sich auf unglaublich romantische Art und Weise – im Supermarkt - kennen gelernt, sich Hals über Kopf in einander verliebt und einige Monate später geheiratet hatten. Es folgten vier Kinder: Gérard – mein älterer Bruder –, Adrienne – moi –, und meine jüngeren Schwestern Michèle und Aurelie.

Nach meinem Abitur begann ich mein Medizinstudium in Köln. Gérard studierte bereits seit zwei Jahren in Marseille Jura. Meine Eltern und jüngeren Schwestern verschlug es kurze Zeit später zurück an die Côte d'Azur. „Irgendwann wirst du auch so etwas erleben", beendete meine Mutter ihren Monolog. Vielleicht. Hoffentlich. Bald. „Auf jeden Fall bin isch froh, wenn alle wieder unter einem Dach sind. Weihnachten wird so schön!", schwärmte meine Mutter. „Du 'ast doch schon den Flug gebucht?"

„Ähm, ja." Hatte ich glücklicherweise noch nicht, denn ansonsten hätte ich nun mit zwei Tickets dagestanden. Es war geplant gewesen, dass Viktor mitkommen sollte. Somit hätte ich gestern nicht nur mein Geburtstagsessen, zu dem er mich einladen wollte, selbst bezahlt, sondern auch noch einen Flug, den er nicht angetreten wäre. „Natürlich", log ich und nahm mir vor, gleich nach Beendigung des Telefonats den Computer anzuschalten.

„Gut, Adrienne. Wir schmücken jetzt mal den Baum."

„Macht das." Mich wunderte es nicht, dass meine Mutter Wochen im Voraus mit der Dekoration begann. Das war bei ihr Tradition.

Nachdem ich meiner Mutter noch einmal ans Herz gelegt hatte, den netten Nachbarn wirklich nicht einzuladen, legten wir auf. So ganz traute ich der Sache trotzdem noch nicht.

Ich buchte einen Flug für den frühen Morgen des zweiten Weihnachtstages. Im Flugzeug würde ich hoffentlich ein wenig schlafen können.

In meinem Mailaccount war eine E-Mail aus dem Krankenhaus. Der vorläufige Dienstplan. Keine Nachricht von Viktor, auch nicht auf meinem Handy. Ich hatte die Sim-Card ausgetauscht, sodass er mich auf meinem privaten Handy hätte erreichen können, wann immer er gewollt hätte. Mein neuer Speicher war noch leer. Keine einzige Kurznachricht von ihm. Wahrscheinlich war es besser so.

Der Mauszeiger wanderte zu dem Daten-Ordner mit den Fotos. Ich schaute alle Urlaubsfotos durch, doch ich löschte nichts. Nur, wenn ich es unbedingt wollte, würde ich auf sie stoßen. Ich fuhr den Laptop herunter und drehte mich auf dem Schreibtischstuhl um die eigene Achse. Warum hatte ich mir für heute frei genommen? Irgendwas musste ich tun. Um ins Fitnessstudio zu fahren und mich abzustrampeln hatte ich weder die Kraft, noch wollte ich in meiner emotionalen Verfassung unter Leute kommen.

Ich entschied aufzuräumen. Zuerst schnappte ich mir den Staubwedel, woraufhin ich noch einige Sachen von Viktor fand, die ich übersehen hatte, wie beispielsweise ein Parfüm, das er mir letztes Jahr geschenkt hatte. Das würde ich ebenso wenig wie die Palme ausrangieren. Ich liebte den Duft von *Eternity*. Unsere Liebe hatte nicht ewig gehalten, die Liebe zu diesem Parfüm würde es. Auch von dem silbernen Ring an meinem Mittelfinger wollte ich mich nicht trennen. Noch nicht. Den hatte er mir zu unserem ersten Jahrestag geschenkt. Ich würde ihn bald ablegen, aber noch war es dafür zu früh. Momentan hing ich noch zu sehr daran, so sehr, dass ich ihn fast nicht bemerkt hatte.

Nachdem alles abgewedelt war, holte ich den Staubsauger und wischte anschließend den dunklen Parkettboden. Ich zog die Bettwäsche ab. Die Bettwäsche, in der wir uns einige Tage zuvor noch heiß und innig „geliebt" hatten. Ich fand eine seiner teuren Boxershorts unter dem Bett und warf sie im Anflug einer aufkommenden Wutwelle ins Feuer. Bis jetzt hatte er sie nicht vermisst, was sollte er sie denn plötzlich vermissen? Und falls ihm der Verlust auffallen sollte, konnte er eben lange suchen! „Dieser Mistkerl!" Vier Jahre warf man nicht einfach weg! Ganz im Gegensatz zu seiner Zahnbürste, die noch neben meiner in einem Becher im Badezimmer gestanden hatte. Ohne jedes Zögern landete sie im Mülleimer. Als ich das Bad geschrubbt hatte, fiel mir auf, dass ich mich ab heute nie wieder über Zahnpastaspritzer auf dem Spiegel, Rasierreste im Waschbecken und das Nichtvorhandensein voller Toilettenpapierrollen ärgern musste.

Viktor meldete sich nicht. Das Telefon blieb stumm. Um ehrlich zu sein, war ich darüber sogar erleichtert. Ich hätte nicht gewusst, wie ich darauf hätte reagieren sollen. Klar war: Ich liebte ihn immer noch. Klar war auch: Er hatte mich verlassen. Und: Es gab keinen Weg zurück.

2

Stop and stare

„...this town is colder now, I think it's sick of us..."
– OneRepublic

Als ich am nächsten Morgen Brötchen holen wollte, stolperte ich über einen Karton vor meiner Wohnungstür. Mir lächelte unter anderem ein Foto von mir selbst entgegen. „Dieser feige kleine...", fluchte ich und stieß den Karton mit den Füßen in die Wohnung, fuhr wütend zum Bäcker und kochte mir anschließend erst einmal eine Tasse Tee. Der Geschmack von Zimt und Melisse zügelte meine Wut ein wenig.

Man konnte doch wirklich nur Mitleid mit diesem feigen, kleinen Würstchen haben! Scheinbar hatte er nicht einmal den Mumm gehabt, zu klingeln und mir die Sachen persönlich zurück zu geben. Nein, stattdessen durften meine Nachbarn gerne sehen, dass mich eine mittelgroße Krise überrollt hatte. Den ganzen Abend war ich zu Hause gewesen, hatte weder Musik gehört noch Fernsehen geguckt, denn davon wurde ich zu sentimental. Dass ich die Klingel nicht gehört hatte, war demnach auszuschließen. Dieses Weichei hatte es nicht fertig gebracht, mir persönlich gegenüber zu treten! Er hätte nicht einmal klingeln müssen, er hatte ja einen Schlüssel.
Eigentlich war es besser so. Ich wollte ihn nicht sehen. Wenn jemand geklingelt hätte, hätte ich wahrscheinlich eh so getan, als sei ich tot.

Diese Nacht hatte Viktor durch meine Träume gespukt. Im Traum hatte er mit mir Schluss gemacht. Es hatte sich schrecklich angefühlt. Im Traum hatte ich plötzlich zu mir gesagt: „Adrienne, der Traum ist Realität". Zitternd war ich aufgewacht, um festzustellen, dass der Traum tatsächlich die grauenhafte Wirklichkeit war.

Viktors Schlüssel legte ich in die Schale auf die Kommode in der Diele, den Bilderrahmen verstaute ich in einer Schublade, mein Porträt verbrannte ich zusammen mit Liebesbriefen – ja, sogar die gab er mir zurück! - in kleinen Schnipseln. Warum hatte er mir nicht das Foto zurückgegeben, das ich auf eine Leinwand hatte drucken lassen? Aus diesem Kerl sollte mal jemand schlau werden! In Gedanken versunken fingerte ich an dem silbernen Ring, den ich noch nicht ablegen wollte. Von mir würde Viktor jedenfalls nichts zurückbekommen! So kleinkariert wie er war ich nicht!

Ich holte meine Yoga-Matte hervor, schaltete den DVD-Player ein und versuchte, meine innere Mitte zu finden. „Jeder Tag ist ein guter Tag!", atmete ich.

Meine Mutter rief zweimal an. Das erste Mal erkundigte sie sich nach meinem Gefühlszustand. Das zweite Mal wollte sie wissen, ob die Buchung des Fluges auch wirklich von statten gegangen war.

Gérard fragte ebenfalls etwas später, ob alles mit meinen Flügen geklappt hatte und bot mir an, mich vom Flughafen abzuholen. Das Angebot lehnte ich ab, denn mit Kind und Kegel hatte er weitaus genügend Stress, um zu unseren Eltern zu fahren.

Michèle rief an, um mir einen schönen Nikolaus-Tag zu wünschen, sich zu informieren, ob die Geburtstagskarte angekommen war und um mich ein wenig zu trösten. Wie lieb von ihr. Nicht nur, dass ihre Karte mit dem Motiv eines Schmetterlings neben der einer weißen Comic-Karte, die Aurelie geschickt hatte, in der Küche an der Magnet-Wand hing, sondern auch, dass sie sich scheinbar um mich sorgte. Zwar sprach sie in keiner Silbe von Viktor, doch ich wusste, dass sie anrief, um mir zu zeigen, dass sie für mich da war. Sie würde mich an Gérards Stelle am Flughafen in Empfang nehmen.

Aurelie reagierte vollkommen anders. Sie schrieb mir eine Nachricht, dass ich nicht traurig sein sollte, sie würde so viele „heiße Kerle" kennen und wenn ich wollte, würde sie etwas für mich arrangieren.

Kopfschüttelnd griff ich in die Schale auf der Kommode. Diese Familie war verrückt!

Ich entschied, shoppen zu fahren. Für Weihnachten brauchte ich etwas Neues zum Anziehen. An dem Bestand meines Kleiderschranks hatte ich mich satt gesehen. Außerdem fehlten auf meiner Weihnachtsliste noch ein paar Geschenke. Dummerweise hatte ich für Viktor bereits eine Geldbörse aus sehr teurem Leder gekauft. Da ich aber noch kein Geschenk für meinen Bruder besorgt hatte, entschied ich, das Portemonnaie einfach wieder aus dem roten Papier mit der Aufschrift *Ich liebe dich* auszuwickeln. Gérard war also abgehakt. Für seinen dreijährigen Sohn Etienne hatte ich vor einigen Wochen ein Feuerwehrauto mit lärmendem Blaulicht besorgt. Für meine Schwägerin hatte ich einen Schal erstanden. Mein Vater bekäme eine gute, alte Flasche Rotwein. Das edle Fotoalbum für Aurelie hatte ich bereits verpackt. Meine Schwester hatte hohe Ansprüche, was Fotoalben anging. Also hatte ich sie gefragt, was ihren Vorstellungen entspräche und schon Wochen im Voraus nach einem mit festen schwarzen Seiten gesucht. Aurelie hatte ihr eigenes Fotostudio und man konnte sie nur schwer von einem Paparazzi unterscheiden, wenn sie mit diesem überdimensionalen Gerät durch die Gegend lief.

Auf meiner Liste fehlten noch Maman und Michèle.

Ich mied alle Weihnachtsmärkte – jedenfalls so gut es ging. Wenn ich daran dachte, dass Viktor und ich letztes Jahr an meinem Geburtstag romantisch über den Weihnachtsmarkt auf dem Rudolfplatz flaniert waren, bekam ich Magenschmerzen.

Meine Lieblings-Boutiquen hatten sogar einige Teile reduziert, sodass ich einen weiteren Grund darin sah, ein ausgefallenes schwarzes Strickkleid, einen türkisfarbenen Rolli, eine glänzende Seidenbluse und diverse Kleinigkeiten zu kaufen.

Ich machte ein riesiges Schnäppchen beim Kauf einer Ledertasche, die fast fünfundsiebzig Prozent reduziert und damit so gut wie geschenkt war. Da meine Mutter schon länger von der Suche nach solch einem Modell gesprochen hatte, ging ich davon aus, dass diese ihr gefallen würde.

In einem Schmuck-Geschäft fand ich ein paar hübsche Ohrringe, die ich zu meinem neuen Kleid tragen wollte. Während ich bezahlte, lachte mich ein Armband mit einem Schmetterlings-Anhänger vom Verkaufstresen an, das wie gemacht war für Michèle.

Letztendlich kaufte ich noch ein Paar schwarze Stiefel, passend zum neuen Kleid.

Lediglich um mein liebstes Dessous-Geschäft machte ich einen weiten Bogen. Erstens: Meine Unterwäsche-Kommode quoll fast über. Zweitens: Ich war nun Single. War das ein Grund? Na, eigentlich nicht, aber irgendwie musste ich mir ja eine Ausrede zurecht legen, diesen Laden heute nicht zu betreten.

Die Einkaufstüten um mich herum verteilt, gönnte ich mir in einem gemütlichen Café einen fruchtigen Tee und blätterte in der neuen *Cosmopolitan*.

„Adrienne?" Jemand machte neben meinem Tisch halt.

Als ich aufblickte, sah ich in Nikolais lächelndes Gesicht.

„Oh! Hi!", sagte ich, erhob mich von meinem Stuhl und umarmte ihn.

„Herzlichen Glückwunsch nachträglich." Er strich mir über den Rücken. „Louisa hat erzählt, ihr habt ein bisschen gefeiert."

Ich versuchte es mit einem Lächeln, als ich nickend zustimmte. „Und, was machst du hier?"

In seinen Augenwinkeln bildeten sich kleine Fältchen, als er lächelte und auf die Einkaufstüte in seiner linken Hand deutete: „Weihnachtseinkäufe. Aber verrate mich nicht." Er zwinkerte mir zu.

„Ich kann schweigen wie ein Grab", scherzte ich.

„Da bin ich erleichtert. So, ich muss jetzt weiter." Er legte mir eine Hand auf den Oberarm und verabschiedete sich. „Lexies Babysitterin hat heute nur kurz Zeit."

Gab es solche perfekten Ehemänner und Väter wie Nikolai sonst noch irgendwo da draußen?

Bevor ich nach Hause fuhr, machte ich noch einen Zwischenstopp beim Friseur. Ich wollte mir etwas Gutes tun. Keinesfalls ein neuer Haarschnitt. Nein, ich beschloss, meine Haare richtig lang wachsen zu lassen! Ich hatte oft mit dem Gedanken gespielt, sie mir bis zum mittleren Rücken wachsen zu lassen, doch jedes Mal, wenn sie kurz unterhalb der Schulterblätter geendet waren, hatte ich sie schneiden lassen. Viktor fand sie dann immer „überlang". Damit meiner künftigen Haarpracht nichts im Wege stünde, ließ ich mir eine Haarkur verpassen, entspannte bei einer Kopfmassage und ließ minimal die Spitzen kürzen.

3

Release me

„...I'm better off without you..."

–   Agnes

Zuhause hängte ich mir den *Cosmopolitan*-Männer-Kalender an den Kühlschrank. Bei dem Anblick dieser Männer-Körper musste ich ein wenig lächeln.

Ich schlüpfte in meine kuscheligen Wollsocken und den hellgrünen Nicki-Jogging-Anzug mit Kapuze und lackierte mir anschließend die Fingernägel. Mit einer riesigen Rolle Geschenkpapier bewaffnet – silber, ohne Herzchen! - machte ich mich ans Verpacken der Weihnachtsgeschenke.

Abends, mit einer Tasse Tee und einer Schale rohen Karotten, Gurken und Paprika auf einem bunten Sofakissen vor dem Kamin sitzend und in die Flammen starrend, dachte ich über Vicks und meine Beziehung nach. Richtig glücklich waren wir lange nicht mehr gewesen. Irgendwo hatten wir uns verloren. Es spielte keine Rolle, wann wir uns verloren hatten. Daran gab es nichts mehr zu ändern. Wahrscheinlich hatten wir nie wirklich zusammen gepasst. Ich las Liebesromane, er las Computer-Magazine. Ich machte mindestens dreimal die Woche Yoga oder Spinning, er ging hin und wieder abends joggen – wenn er Lust hatte und das Wetter gerade mit seiner Laune mithalten konnte. Ich hasste Unordnung, er kam nicht nur mit Chaos klar, sondern war auch meist dafür verantwortlich, dass welches entstand.

Entschlossen stand ich auf, lief zum Schreibtisch neben dem Fenster und suchte einen Block und einen Kulli heraus. Ich wollte alle Eigenschaften festhalten, die mir klar machen sollten, dass Vick nicht der Richtige für mich war. Nach Belieben würde ich sie erweitern können oder durchlesen, falls er wieder zu mir zurückkommen wollte. Davon ging ich allerdings weniger aus.

Also schrieb ich:

Warum Viktor der Falsche ist/war:
- *er hasste den Valentinstag („kommerzieller Feiertag")*
- *er war geizig (Benzinverbrauch, Eintrittspreise, Trinkgeld!)*
- *er überraschte mich selten*
- *er machte mir keine Komplimente*
- *er war kein bisschen romantisch*
- *er ging selten auf Dinge ein, die ich ihm erzählte*
- *wenn wir neue Leute trafen, stellte er mich nicht als seine Freundin vor, sondern sagte einfach „das ist Adrienne"*
- *er war eine Couch-Potato und wollte nie ausgehen*
- *er war ein Mutter-Söhnchen*

Zum Glück würde ich seiner Mutter nie wieder gegenüber treten müssen. Ein Übel weniger. Ich hatte sie nicht sonderlich gemocht, was vor allem auch daran lag, dass sie mich gefragt hatte, ob ich lesbisch sei, sobald Viktor ihr erzählt hatte, was ich beruflich mache. Zudem mochte ich es nicht, dass sie sich in seiner Gegenwart mir gegenüber schrecklich nett verhielt, mich eng in ihre Arme schloss und in den Momenten, wo er gerade nicht ganz Ohr war, Unverschämtheiten von sich gab. Angefangen bei meinen Schuhen, die sie mit dem Rotlicht-Milieu in Verbindung gebracht hatte, bis hin zu meinem Essen, das sie dafür verantwortlich machte, dass ihr „Junge" schlecht aussah.

Ich steckte die Liste zu den anderen Dingen in die Kiste, die ich auf meinem Kleiderschrank verstaut hatte.

Auf einer Möhre kauend hockte ich mich vor das Feuer. Viktor war einfach nicht der Richtige gewesen. Aber irgendwo da draußen war er, der Richtige. Gerade jetzt war er irgendwo da draußen. Momentan kannten wir uns vielleicht noch nicht, doch irgendwann würden wir uns begegnen und für immer zusammen bleiben... Ich seufzte und starrte in die lodernden Flammen. Vielleicht war ich einfach zu unrealistisch, hoffnungslos romantisch...

Musik konnte ich immer noch nicht hören. Der Versuch im Auto war kläglich gescheitert. Alles erinnerte mich an Viktor.

Ich dachte an „Rhein in Flammen", an das spektakuläre Feuerwerk. Es hatte geregnet, wir waren nass bis auf die Haut, aber das war egal gewesen. Wir waren zusammen gewesen. Hand in Hand waren wir über die Deutzer-Brücke spaziert, hatten uns die zahlreichen Schlösser an den Gittern angesehen, die verliebte Paare dort befestigt hatten. Ich hatte mir gewünscht, wir hätten es auch getan. Zwar hatte ich nie etwas gesagt, denn ich hatte Angst gehabt, er würde es als „Kitsch" abstempeln, aber es wäre so schön symbolisch gewesen.

Der Mediapark hatte mich an unseren letzten Kino-Besuch erinnert. Allein der Anblick eines Saturn-Plakates hatte während meiner Shoppingtour feuchte Augen verursacht. Viktor hatte diesen Laden geliebt.

Ich entfernte das Pflaster von meiner rechten Handinnenfläche. Es hatte nicht mehr geblutet und schien gut zu verheilen.

Verliebte Paare auf dem Weg ins Kino zu sehen, war unerträglich gewesen. Das würde morgen sicherlich ein wunderschöner Arbeitstag werden – wo ich doch so selten mit Paaren zu tun hatte...

4
Love hurts

„... but sometimes it's a good hurt and it feels like I'm alive..."
–   Incubus

Tatsächlich fing der Tag nicht besonders gut an. Nicht nur, dass ich schon wieder von Viktor geträumt hatte... Nein! Über Nacht hatte es fünfzehn Zentimeter geschneit. Das Chaos nahm ich allerdings erst wahr, als ich das Haus verließ und feststellen musste, dass ich die falschen Schuhe trug. Um noch einmal andere anzuziehen, fehlte mir die Zeit, weil das einen kompletten Outfit-Wechsel mit sich gezogen hätte. Ich brauchte eine halbe Ewigkeit, bis ich den Audi im morgendlichen Straßenlaternenlicht enteist hatte und dem Wetter entsprechend länger, um zum Krankenhaus durchzukommen. Auf den Straßen herrschte Chaos. Wie kommt es eigentlich, dass die Leute bei Schnee von einer Sekunde auf die andere das Fahren verlernen?

In der Eingangshalle wäre ich beinahe ausgerutscht, denn ich suchte in meiner Handtasche nach meinem Terminplaner und meine Stiefel waren erstens voll Schnee, zweitens ohne Profil und fanden drittens kaum Halt auf dem gefliesten Boden des Foyers. Mein Herz setzte eine Sekunde aus, als ich den Boden unter den Füßen verlor und mich gedanklich schon auf allen Vieren liegen sah. In letzter Minute fing mich jemand auf, drückte mich fest an sich und brachte mich zurück in die Vertikale.

Graue Augen musterten mich, als ich mit pochendem Herzen aufblickte. Sie gehörten zu Tom, einem Kollegen aus der Kardiologie. Er stand unmittelbar vor mir. „Oh", seufzte ich. „Nichts passiert." Schnell entfernte ich meine Hände von seiner harten Brust, die unter einer braunen Jacke steckte, und wich einige Zentimeter zurück. Ich blickte in sein Gesicht, während ich meinen Mantel glatt strich. Er sah wie immer perfekt aus mit seinem Dreitage-Bart und dem schelmischen Lächeln auf den Lippen. Der Kerl war einfach verblüffend und obendrein eine wandelnde Testosteron-Bombe. Er musste nur mit dem Finger schnipsen und hatte fünf Frauen an einer Hand. – So jedenfalls die Gerüchteküche.

„Da war ich wohl zur richtigen Zeit am richtigen Ort." Tom zwinkerte mir zu. „Man nennt mich auch `den weißen Engel´."

Wenn der wüsste! Insgeheim nannten ihn alle „Dr. Knackarsch". Jedenfalls hatte sich das Pseudonym bei Jennifer und mir eingeschlichen. In meinen ersten Wochen am Krankenhaus hatte ich bereits festgestellt, dass er eine Fan-Gemeinde besaß. Seine Wirkung auf Frauen war enorm. Ich fragte mich, ob ein Kardiologe überhaupt dermaßen gut aussehen durfte, dass man als Patientin Gefahr lief, einen Herzinfarkt zu bekommen, wenn er einen dazu aufforderte, sich bitte frei zu machen. Wahrscheinlich. Im Notfall könnte er ja eine Herz-Rhythmus-Massage einleiten... „Ein wahrer Lebensretter", lächelte ich, streifte meine schwarzen Lederhandschuhe ab und schüttelte mich leicht, um den letzten Gedanken abzuschütteln. Contenance!

„Was hältst du von einem Kaffee?"

Die Handschuhe verstaute ich eilig in meiner Tasche. „Tut mir Leid, aber gerade ist es ganz schlecht. Ich bin viel zu spät dran." Ich blickte auf meine Armbanduhr und drückte mehrfach den Knopf des Aufzugs.

„Du vertröstest mich immer." Er sah mich geradewegs an, während er sich mit einer Schulter gegen die Wand sinken ließ und ein Bein anwinkelte.

Tatsächlich? Ich überlegte. Ja, er hatte mich schon einmal gefragt. Als ich die Stelle im Krankenhaus bekommen hatte, hatte er mich gleich in der ersten Woche auf einen Kaffee einladen wollen. Mir war direkt klar gewesen, dass er nicht die Sorte Mann war, die etwas anbrennen ließ. Welche Sorte man lehnte sich schon so gegen eine Wand und blickte einer Frau geradewegs in die Augen ohne dabei eine Miene zu verziehen? Er wusste genau, wie er auf Frauen wirkte. Und das konnte ich so gar nicht gebrauchen! Ich hatte schließlich Viktor!

„Irgendwann im Laufe der Woche mal?" Er legte die Stirn in Falten und sah mich mit einem Hundeblick an. Na ja, wohl eher der Blick eines Welpen.

Oh ja, ich HATTE Viktor. „Aber ich trinke nur Tee", entgegnete ich und ging rücklings auf den Fahrstuhl zu, dessen Türen sich soeben geöffnet hatten.

„Tee ist auch gut." Er hob lächelnd eine Hand. Schon schlossen sich die Türen.

„Oh Gott!" Meine Hände schnellten an meine Wangen und ich schüttelte den Kopf. „Was habe ich getan?"

„Ein sehr attraktiver Mann, der Herr Doktor", sagte plötzlich eine ältere Dame mit leicht bläulich schimmerndem Haar neben mir. Ich hatte sie überhaupt nicht bemerkt.

Ich schwieg. Er war attraktiv und das Problem bestand darin, dass er wusste, wie er auf Frauen wirkte! Außerdem: Es war viel zu früh, sich jetzt schon auf jemand Neuen einzulassen. Andererseits war ich vielleicht eingerostet, da würde ein kleiner Flirt doch gerade gut tun.

Als Louisa energisch durch die Tür stürmte, steckte ich meinen Arm gerade in den Kittel. „Guten Morgen! Ich habe gerade einen kräftigen Jungen geholt." Die Hebamme stützte die Hände in die üppige Taille. „Fast acht Pfund. Er ist putzmunter. Du bist übrigens spät dran heute."

„Ich hatte nicht erwartet, dass es schneit", sagte ich und ordnete meine Haare über dem Kittel.

„Hast du denn nicht den Wetterbericht gesehen? Da soll noch eine ganze Menge runter kommen. Lexie will unbedingt Schlitten fahren, wenn meine Schicht vorüber ist." Louisa hatte bereits vor zehn Jahren den perfekten Mann gefunden. Nikolai. Kinderarzt. „Übrigens, du weißt ja, dass Lexie bald Geburtstag hat. Im Dienstplan habe ich gesehen, dass du am Montag auch den Frühdienst hast. Meinst du, du könntest mir ein wenig bei der Geburtstagsfeier unter die Arme greifen? Nikolai hat nämlich die Spätschicht und ein Dutzend kleine Mädchen zu betreuen, ist nicht ganz ohne."

Lexies Geburtstag. Ich musste an meinen Geburtstag denken, ließ mich auf einen Stuhl sinken und kramte erneut nach meinem Terminplaner.

„Was ist los?" Louisa kam auf mich zu. Mit über blauen Augen gerunzelter Stirn und vor dem riesigen Busen verschränkten Armen blickte sie mich an.

Ich versuchte ein Lächeln. „Viktor hat mir an meinem Geburtstag gesagt, dass es aus ist."

„Nicht ernsthaft!" Eine Weile starrte sie nur reglos auf mich herab, bis sich in ihrem Gesicht eine Mischung aus Sorge und Mitleid spiegelte. „Du Arme! Lass dich mal drücken." Louisa drückte mich fest an sich, sodass sich das Namensschildchen auf ihrem T-Shirt langsam in meine Wange grub. „Wie furchtbar!" Sie ließ mich los und legte eine Hand an ihre Wange. „Ich dachte immer, ihr würdet heiraten."

„Tja, da warst du nicht die Einzige." Ich notierte mir Lexies Geburtstag, klappte das Büchlein zu und stand auf.

Louisa schüttelte den Kopf wobei ihr eine gekräuselte Locke in die Stirn fiel. „Er hat dich nicht verdient."

Lächelnd ging ich hinaus auf den Flur. „Sag mir Bescheid, wann ich am Montag da sein soll."

Meine Schicht ging schnell vorüber. Ich konzentrierte mich vollkommen auf meine Arbeit und schaltete alle anderen Gedanken oder Gefühle ab. Per Kaiserschnitt brachte ich ein gesundes Zwillingspärchen auf die Welt. Sobald ich den Kreißsaal verließ und auf den hellen Flur trat, fühlte ich mich plötzlich vollkommen leer. Ich wollte auch Kinder. Kinder mit Viktors Augen, mit seinem Lächeln. In meinen Zukunftsvorstellungen hätten wir spätestens in einem Jahr geheiratet, ein Häuschen auf dem Land gebaut, vielleicht hätte ich eine eigene Praxis eröffnet.

Die Tränen herunter schluckend nickte ich einem selig lächelndem Pärchen zu, das gemeinsam ein fahrbares Baby-Bettchen mit einem schlafenden Neugeborenen über den Flur schob. Liebevoll legte der Mann einen Arm um die Hüfte seiner Frau und gab ihr einen Kuss auf die Schläfe. Diesen Anblick konnte ich nicht länger ertragen. Ein liebender Mann und ein schlummerndes Baby. Ich flüchtete auf die Toilette, schloss die Tür hinter mir und stützte mich auf den Waschbeckenrand. „Einatmen", flüsterte ich vor mich hin und holte durch die Nase tief Luft. „Ausatmen." Langsam ließ ich den Atem durch den Mund entweichen. Ein Blick in den Spiegel zeigte mir, dass ich mich zwar beruhigt hatte, aber in meinen Augen lag Trauer. Ich versuchte es mit einem Lächeln, richtete meine Frisur, atmete noch einmal tief ein und aus und begab mich zurück an die Arbeit.

Ich verschrieb einem jungen Mädchen, das sich vor Unterleibsschmerzen krümmte, Antibiotika gegen Eileiter-Entzündung.

Einer Mittdreißigerin, die schon fast die Hoffnung aufgegeben hatte, jemals schwanger zu werden, stellte ich einen Mutterpass aus. „Herzlichen Glückwunsch, Sie sind schwanger!" Ich überreichte ihr den Pass. Die werdende Mutter versuchte den Anflug von Tränen zurückzuhalten.

Ihr Mann stürmte ihr gleich in die Arme, als sie die Tür zum Flur öffnete und ihm mit dem Heft entgegen winkte. „Wir bekommen ein Baby!"

Kurz vor Schluss ließ ich ein Pärchen ins Behandlungszimmer eintreten. Der brillierte Mann lächelte seine Frau liebevoll an und hielt ihre Hand, gleichzeitig schmierte ich ein wenig Gel auf ihren Bauch. Während ich den beiden ihren Sohn am Bildschirm zeigte, kullerte der werdenden Mutter eine Träne über die Wange und es versetzte mir einen Stich. Was, wenn ich so lange bräuchte, den Richtigen zu finden, dass ich niemals Mutter werden würde? Ich wollte lieber nicht daran denken. Ich räusperte mich. „Wollen Sie das Geschlecht erfahren?"

Sie sahen sich einen Augenblick lang an und antworteten einstimmig: „Ja."

Später, als ich mich von den Schwestern verabschiedet hatte, schob ein Mann eine schwangere Frau im Rollstuhl herein. „Wir schaffen das, Schatz!"

Die Schwangere klammerte sich mit den Händen an die Armlehnen des Rollstuhls. Auf ihrer Stirn glänzten Schweißperlen. „Ich hasse dich! Ich bin Diejenige, die das hier schaffen muss!"

„Ich brauche einen Arzt!" Der Mann hielt mich am Ärmel fest.

Verständnisvoll lächelte ich ihn an. „Wann ist denn die Fruchtblase geplatzt?", wandte ich mich an die junge Frau, die die Stirn gequält in Falten legte.

In ihren grauen Augen spiegelten sich Tränen. „Fünfzehn Minuten", stöhnte sie und hielt sich den Bauch unter dem blauen Pullover. Eine Träne rollte an ihrer Wange hinab.

Beruhigend legte ich ihr eine Hand auf die Schulter. „Keine Angst. Wenn Sie Ihren kleinen Schatz in den Armen halten, haben Sie das hier schon vergessen." Ich zwinkerte ihrem Mann aufmunternd zu. „Schwester Gerda wird sich um sie kümmern."

Die Schwangere ergriff meinen Arm. „Bitte, bleiben Sie bei mir! Ich will eine PDA."

„Sie werden bei meinen Kollegen in guten Händen sein", sagte ich.

Gerda begleitete das Pärchen den Flur hinunter.

Dr. Münster trat auf den Flur und zog seinen Kittel über. „Kaum ist man da, geht es schon los, was?"

„Allerdings. Die Babys kommen eben, wann sie wollen." Ich hob zum Abschied die Hand und suchte nach meinem Autoschlüssel.

Die vollen Einkaufstüten stellte ich erst einmal ab, um aus der verschneiten Kleidung zu schlüpfen. Als ich das Wohnzimmer betrat, fiel mein Blick sofort auf die leeren Bilderrahmen an den Wänden. Plötzlich überkam mich ein Gefühl von Einsamkeit. Viktor war weg. Ich war alleine. Vollkommen alleine.

Der Anrufbeantworter auf dem gläsernen Beistelltisch verkündete zwei Anrufe von meiner Mutter. Die erste Nachricht lautete, sie wolle nur sicher gehen, dass es mir gut ginge. Die Zweite, ich solle nicht zu viel um Viktor trauern und wenn ich wollte, aber nur, wenn ich wollte, würde sie doch den hübschen Nachbarn ansprechen.

Aurelies Ansage war wieder einmal typisch verrückt: „Du bekommst ein ganz tolles Weihnachtsgeschenk von mir! Du wirst es lieben!" Sie kicherte und weg war sie.

Was sollte ich mit dem restlichen Tag anfangen? Normalerweise hätte ich angefangen, Essen zuzubereiten und Viktor erwartet. Stattdessen verstaute ich die Einkäufe, machte mir bloß eine Tütensuppe und wählte unter Anwandlung emotionaler Selbstverstümmelung einen meiner Lieblingsfilme aus. Nun hatte ich alle Zeit der Welt. Ganz für mich alleine. Niemand da, der mich bei meinen Gefühlsausbrüchen beobachten konnte.

Nach zwei Liebesfilmen schaltete ich den Fernseher aus, putzte mir die Zähne und ging ins Bett. „George Clooney ist ein toller Mann. Wahrscheinlich einer der wenigen Gentlemen unserer Zeit", murmelte ich, bevor ich den Schalter der Nachttischlampe betätigte. Beim besten Willen konnte ich mir nicht vorstellen, dass er seine Freundin an ihrem Geburtstag verlassen hätte. An ihrem dreißigsten Geburtstag, zu dem er ihr noch nicht einmal etwas geschenkt hatte, weil er in den letzten Wochen keine Zeit gehabt hatte, ein Geschenk zu besorgen.

5

Es tut wieder weh

„...ich versuch zu vergessen, dass ich dich nicht vergessen kann..."

– *Jennifer Rostock*

Noch bevor der Wecker klingelte, wachte ich auf und brach in Tränen aus. Wieso musste Viktor mich sogar in meinen Träumen verfolgen? Reichte es nicht, dass ich ihn den ganzen Tag über nicht aus meinem Gedächtnis verbannen konnte? Nachdem die Tränen getrocknet waren, dröhnte mir der Schädel. Ich schmiss eine Kopfschmerztablette ein und sprang unter die Dusche. „Der Tag fängt schon mit einem guten Morgen an."

„Hallo, Süße!" Jennifer steckte den Kopf zur Tür herein.

Ich saß am Schreibtisch und vermerkte etwas in einer Patientenakte. „Komm rein, bin gleich fertig."

Jennifer und ich gingen oftmals nach unserem Dienst eine Kleinigkeit essen. Sie ist ein paar Jahre älter als ich und hatte vor einem Jahr ihre Facharztausbildung zur Orthopädin abgeschlossen. Sie lehnte sich mit einem Arm an die Theke mit dem Waschbecken. „Du hast mir noch gar nicht von deinem Geburtstag erzählt."

„Unsere Schichten lagen ungünstig. In deiner Ruhepause wollte ich dich deswegen nicht anrufen", sagte ich ohne von meinen Notizen aufzusehen.

Jenny schwieg einen Moment. „Ich brauche dringend einen Kaffee. Wenn du keinen großen Hunger hast, könnten wir zum Bäcker gehen."

Ich legte die Akte beiseite, stand auf und lächelte sie an. Sie steckte bereits in ihrem grauen Mantel. „Gute Idee."

Die wenigen Meter zur Bäckerei gingen wir zu Fuß. Größtenteils waren die Bürgersteige vom Schnee geräumt. „So, jetzt erzähl doch mal." Jenny stieß mich mit dem Ellbogen an und grinste unter ihrer grauen Mütze mit dem groben Strickmuster. „Was hat Viktor dir zum Geburtstag geschenkt?"

Ich griff nach der Eingangstür und sagte ohne sie dabei anzublicken: „Den Laufpass."

Mitten im Türrahmen blieb Jenny stehen und starrte mich aus großen blauen Augen an. „Wie jetzt?" Sie rührte sich keinen Zentimeter.

Ich drehte mich Schulter zuckend zur Auslage und betrachtete die Köstlichkeiten darin. „Wir sind nicht mehr zusammen."

„Ich bin geschockt! Das..." Sie trat neben mich und ließ achtlos die Tür hinter sich zu fallen. „...das kann er doch nicht machen! Was ist denn passiert? Warum?" Jenny wirkte völlig mitgenommen.

Ich konnte es nicht ertragen, sie anzusehen. Ich wollte nicht in Tränen ausbrechen. Stattdessen orderte ich eine Laugenbrezel und eine Tasse Tee.

Wir setzten uns an einen der hinteren Tische. Jennifer schwieg und nippte an ihrem Kaffee, während sie mich mitleidig anblickte. Die Tasse abstellend, fragte sie: „Und wie geht es dir?" Sie legte eine Hand auf meinen Unterarm. Plötzlich konnte ich nicht mehr an mich halten. Die Tränen strömten über meine Wangen. Jenny nahm mich in ihre

Arme. „Ach, Süße. Er ist es nicht wert, wenn er dich so sehr verletzt."

Ich wusste, dass sie Recht hatte. Sie reichte mir ein Taschentuch und nachdem ich die Tränen weggewischt und mich geschnäuzt hatte, erzählte ich ihr von meinem Geburtstags-Albtraum. „Viktor hatte einen Tisch beim Franzosen reserviert, wo wir uns um acht Uhr getroffen haben. Er hat mir einen flüchtigen Kuss gegeben, mir alles Gute gewünscht und sich daraufhin entschuldigt, dass er mir kein Geschenk mitgebracht hat." Seine Geburtstags-Nachricht, die mich in der Frühschicht erreichte, war auch eher flüchtig ausgefallen. Kein „Ich liebe dich".

Jenny nahm den Keks, der neben ihrer Kaffee-Tasse lag, und reichte ihn mir. „Er hat dir nichts geschenkt?"

Kopfschüttelnd biss ich ein Stück Keks ab.

„Hm", machte Jenny und eine steile Sorgenfalte bildete sich am Ansatz ihrer Nase und verschwand unter ihrem Pony. „Wahrscheinlich hatte er schon geplant, dich an deinem Geburtstag sitzenzulassen. Dieses Schwein!"

Ich verzog das Gesicht. Über das nicht vorhandene Geschenk hatte ich ja noch hinweg sehen können, aber sobald ich das Thema Zusammenziehen angesprochen hatte, hatte er angefangen, sich merkwürdig zu verhalten. Er hatte fast keine Silbe mehr gesprochen. Als ich ihn gefragt hatte, was los sei, hatte er erwidert, dass er nicht mit mir zusammen ziehen wollte. „Wir hätten zu viele Differenzen, sodass wir uns seiner Ansicht nach dauernd in die Haare bekommen würden." Ich biss halbherzig ein Stück von der Brezel ab. „Seine Mutter fände auch, dass wir zuerst unsere vielen Probleme aus dem Weg schaffen sollten, bevor wir uns auf mehr einließen."

„Das hat er gesagt?" Jenny verschluckte sich fast an ihrem Kaffee und starrte mich mit großen blauen Augen an. „Tss, Mutter-Söhnchen! Der soll erst mal erwachsen werden und bei Mutti ausziehen..."

Ich nickte. „Als ich ihm gesagt habe, dass ich das Gefühl hätte, es liefe zur Zeit doch ganz gut zwischen uns, hat er mich nur lange angesehen und plötzlich gemeint: `Aber wie lange meinst du, dass das mit uns noch gut geht, Adrienne?´ Jenny, ich war dermaßen sprachlos, dass mir sofort Tränen in die Augen geschossen sind."

„Kann ich verstehen. Du gehst davon aus, dass er sich freut, mit dir zusammen zu ziehen und prompt kommt er wieder mit seiner ollen Mutter an." Jennifer biss energisch in ihr Käse-Brötchen.

„Tja und ich dachte, er würde nun meine Hand nehmen und mich beruhigen, alles richtig stellen wollen... Ach, ich weiß auch nicht, was ich gedacht habe! Ich war in diesem Moment so überfordert." Ich machte eine Pause und starrte auf die Salzkörner, die sich über meinen Teller verteilt hatten. „Statt meine Hand zu nehmen, hat er einfach die Serviette auf den Tisch gelegt, gesagt, ich solle ihm nicht böse sein und ist gegangen." Ich schluckte schwer.

Jennifer legte einem Arm um meine Schulter und drückte mich an sich. „Ich weiß, dass das jetzt eine schwierige Phase für dich ist. Aber lass den Kopf nicht hängen. Er war nicht der Richtige."

Ich nickte. Vermutlich hatte sie Recht. Ich nahm einen Schluck Tee. Die Wärme in meinem Bauch machte die ganze Geschichte etwas erträglicher.

„Hey, ich bin immer für dich da." Sie legte den Kopf schief und lächelte mich warmherzig an. „Was hältst du davon, später ins Fitnessstudio zu gehen?"

Eine gute Idee. Beim Spinning würde ich mich ein wenig auf andere Gedanken bringen können.

Das Telefon klingelte, als ich den Flur betrat. „Laurent?"

„Hallo, Adrienne!" Michèle. „Ich wollte mich erkundigen, wie es dir geht."

„Gut." Ich klemmte den Hörer zwischen Ohr und Schulter, um aus meinem Mantel zu schlüpfen. „Von den materiellen Dingen, die mich an Viktor erinnern, habe ich mich schon größtenteils verabschiedet."

„Mhm", machte Mischa. „Was heißt `größtenteils´?"

Ich stieg aus den Stiefeln und ließ mich aufs Sofa sinken. „Ich kann ihn noch nicht ablegen, den Ring." Ich blickte auf meine Hand.

„Niemand erwartet von dir, dass du sofort mit diesem Kapitel deines Lebens abschließen kannst. Immerhin kennst du Viktor seit fünf Jahren. Ihr wart vier Jahre ein Paar und plötzlich ist es von heute auf morgen vorbei. Sicherlich wirst du in nächster Zeit noch oft an ihn denken, dich an eure schönen Zeiten erinnern. Aber du wirst jeden Tag mehr los lassen können."

„Ich wünschte, ich hätte die Trauer-Phase schon hinter mir." Stöhnend ließ ich mich in die Kissen sinken.

„Es ist schwer, aber es geht vorbei. Aus dem Fachchinesischen übersetzt, ist dein Körper momentan auf Entzug. Der Glücksbotenstoff, der bei Verliebten vorhanden ist, fehlt. Die im Gehirn ablaufenden Prozesse sind die Gleichen wie bei einem Abhängigen."

„Viktor war also meine Droge."

„So kann man es sagen." Mischa versuchte ein Lachen. „Versuch einfach, dich ein wenig abzulenken. Damit meine ich nicht, dass du die Trauer verdrängen solltest. Nimm dir

Zeit für dich, treibe Sport, triff dich mit Freunden. Du musst auf positive Gedanken kommen."

Ich nickte. „Danke für deine psychologische Beratung."

Mischa versuchte ein Lachen. „Egal, was sein sollte – selbst, wenn es mitten in der Nacht ist – ruf mich an und wir reden."

„Das wird nicht nötig sein."

„Du bist eine Kämpferin, ich weiß, warst du immer schon."

Jenny und ich strampelten uns bereits dreißig Minuten auf unseren Rädern ab. Während ich meinen Po aus dem Sattel hob, beobachtete ich mein Spiegelbild in der Spiegelwand, die sich über eine komplette Wandbreite erstreckte. Es wurde Zeit, dass ich etwas an meinem Aussehen veränderte. Dafür brauchte es keine neue Frisur oder eine andere Haarfarbe. Ich nahm mir vor, drei Kilo Fett abzubauen und diese in Muskelmasse umzuwandeln. Beine und Po sollten definitiv fester werden und wenn ich gerade dabei war, wollte ich ein wenig Bauchspeck verlieren. Irgendwann würde der Schnee nämlich schmelzen, der Frühling kommen und ich wollte eine Top-Figur vorweisen. Der Schweiß rann mir an den Schläfen herunter. Der Takt der Musik wurde etwas langsamer.

„Wir fahren einen Berg an. Mehr Widerstand! Los, das schafft ihr!" Die Fitnesstrainerin schien kaum zu schwitzen, lediglich ihr Ausschnitt glänzte ein wenig. Strahlend sah sie uns an. „Puh, ihr macht mich heute fertig!"

Als wir uns wieder auf unseren Satteln niederlassen durften - „Treten, treten, treten!" -, fragte Jenny: „Was hältst du von einem Blind-Date?"

Mit dem Handtuch, das über dem Lenker hing, wischte ich mir den Schweiß von der Stirn. „Wie bitte?" Ich dachte, mich verhört zu haben, schließlich war die Musik auf voller Lautstärke.

„Gismo..." Ihr Freund. „...hatte die Idee, dass wir dich mit einem seiner Freunde verkuppeln könnten."

„Verkuppeln?" Ungläubig sah ich sie von der Seite an. Ich hatte ihr erst heute von der ganzen Sache erzählt! Sie fing ja an wie meine Mutter!

„Er ist Biologe." Nun sah sie mich an. „Du musst ja nicht gleich zustimmen. Aber du musst ausgehen, Adrienne! Du kannst nicht alleine zu Hause sitzen und über dich und Viktor grübeln und Trübsal blasen. Das macht dich nur kaputt."

„Ich bin nicht der Typ, der zu einem Blind-Date geht." Ich hängte das Handtuch zurück und drehte nach Aufforderung der Trainerin am Widerstandsregler.

Jennifer wischte sich den Nacken ab. Ihre kurzen Haare hatte sie mühselig mit kleinen Klammern am Kopf befestigt. „Wer ist das schon? Aber was hast du denn zu verlieren? Entweder dein Date gefällt dir oder eben nicht."

Ja, was hatte ich schon zu verlieren? Ich griff nach meiner Wasserflasche. „Wer ist denn der Kerl?"

6
Nothing compares to you

„...it's been seven hours and fifteen days since you took your love away..."
–   Sinead O'Connor

Kurz vor Ende meiner Schicht rief Jenny an, dass sie heute nicht mit mir essen gehen könnte. Sie hätte einen Fall, der etwas länger dauerte als vorhergesehen. „Kommst du klar?", fragte sie bedauernd.

„Ja, kein Problem", versicherte ich ihr.

„Okay. Aber morgen haben wir beide Spätdienst. Anschließend gehen wir etwas essen und ich erzähle ich dir von deinem Blind-Date."

Ich blickte auf den Ring an meiner Hand. „Ich kann es kaum erwarten..."

Auf dem Weg hinaus lief ich fast in Tom hinein. „Zu dir wollte ich gerade." Er lächelte und um seine grauen Augen bildeten sich kleine Fältchen. So verdammt gut auszusehen grenzte beinah an Unverschämtheit.

„Ach ja?", fragte ich irritiert. Brauchte er meinen ärztlichen Rat? Wir nahmen den Aufzug nach unten.

„Ja, ich dachte, wir gehen jetzt zusammen einen Kaffee trinken? Ich habe gesehen, dass wir heute die gleiche Schicht haben."

Stimmt, er wollte ja mit mir einen Kaffee trinken gehen! Das hatte ich schon fast vergessen. „Okay." Wieso eigentlich nicht?

Tom musterte mich. „Irgendwas an dir ist anders."

„Oh, nein", dachte ich. „Sieht man mir etwa an, dass ich mich mies fühle, dass ich jede Nacht von meinem Ex-Freund träume, dass..."

„Hast du irgendwas mit deinen Haaren gemacht?"

Ich griff nervös an meine Hochsteckfrisur. „Nur hochgesteckt."

Tom nickte und hantierte mit seinem iPhone herum. Wahrscheinlich machte er gerade eine für heute Abend klar. Währenddessen sah ich ihn mir genauer von der Seite an. Inmitten meiner Feststellung, dass er von Nahem noch besser aussah, als ich dachte, blickte er zu mir auf. Ich lächelte und er tat es mir gleich, steckte sein Smartphone weg und wir verließen den Aufzug.

„Kalt, was?", fragte er, als wir aus dem Gebäude traten. Es hatte wieder angefangen zu schneien. Tom drehte die Handflächen Richtung Himmel und fing ein paar Schneeflocken auf.

„Ja, so viel Schnee hatten wir lange nicht", antwortete ich zitternd, schlüpfte in meine schwarzen Lederhandschuhe und setzte meine Mütze auf.

„Chic", grinste Tom und ich nahm ihm sogar ab, dass er es ernst meinte. Es tat gut, Komplimente zu bekommen. Vor allem, da Viktor mir nur selten welche gemacht hatte.

„Danke." Ich lächelte und steckte die Hände in die Taschen meines schwarzen Mantels.

Eine auszubildende Krankenschwester kam uns entgegen. Als sie Tom erblickte, lief sie ein wenig rosa an und sagte leise: „Hallo, Dr. Lucas, Dr. Laurent."

„Hallo, Sandra", sagten Tom und ich im Chor.

„Und, hattest du heute viel zu tun?", fragte ich, nachdem wir ein paar Schritte gegangen waren.

„Eine OP. Es war etwas komplizierter, aber ich schätze, ich habe heute schon ein Leben gerettet. Wie war es bei dir?"

„Auch etwas komplizierter. Ein Fötus lag in Steißlage."

Tom hielt mir die Tür zum Café auf. „Was hast du gemacht? Kaiserschnitt?"

„Nein, das Baby war zum Glück ziemlich leicht, sodass wir es drehen konnten. Mutter und Kind sind wohl auf."

Tom zwinkerte mir zu. „Hätte mich auch gewundert, wenn du das nicht problemlos bewältigt hättest." Wir nahmen an einem Tisch in der Nähe des Fensters Platz. Tom zog seine Jacke aus und legte seinen Schal ab. Der Mann war sogar sexy beim Abnehmen seines Schals! Wie er wohl aussehen würde, wenn er nach dem Duschen leicht bekleidet ein Handtuch von seinem Nacken zog? Wahrscheinlich hatte er einen super durchtrainierten Körper. Ich schüttelte den Kopf, um den Gedanken loszuwerden. Innerhalb eines so kurzen Testosteron-Entzugs spielten meine Hormone scheinbar schon vollkommen verrückt.

Nach der Aufnahme unserer Bestellung blickte Tom hinaus in das Schneetreiben. „Schätze, das gibt eine weiße Weihnacht. Fährst du über die Feiertage weg?"

„Am zweiten Weihnachtstag fliege ich für ein paar Tage zu meiner Familie nach Frankreich."

Tom zog eine Augenbraue hoch. „Deine Familie wohnt in Frankreich?" Er schien sich tatsächlich dafür zu interessieren, also erzählte ich ihm ein wenig von meiner Familie. „Ich hatte leider noch nicht die Gelegenheit, nach Frankreich zu fliegen", sagte er, während die Bedienung eine Tasse vor mir abstellte. „Aber jetzt, da ich Kontakte habe, könnte sich das ja ändern." Er zwinkerte mir zu.

Ob er das als Scherz meinte oder nicht, konnte ich nicht deuten. Ich wusste nur, dass es mir gut tat, einmal von meinen Sorgen abgelenkt zu werden. Eine Strähne hinters Ohr schiebend lächelte ich ihn an. „Dann solltest du wohl den Kontakt beibehalten."

„Ein kluger Ratschlag." In seinen Augen lag so viel Wärme.

***

Als der Wecker klingelte, wurde mir bewusst, dass es genau eine Woche her war, seitdem Viktor mit mir Schluss gemacht hatte. Ich verdrängte die schrecklichen Erinnerungen daran und sprang unter die Dusche.

Die Ringe unter meinen müden Augen versteckte ich mit Concealer, puderte die Nase, untermalte die nun etwas aufgeweckteren Augen mit einem schwarzen Strich, trug ein wenig Mascara und blassroten Lippenstift auf. „Ein ganz normaler Arbeitstag", murmelte ich.

Es wurde ein furchtbarer Arbeitstag. Ich brachte ein Baby mit einem Herzfehler auf die Welt und beriet mich nach der OP mit Tom über den kleinen Patienten. Trotz allem gelang es Tom, mir ein knappes Lächeln ins Gesicht zu zaubern, indem er mir eine Hand auf die Schulter legte und versprach, zu helfen, wenn ich ihn bräuchte.

Zu Hause ließ ich mich mit einem tiefen Seufzer aufs Sofa sinken, schaltete das Radio ein und Sekunden später fingen meine Handflächen schwarze Tränen auf.

***

Ungefähr zwei Minuten zuvor war ich zur Tür herein gekommen, da klingelte es an der Wohnungstür. Wer konnte
das sein? Mir rutschte das Herz in die Hose. „Hoffentlich
nicht Vick!"

Durch den Spion spähend, erblickte ich meinen Nachbarn,
einen älteren Herrn aus der ersten Etage. „Herr Schäfer, was
kann ich für Sie tun?", fragte ich, nachdem ich die Türe mit
einem breiten Lächeln geöffnet hatte.

„Frau Dr. Laurent...", begann er mit freundlichem Ton.
Innerlich musste ich wieder einmal lachen, denn er sprach
meinen Nachnamen betont deutsch aus. „...der Postbote hat
heute Morgen bei Ihnen geklingelt, aber scheinbar hatten Sie
die Frühschicht. Deswegen hat meine Frau freundlicher-
weise dieses Päckchen für Sie entgegengenommen." Er
streckte mir einen braunen Karton entgegen. Der Absender
kam aus Frankreich.

„Vielen Dank, Herr Schäfer", lächelnd nahm ich das Päckchen entgegen. „Das ist sehr freundlich. Bestellen Sie Ihrer
Frau einen lieben Gruß von mir."

„Keine Ursache, Frau Doktor. Ich werde es ihr gleich ausrichten." Er drehte sich um und machte sich auf den Weg
nach unten. „Schönen Tag noch!"

„Danke, Ihnen auch!"

Ich schloss die Tür und schlitzte das Päckchen mit einem
Messer auf. Oben drauf lag eine Karte mit dem Motiv eines
Sonnenuntergangs.

Ich öffnete die Karte und erkannte die Handschrift meiner
Schwester.

Liebe Adrienne!

Die Sache mit Viktor tut mir sehr leid.

Irgendwo habe ich einmal den Spruch gelesen „In jedem Abschied liegt ein Zauber" oder so ähnlich. Ich denke, da ist etwas Wahres dran. Sieh es mal positiv, denn du kannst jetzt erst einmal aufatmen und dich nur um dich selbst kümmern. Ich dachte, ein vorgeschobenes Weihnachtsgeschenk könnte dir vielleicht ein wenig Freude bereiten, deswegen darfst du die Geschenke auch sofort auspacken. Also steig in die Wanne, nimm ein blumig duftendes Schaumbad und lass es dir gut gehen!

Meine Kollegin hat kürzlich diesen Selbsthilferatgeber zum Thema „We man am besten über das Ende einer Liebesbeziehung hinwegkommt" veröffentlicht. Vielleicht hilft er dir ein bisschen.

Und denke immer daran: Meistens verliebt man sich, wenn man es am wenigsten erwartet. Ich hätte auch am allerwenigsten damit gerechnet, meinem Traummann auf dem Tennisplatz zu begegnen.

Anbei noch ein kleiner Glücksbringer, denn Glück kann ja nie schaden :)

Ich freue mich sehr darauf, dich Weihnachten zu sehen!

Fühl dich ganz fest gedrückt!

Mischa

7
Truly, madly, deeply

„...I'll make a wish, send it to heaven...“
– Savage Garden

„Dr. Laurent?“ Ich kam aus dem Waschraum, als eine der Schwestern zu mir trat. „Ich soll Ihnen von Louisa ausrichten, dass Sie noch Luftballons für den Geburtstag mitbringen sollen.“

„Luftballons?“ Ich blickte auf die Uhr, denn seit zehn Minuten hatte ich offiziell Feierabend. Geplant war, schnell nach Hause zu fahren, eine Kleinigkeit zu essen, das Geschenk unter den Arm zu packen und zu Louisa fahren.

„Sie meinte, sie hätte alle Hände voll zu tun mit Kuchenbacken und würde es nicht mehr zum Supermarkt schaffen.“

Planänderung: Ich würde zu Hause das Geschenk abholen, zum Supermarkt und auf direktem Weg zu Louisa fahren.

„Luftballons, Luftballons, Luftballons“, murmelte ich planlos durch die Gänge des Supermarkts laufend vor mich hin. Wann hatte ich zum letzten Mal Luftballons gekauft? Das musste ewig her sein! Während ich mich noch fragte, ob dieser Supermarkt überhaupt Luftballons verkaufte, wanderte mein Blick wie vom Zufall geleitet Richtung Kasse. Ich erstarrte zur Salzsäure. Viktor! „Oh mein Gott!“, dachte ich, stellte mich vor ein Regal und tat so, als interessierte ich mich für die Inhaltsstoffe eines Shampoos. Ich schielte zur Kasse hinüber, wo Viktor seine Einkäufe in einen Wagen legte und der Kassiererin seine Visa-Karte reichte. Er trug seine schwarze Winterjacke, dunkle Jeans und seine üblichen Sneakers. Mit gekräuselter Stirn, die Oberlippe links leicht hochgezogen und dem Grübchen im Kinn starrte er auf die Kasse. Wenn jemand genervt gucken konnte, dann er – Til Schweiger mal ausgeschlossen. Plötzlich wandte er den Blick. Abrupt konzentrierte ich mich auf die Shampoo-Flasche in meinen Händen. „Nicht hingucken!", befahl ich mir und setzte ein Gesicht auf, das neutral wirken sollte. Nicht traurig, nicht sauer, annähernd zufrieden. Wie beiläufig nahm ich eine andere Flasche aus dem Regal und gab vor, auch deren Rückseite zu lesen. Unsere Blicke hatten sich nicht getroffen. Mein Herz raste. Die Chancen standen gut, dass er mich nicht bemerkt hatte. Nachdem ich die Inhaltsstoffe tatsächlich durchgelesen hatte, schielte ich noch einmal zur Kasse. Viktor war verschwunden. Ich atmete tief aus. „Seiden-Extrakt klingt gut." Ich entschied, das Shampoo zu kaufen. Wo waren nur diese verflixten Luftballons? Ich fand sie neben den Spirituosen und wurde fast verrückt: Das Sortiment an Party-Accessoires reichte über Girlanden und Wunderkerzen hin zu Konfetti, aber sie hatten keine stinknormalen Luftballons. Genervt griff ich nach der Tüte mit roten, herzförmigen Luftballons. Auf dem Weg zur Kasse griff ich im Vorübergehen nach einer Flasche französischem Rotwein.

„Wo ist denn das Geburtstagskind?", rief ich, in den Flur des Einfamilienhauses tretend. Ich drückte Louisa die Luftballons und die Rotweinflasche in die Hände. Ihre Wangen leuchteten rosig und auf ihrer Stirn schien ein wenig Mehl zu kleben.

„Hier! Hier! Hier!", quietschte Lexie, die mitsamt einer Horde Kinder aus dem Wohnzimmer stürmte. Auf ihrem blonden Lockenkopf trug sie eine gebastelte Krone. „Hallo, Adrienne", grinste sie und entblößte ein lückenhaftes Gebiss. „Guck mal, meine Krone! Hab ich in der Schule bekommen und heute Morgen ist mir noch ein Wackelzahn raus gefallen!"

„Toll!" Lachend ging ich in die Hocke, um ungefähr auf Augenhöhe mit ihr zu sein. „Dann kommt ja auch noch die Zahnfee zu Besuch, was?" Ich umarmte sie. „Alles Gute zum Geburtstag, meine kleine Lexie."

„Ich bin nicht mehr klein", verkündete sie. „Ich bin jetzt sieben Jahre alt." Sie hielt mir die Anzahl mit den Fingern hin. Ich reichte ihr mein rosafarben verpacktes Geschenk. „Danke." Sie grinste und trug es stolz vorbei an den anderen Kindern ins Wohnzimmer. „Noch mehr Geschenke!" Die Kinder kreischten vergnügt.

Louisa nahm mir meinen Mantel ab und hängte ihn neben die winzigen Jacken an den überfüllten Kleiderständer. „Vielen Dank, dass du die Luftballons noch besorgt hast." Sie ging voran in die Küche, wo bereits einige Luftballons unter der Decke schwebten und bot mir etwas zu trinken an. Auf dem Tisch herrschte ein Chaos von buntem Papier, Stiften und halb gefüllten Plastikbechern, Limo-Flaschen und Saftverpackungen.

„Wasser klingt gut." Ich nahm ein wirres Kunstwerk vom Stuhl und ließ mich nieder.

Louisa stellte den Wein neben einem Tablett mit bunt verzierten Muffins auf die Küchentheke und nahm ein Glas aus dem Schrank. „Ich dachte, ich hätte an alles gedacht, aber in der Packung Luftballons, die ich gekauft habe, waren nur zehn Stück drin."

Sie stellte das Glas Wasser und das Tablett mit den Muffins vor mir ab.

„Leider konnte ich nur herzförmige Luftballons finden." Ich suchte mir einen Muffin mit weißem Zuckerguss und Smarties heraus. „Die sind echt gut! Meine heutige Mahlzeit beschränkt sich auf eine Scheibe Brot und etwas Obst."

Sie nahm neben mir Platz. „Kein Wunder, dass du bei dem Stress nicht an dein Handy gegangen bist. Tut mir leid, dass ich dich auch noch zum Supermarkt habe fahren lassen."

„Zur Entschädigung nehme ich noch einen Muffin", lachte ich. „Aber dass du mich nicht erreichen konntest, lag daran, dass ich Esel mein privates Handy noch lautlos in den Tiefen meiner Handtasche hatte und nur das Diensthandy vibrierend in der Hosentasche hatte." Ich suchte das Handy aus der Handtasche. Mehrere Anrufe von Louisa in Abwesenheit. „An zwei Handys muss ich mich noch gewöhnen."

„Chices Teil!" Louisa zog ein blaues Stück Papier aus dem Blätterhaufen und schob es mir zu. „Aber klar, es ist praktischer, zwei verschiedene Nummern zu haben. Das für die Klink kannst du schließlich abschalten, wenn du keine Bereitschaft hast. Die Dienstnummer musst du mir aber auch geben."

Ich fischte einen Bleistift vom Tisch und kritzelte meine Nummer auf den Zettel.

Lexie kam in die Küche gerannt. „Mama, wir wollen Stopp-Tanz spielen!"

„Ja!", grölten die Kinder aus dem Wohnzimmer.

„Willst du die Kinder belustigen oder die restlichen Luftballons mit Helium füllen?" Louisa blickte mich fragend an.

Herz-Luftballons oder Musik? Ganz klar: Die nächste Viertelstunde war ich für die Stopp- und Play-Taste zuständig und musste entscheiden, welches der kleinen Monster sich trotz verstummter Musik zuletzt bewegt hatte. Nach dem Stopp-Tanzen folgte Topf-Schlagen.

Schließlich brachte Louisa die Helium-Luftballons ins Wohnzimmer, woraufhin die Kinder sich darum stritten, wer welchen bekommen sollte. Letztlich buhlten zwei Mädchen um einen übrig gebliebenen herzförmigen Luftballon. „Ich habe ihn zuerst gesehen!", quengelte das Mädchen in dem rosafarbenen Kleidchen und der weiß-rosa gestreiften Strumpfhose.

„Aber ich habe ihn mir zuerst genommen!" Das Mädchen mit den blonden Zöpfen streckte die Zunge heraus und verschränkte die Arme vor der Brust.

Lexie ging auf die beiden Streithälse zu. „Da ist noch ein Grüner und ein Gelber."

„Will ich nicht!", sagte das Mädchen mit den Zöpfen und stampfte trotzig mit dem Fuß auf den Boden.

„Ich will den!" Das andere Mädchen deutete auf den roten Herz-Luftballon.

Amüsiert beobachtete ich das Schauspiel. Lexie erhaschte meinen Blick und grinste mich an. Daraufhin schnappte sie dem blonden Mädchen die Schnur des Luftballons aus der Hand. „Heute ist mein Geburtstag, also entscheide ich!"

Sofort bettelten die beiden Mädchen: „Bitte ich!" „Lexie, ich bin doch deine beste Freundin."

Aber statt die beiden anzusehen, kam sie auf mich zu und hielt mir die Schnur hin. „Den darfst du haben."

Perplex starrte ich sie an. „Ich?"

Eifrig nickte sie, die Mädchen im Hintergrund fanden sich scheinbar damit ab und schnappten sich die noch freien

Luftballons. Zögernd nahm ich den Ballon entgegen. Lexie wollte sich gerade von mir abwenden, da hielt ich sie am Arm fest. „Wieso nimmst du ihn denn nicht?"

Lexie drehte sich zu mir um und schüttelte energisch den Kopf. „Meiner ist lila, mag ich viel lieber als rot."

Ich nickte. „Trifft sich gut, meine Lieblingsfarbe ist rot."

„Hier kommen Papier und Stifte!", verkündete Louisa über die Kinder hinweg und trug den Stapel ins Wohnzimmer, der eben noch den Küchentisch überhäuft hatte. Sie lud alles auf dem Esstisch ab. Um den Tisch vor den kleinen Monstern zu schonen, hatte sie eine durchsichtige Tischdecke aus Gummi darüber gelegt. Sie wandte sich um und lächelte mich an. „Ich wusste gar nicht, dass du dich auch um den Herzförmigen gerissen hast."

Die Kinder stürmten auf den Tisch zu, suchten sich ihre Lieblingsfarben heraus und machten sich eifrig ans Malen und Schreiben.

Mit dem Luftballon ging ich auf sie zu. „Lexie hat ihn mir geschenkt."

Louisa nahm einen Kulli vom Tisch. „Dann schreib mal deinen Wunschzettel."

„Wunschzettel?"

Louisa grinste nur vielsagend. „Ich hole uns mal ein Glas von deinem Wein."

„Adrienne!" Lexie hüpfte mit ihrem lilafarbenen Luftballon, dessen Schnur sie sich um das Handgelenk gebunden hatte, auf mich zu. „Was schreibst du auf deinen Wunschzettel?" Sie ergriff meine Hand und führte mich an einen freien Stuhl. „Hier kannst du sitzen, darf ich auf deinen Schoß?"

Ich nahm Platz und hob Lexie auf meinen Schoß. „Ich schreibe keinen Wunschzettel."

58

Lexie drehte den Kopf zu mir um und runzelte die Stirn. Das sah ungemein lustig aus. „Wieso nicht?"

„Ich bin schon groß."

Lexie zuckte die Schultern. „Ich auch. Ich bin jetzt sieben, aber ich habe auch Wünsche. Jeder hat Wünsche. Meine Mama hat auch Wünsche. Stimmt's?"

Louisa, die mir ein Glas mit dunkelrotem Inhalt reichte, prostete mir zu und antwortete: „Stimmt."

Einen Augenblick schwenkte ich den Wein und nahm schließlich einen winzigen Schluck.

„Siehst du." Lexie zog ein blaues Stück Papier aus dem Durcheinander und legte es so auf den Tisch, dass ich genug Platz zum Schreiben hatte. „Hier, schreib auf, was du dir wünschst!"

Ich starrte auf das Blatt. Was ich mir wünschte? Ich hatte eine schöne Wohnung, in der es mir an nichts fehlte, einen Job, der mir Spaß machte. Das Einzige, nach dem ich mich wirklich sehnte, war, die Liebe meines Lebens zu finden.

„Du schreibst ja gar nichts!" Lexie deutete auf mein Blatt.

„Ich überlege noch", erklärte ich.

„Ich habe geschrieben: Liebes Christkind, ich wünsche mir einen Schminksalon für meine Barbie und einen kleinen Hund, aber einen echten."

Grinsend blickte ich auf ihre Wunschliste, in der sie mit krackeliger Schrift ihre Wünsche aufgeführt hatte. „Super!"

Lexie grinste stolz. „Und jetzt du!"

Ich schrieb erst einmal: *Liebes Christkind, ich wünsche mir...*

Alles, was mir fehlte, war ein Mann. Ein Mann, der mich über alles liebte. Ein Mann, mit dem ich durch Höhen und Tiefen gehen wollte. Ein Mann, den ich irgendwann heiraten und mit dem ich eine Familie gründen wollte. Es gab nichts, was ich mir sonst gewünscht hätte. Also schrieb ich weiter: ...*dass ich meinen Mr. Right bald finde.*

„Fertig?", fragte Lexie, als ich gerade den Punkt gesetzt hatte. Sie nahm meinen Wunschzettel zusammen mit ihrem vom Tisch, rutschte von meinem Schoß und ging zu einem Mädchen, das gerade dabei war, ihren Wunschzettel zu lochen.

Louisa prostete mir zu und wurde gleich darauf von einem Kind am Ärmel gezogen. „Louisa, wie schreibt man `Barbie'?"

Ich nahm einen Schluck Wein und dachte über meinen Wunschzettel nach, der da gerade von Lexie mit einem Locher bearbeitet wurde. „Liebes Christkind, ich wünsche mir, dass ich meinen Mr. Right bald finde."

Fröhlich lächelnd kam sie zurück, legte unsere Wunschlisten auf den Tisch und streckte mir ihren Arm entgegen. „Kannst du mal abmachen?" Ich löste die Kordel um ihr Handgelenk und wollte gerade ihren lilafarbenen Zettel nehmen, um ihn zu befestigen, da riss sie ihn an sich. „Das kann ich schon alleine!" Hoch konzentriert machte sie sich an die Befestigung. Ich nippte an meinem Wein. Lexie tippte mich an. „Halt mal fest, bitte." Sie gab mir die nun befestigte Wunschliste in die Hand und machte sich daran, nun auch meinen Zettel an der Kordel des herzförmigen Ballons zu befestigen. Ich schüttete den restlichen Inhalt meines Glases herunter und beobachtete, wie die anderen Kinder ihre Nachrichten an das Christkind mit Zeichnungen verschönerten.

Nach einer Weile sagte Louisa: „Seid ihr fertig?"

„Ja!", kam es im Chor zurück.

„Zieht eure Jacken an und raus mit euch in den Garten!" Ich folgte Louisas Befehl.

„Wo ist denn dein Luftballon?", fragte sie.

„Lexie scheint ihn mit ihrem Leben zu bewachen", lachte ich. „Und wo ist deiner?"

„Den habe ich schon abgeschickt", schwindelte sie augenzwinkernd.

Die ersten Kinder ließen ihre Luftballons bereits gen Himmel steigen. Lexie zog mich am Ärmel. „Hier!", sagte sie und überreichte mir mit äußerster Vorsicht meinen Luftballon. „Pass auf, sonst fliegt er los!"

Ich lächelte Louisa an und sie lächelte zurück.

„So", sagte Lexie entschieden. „Eins, zwei … drei!" Gleichzeitig ließen wir die Schnüre los und blickten unseren Luftballons hinterher. „Die fliegen toll!", freute Lexie sich und hüpfte aufgeregt auf und ab.

„Wann kommen die denn beim Christkind an?", fragte ein Mädchen an Louisa gewandt.

„Bald."

8
Ist da jemand

„... der mein Herz versteht?
Und der mit mir bis ans Ende geht?[...]
Der mir den Schatten von der Seele nimmt?"
– *Adel Tawil*

Es war ein grauer Mittwochnachmittag an dem Jennifer neben mir auf der Couch bei einer gemütlichen Tasse Brombeertee hockte. Genüsslich biss ich in einen Brownie. Jenny hatte ein Backblech mit der dunklen Köstlichkeit mitgebracht. „Weißt du, dass ich diese Dinger nie mochte?"

Jenny verschluckte sich fast an ihrem Heißgetränk. „Wie bitte?"

Ich schüttelte lachend den Kopf. „Nein, nein, mittlerweile liebe ich sie!"

Jennifer zupfte an den Stirnfransen ihres brünetten Bobs und stellte die Tasse zurück auf den braun-beige-gemusterten Tischläufer. „Na, das will ich hoffen, die sind nämlich selbstgebacken!"

Mit einem heftigen Nicken blickte ich sie an, schluckte und erklärte: „Bevor ich mit Viktor zusammen war, mochte ich keinen Schokoladen-Kuchen – jedenfalls dachte ich das. Frag mich nicht warum, denn ich mochte schon immer Schokolade." Ich musste lachen. „Kurz nachdem wir zusammen gekommen waren, hatte Viktor mir einmal Brownies gebacken. Seitdem mag ich Brownies." Ich starrte ins Leere.

Jenny verzog ihren Mund zu einer schmalen Linie und strich mir tröstend über den Oberschenkel. „Wenigstens kannst du aus eurer Beziehung auch etwas Gutes ziehen." Aufmunternd blinzelte sie mich an.

Ich nickte. „Und wie gut diese Brownies sind!" Um meiner Aussage Nachdruck zu verleihen, zog ich die Augenbrauen weit nach oben, lehnte mich auf der Leder-Couch zurück und gab ein bekömmliches „Hmm" von mir.

„Du solltest in die Werbebranche wechseln!" Jenny lachte ein helles Lachen.

„Oder du in die freie Wirtschaft als Konditorin und Bäckermeisterin." Jenny hatte wirklich ein Händchen fürs Backen.

„Sag mal", meinte sie nach eine Weile. „Willst du nicht langsam mal ein paar neue Fotos in diese Rahmen kleben?" Sie deutete auf die gähnend leeren Bilderrahmen an den Wänden. „Sieht etwas trostlos aus."

Unentschlossen zuckte ich die Schultern. Eigentlich fiel mein Blick nur noch gelegentlich darauf. „Ich habe keine schönen Bilder."

„Von uns auch nicht?" Sie griff erneut nach ihrer Tasse, umfasste sie mit beiden Händen und pustete vorsichtig hinein.

„Ausgelassene Party-Fotos von exzessivem Feiern wollte ich mir nicht gerade in Großformat an die Wohnzimmerwände hängen." Bei dem Gedanken an ein Foto, dass Jenny mit schielendem Blick und leuchtend roten Wangen zeigte, musste ich grinsen.

Scheinbar erinnerte sie sich auch an dieses Foto. „Stimmt, die solltest du besser in einer finsteren Ecke verscharren", kicherte sie. „Du findest sicher noch etwas Hübsches, um deine Wände nicht so kahl aussehen zu lassen. Vielleicht macht deine Schwester an Weihnachten ein paar schöne Aufnahmen?" Aurelie würde Weihnachten sicherlich nicht ohne ihre Kamera auflaufen. „Freust du dich schon auf die Feiertage bei deiner Familie?"

„Es ist das erste Weihnachten seit vier Jahren, das ich ohne Viktor in Frankreich verbringe." Ich zuckte die Schultern. „Wird sicherlich schön. Viktor mochte die Festtage bei meinen Eltern sowieso nie."

„Nicht?", fragte Jenny verblüfft. „Ich kenne niemanden, der Weihnachten nicht mag."

„Ach..." Ich machte eine wegwerfende Handbewegung. „Meine Familie war ihm doch viel zu anstrengend, zu temperamentvoll."

Ja, das hatte er tatsächlich mehrmals geäußert. Bei dem Akzent meiner Mutter stellten sich angeblich seine Nackenhaare auf. Aber immerhin sprach sie mit ihm Deutsch. Viktor jedenfalls verstand keine Silbe Französisch und ihm zu Liebe hatte die ganze Familie meist auf Deutsch umgeschaltet. Probleme hatte es nur bei meiner Schwägerin und dem Kleinen gegeben. Da war kaum Kommunikation vonstattengegangen. Mit Etienne hatte er sich zudem nie befasst. Als ich ihn einmal gefragt hatte, ob er Baby-Etienne halten wollte, hatte er bloß gemeint, er würde ihn vermutlich noch fallen lassen.

Außerdem hielt Viktor meinen Bruder und seine Frau für Hochstapler. Zugegeben, Cécile ist etwas konservativ, das typische Hausmütterchen und man merkt, dass Gérard ein erfolgreicher Jurist ist, aber ich habe bisher noch nie den Eindruck gehabt, dass sie mit Gérards Einkommen protzen.

Mein Vater hat in Viktors Augen keine Ahnung von Technik. Zum sechzigsten Geburtstag hatte ich ihm ein

Handy geschenkt, weswegen er mich noch Wochen später anrief, um zu fragen, wie man denn eine Nachricht tippe.

Aurelie taufte Viktor auf den Spitznamen „Floh". Mit ihrer feurigen Art konnte er überhaupt nicht umgehen. Nur Michèle hielt er für ausgeglichen.

„Was für ein Idiot! Denk nicht mehr an ihn." Jenny schenkte mir ein sanftes Lächeln. „Du hast jemand Besseren verdient. Sei froh, dass du ihn los bist. Außerdem gehst du jetzt bald mal wieder aus dem Haus und wirfst dich auf den Single-Markt!"

***

Jenny hatte ihre Drohung wahr gemacht und nun saß ich ziemlich herausgeputzt in diesem angesagten Restaurant gegenüber einer hübsch verpackten Vollflasche. Sein Haar war ebenso schwarz wie meines, seine Augen von einem Smaragdgrün und sein Interesse beschränkt auf Fische. Er war fast ein wenig entsetzt gewesen, da ich Seezunge bestellt hatte, und beobachtete mich nun skeptisch, während ich die Gabel zum Mund führte. „Ich erforsche übrigens die Verhaltensweisen von Schollen", sagte er, in seinem Salat stochernd. Welcher Mann bestellt denn nur einen Salat? Gab es überhaupt noch Männer, die Männer waren?

„Jennifer erwähnte, dass Sie sich mit Meerestieren beschäftigen, aber ich wusste nicht, dass Sie so ein Spezialist für Fische sind." Jenny würde noch eine ganze Menge von mir zu hören bekommen! Erneut griff ich nach meinem halbleeren Weißweinglas. Seit er mich zu Hause abgeholt hatte, hatte er kaum etwas Interesanteres als „blubb" herausgebracht.

„Schollen sind nicht bloß Fische..."

65

„Ach, nein?" Ich musste mich zusammen reißen, ein interessiertes Gesicht zu machen und nicht stattdessen mit den Augen zu rollen. Innerlich legte ich mir schon ein paar warme Worte für meine Freundin zurecht. Wie konnte sie mir das antun? Dieses Gesicht war die reinste Verschwendung für solch einen Idioten. Was hatte Jenny noch gesagt, woher sie ihn kannte? Ein Freund von ihrem Gismo, frisch geschieden. Kein Wunder, dass seine Frau ihn hatte loswerden wollen... Und ich würde das auch tun. Der Typ ging mir tierisch auf den Keks!

Nach dem Hauptgang entschuldigte ich mich kurz, um „meine Nase zu pudern". Von der Toilette aus rief ich Jenny an. Kaum hatte sie abgehoben, schüttete ich eine Flut an Worten über ihr aus: „Ruf mich in zehn Minuten auf meinem Handy an! Ich muss weg von diesem Typen, sonst schwatzt er mir noch auf, einen Dokumentar-Film über Knochenfische anzusehen. Was hast du dir dabei gedacht, mir so einen Fisch-Fetischisten zu servieren?"

„So schlimm?" Sie klang belustigt.

„Schlimmer! Er hat so tief einen Stock in seinem Allerwertesten, dass wir uns nicht einmal duzen. Dass er mich nicht mit `Frau Doktor´ anspricht, ist alles…"

„Schade, dabei hat er so hübsche Augen!"

Ich stöhnte. Das machte die Sache auch nicht besser.

„Okay, ich rufe dich gleich an. Aber wie willst du da raus kommen?"

„Lass das mal meine Sorge sein." Ich legte auf, betrachtete mich in dem großen Spiegel hinter den Waschbecken und zog den dunklen Lippenstift nach.

Kaum hatte ich meinen Platz erreicht, begann mein Date von Neuem mit dem Thema: „Hat Ihnen die Seezunge eigentlich geschmeckt?"

„Sie war ausgezeichnet."

„Ich könnte es nicht über mich bringen, einen Fisch zu essen..."

Ich schürzte die Lippen und hoffte inständig, dass mein Handy bald klingelte. Noch bevor wir ein Dessert bestellen konnten, rief Jenny an. „Ich sollte dich anrufen?"

„Ganz ruhig, meine Liebe", sagte ich mit sanfter Stimme. „Wann ist deine Fruchtblase geplatzt?" Ich warf einen Blick auf meine Armbanduhr. Wenn ich mich beeilte, schaffte ich es noch, mir eine Uralt-Folge von *Sex and the City* anzusehen.

„Wahrscheinlich sollte ich dir das nicht sagen, weil ich dich da rein geritten habe, aber du hast ein Glück, dass du einen Job hast, der dich daraus retten kann", kicherte Jenny am anderen Ende.

„Ich bin sofort bei dir. Immer schön ruhig atmen." Ich beendete das Gespräch und schnappte mir im Aufstehen meine Handtasche, zückte mein Portemonnaie und schob eilig zwei Scheine unter den Tellerrand. „Es tut mir sehr Leid, dass der Abend so abrupt endet, aber ich muss sofort los."

„Haben Sie denn heute Bereitschaft?"

„Für die Familie habe ich immer Bereitschaft." Ich zwang mich zu einem Lächeln. Er würde mich nicht enttarnen!

„Oh, natürlich!" Er erhob sich zerknirscht von seinem Stuhl. „Vielleicht können wir uns das nächste Mal..."

Ich schlüpfte in meinen Mantel. „Ich werde Sie anrufen." Und weg war ich.

***

Es war wieder einer dieser Abende, die ich alleine zu Hause verbrachte ohne zu wissen, was ich mit mir anfangen sollte. Eine Stunde schweißtreibendes Spinning hatte ich bereits hinter mir. Anschließend war ich sogar noch ein paar Kilometer auf dem Laufband gejoggt. Nachdem ich frisch geduscht aus dem Fitnessstudio gekommen war, hatte ich wegen der gemütlichen Stimmung Holz aufgelegt und eine Kleinigkeit zu Essen zubereitet.

Louisa war auf einem Elternabend und Jenny reagierte nicht auf meine Anrufe. Ich vermutete, dass sie sich entweder einen schönen Abend mit Gismo machte oder sich einfach nicht meiner Kritik an ihrem Kupplungsversuch stellen wollte. Früher oder später würde sie sich meiner Meinung zu diesem Blind-Fisch nicht mehr entziehen können! Blind-Dates hatte ich nun abgehakt. Nie wieder!

Im Fernsehen wimmelte es nur von Casting- und Reality-Shows, sodass ich sofort wieder den Ausschaltknopf betätigte.

Mein Blick fiel auf den Selbsthilferatgeber auf dem obersten Regalbrett, den Mischa mir geschickt hatte. Einige Tipps gegen Liebeskummer hatten sich als sehr förderlich erwiesen. Beispielsweise ausgiebig Sport zu treiben, um den Kopf frei zu kriegen. An Tag Null hatte ich mich ausgeheult und auch den Großteil aller materiellen Dinge vernichtet. Shoppen, Tanzen, Singen. Zwar bin ich weder eine begabte Tänzerin – vom Singen ganz zu schweigen – aber Musik half mir tatsächlich. Doch nach Musik war mir gerade nicht zu Mute. Ich fühlte mich schrecklich alleine, während ich mir die Füße in den flauschigen Socken am Feuer wärmte.

Meine Gedanken schweiften zu Vick ab. Ich schwelgte in Erinnerungen, die ich unbedingt zu verdrängen versuchte, weil sie meine Stimmung noch mieser machten, soweit in diesem Fall überhaupt noch eine Steigerung möglich war. Mein einziger Trost war, dass es ihm laut dem Ratgeber nicht unbedingt viel besser ginge als mir. Denn sein Körper war ja – wie meine Schwester es mir bereits erklärt hatte – über mehrere Jahre hinweg auf Adrienne-Droge gewesen. Da ich nun nicht mehr in seiner Nähe war und seinem Körper diese hormonelle Reaktion fehlte, war es möglich, dass es ihm genauso schlecht ging. „Geschieht ihm recht!"

Hätte ich ihm nacheilen sollen, als er aus dem Restaurant gestürzt war? Vielleicht. Am liebsten aber hätte ich mich selbst dafür geohrfeigt, dass ich nicht nach seinem „Sei mir nicht böse" aufgestanden war, ihm meinen Wein ins Gesicht geschüttet hatte und so davon gestürmt war, wie er es getan hatte. Eine Träne rollte meine Wange hinab. Eilig wischte ich sie mit dem Ärmel meines Oberteils weg und stand auf, um zur Balkontür zu gehen. Es hatte angefangen zu schneien. Kleine weiße Flocken schwebten vom Himmel und landeten weich auf der Oberfläche der Balkonfliesen, bis sich ein feiner, weißer Teppich bildete. Ich machte es mir im Leder-Sessel bequem und starrte in den Himmel, sah den Schneeflocken beim Schweben zu.

In der Nacht hatte ich ausnahmsweise nicht von ihm geträumt. Stattdessen war die Hauptrolle an meine erste Liebe, Yanik, gegangen. Was der wohl mittlerweile machte? Ich fragte mich, was geschehen wäre, wenn er nicht nach Berlin gegangen wäre oder wir den Kontakt nicht verloren hätten. „Ob wir wohl noch zusammen wären?", grübelte ich und wackelte mit den Zehen. Ich legte den Kopf schief. „Hätte, wäre, wenn..."

Plötzlich musste ich an eine Karte denken, die vor vielen Jahren einmal an meiner Pinnwand gehangen hatte. „Wenn sich eine Tür schließt, öffnet sich ein Fenster". Irgendwann hatte ich einmal die optimistische Einstellung besessen, dass nichts ohne Grund passierte. Ich zog die Knie heran und warf die Kuscheldecke über mich. Ob das Leben tatsächlich vom Schicksal bestimmt war oder war alles purer Zufall?

***

Der Schweiß tropfte mir von der Stirn, während ich kräftig in die Pedale trat. „Ganz ehrlich: Ausgesehen hat er super."

„Ich kannte ihn auch lediglich vom Sehen. So viel hat Gismo nicht mit ihm zu tun."

Mich hatte Jennifer davon überzeugen wollen, dass er ein „netter Kerl" wäre! So einfach würde sie sich da nicht herausreden können! Ich strafte sie mit Schweigen.

Als wir uns zurück auf unseren Sattel setzten und ich den Widerstand drosselte, flüsterte sie von der Seite: „Wäre er nichts fürs Bett gewesen?"

Blitzschnell wandte ich ihr mein Gesicht zu. „Meinst du etwa, nur weil ich ein paar Wochen keinen Sex hatte, steige ich einfach so mit einem Typen ins Bett?"

Jenny zuckte die Schultern. „Mir würde es fehlen. Sag bloß nicht, dass es dir nicht fehlt! Ich weiß, wie wichtig dir der Sex in einer Beziehung ist."

Jenny hatte Recht, was diese Kombination anging. Aber Sex ohne Beziehung? Wahrscheinlich würde ich mich sofort bei einem One-Night-Stand in den männlichen Hauptdarsteller verlieben. Fünf Minuten Spaß würden unter Umständen von fünf Monaten Weinen gefolgt. Das war es mir nicht wert. Ich trocknete mein Gesicht und Dekolleté mit dem Handtuch, das über meinem Lenker hing. „Sex spielt eine wichtige Rolle, ja, aber es ist noch keine drei Wochen her."

„Wir finden einen Mann für dich." Sie zwinkerte mir zu und gab ordentlich Gas. „Dann müssen wir beide uns noch einmal über ein paar Verführungsstrategien austauschen."

„Such du mal schön, ich bin in ein paar Tagen in Frankreich. Weit, weit weg von dir und deinen schrecklichen Verkuppelungsversuchen." Ich nahm einen großen Schluck aus der Wasserflasche und wandte mich wieder meiner Freundin zu. „Meinst du, ich soll Viktor zu Weihnachten eine Karte schicken oder eventuell eine Nachricht?"

Mit großen Augen blickte sie mich an. „Adrienne, das ist deine Entscheidung, aber wenn du mich fragst: Ich würde es nicht tun. Wenn er dir Weihnachtsgrüße schickt, spricht nichts dagegen, es ihm gleich zu tun." Sie trat ordentlich in die Pedale und beugte sich nach vorne zu den Hörnern ihres Lenkers. „Aber ansonsten wirkt es sehr verzweifelt. Der Arsch hat sich schließlich seitdem nicht mehr bei dir gemeldet, oder?"

9
Use somebody

„...I could use somebody. Someone like you..."
−   Kings of Leon

„Ja, ja! Komme ja schon!" Welcher Vollidiot klingelte denn da Sturm und störte mich bei meinem Workout? Gerade hatte ich es mit der richtigen Atemtechnik und der Konzentration auf die Übungen geschafft, meinen Kopf frei von jedem Gedanken an das Krankenhaus, an Beziehungen und Männern zu machen. Widerstrebend erhob ich mich von der Yoga-Matte und sprintete zur Haustür. Wahrscheinlich der gleiche Idiot, der bereits vor einer halben Stunde mehrmals angerufen hatte und ohne eine Nachricht auf Band zu hinterlassen einfach aufgelegt hatte. Da hatte ich gerade mit meinen Übungen begonnen. Beim Yoga lasse ich mich normalerweise durch nichts und niemanden aus der Ruhe bringen. Der Blick auf die Küchenuhr verriet mir, dass es bereits halb acht war. Draußen war es bereits stockdunkel. Ich riss die Tür auf. „Was..."

„Mensch, Adrienne, wieso gehst du denn nicht an dein Telefon?" Eine gestresste Louisa funkelte mich in Abendgarderobe wütend an. Neben ihr ein karierter Miniatur-Trolley und Lexie, die mich mit ihrem lückenhaften Lächeln angrinste als sei bereits Weihnachten. Im Arm hielt sie einen Teddy. Mein Blick wanderte zurück zu Louisas schwarzem Kunst-Pelz-Mantel, dem bodenlangen Rock und den spitzen Schuhen.

„Wo wollt ihr denn hin?"

„Ach", stöhnte Louisa. „Wir haben doch Karten für das Musical heute Abend. Totaler Notfall! Unser Babysitter liegt mit Magen-Darm-Infekt flach, meine Eltern sind zur Zeit verreist und..."

„...der kleine Bruder von meiner Freundin bekommt Zähne", plapperte Lexie dazwischen.

„So sieht's aus." Louisa strich hektisch eine widerspenstige Locke zurück, die sich aus ihrer Hochsteckfrisur befreit hatte. „Kann Lexie vielleicht bei dir übernachten oder wir holen sie nach dem Musical ab?" Louisa versuchte ein Lächeln, doch die Hektik war ihr ins Gesicht geschrieben. „Wir brauchen dringend einen Babysitter!"

Ich blickte zu Lexie, die ungeduldig auf den Fersen wippte. „Notfälle bin ich ja gewohnt. Zwar habe ich kein Gästezimmer, aber wir werden uns schon einrichten können."

„Vielen, vielen Dank, Adrienne! Ich schulde dir was. Aber jetzt muss ich mich beeilen. Nikolai wartet im Wagen."

Ich nahm ihr den kleinen Trolley ab. „Kein Problem."

Louisa umarmte mich stürmisch. „Wirklich?"

„Hol sie einfach morgen nach dem Frühstück ab."

„Sei lieb und geh ins Bett, wenn Adrienne sagt, dass Schlafenszeit ist, hörst du?" Louisa drückte ihre Kleine an sich und gab ihr einen schmatzenden Kuss. „Tschüss, mein Liebling."

„Tschüss, Mama." Lexie winkte Louisa, die bereits die Treppenstufen hinunter rannte. Die Kleine wischte sich mit der Hand über die Wange. „Hab ich da jetzt Mamas Lippenstift?"

Ich sah genauer hin und schüttelte den Kopf. „Hast du schon zu Abend gegessen?"

Lexie hüpfte in die Wohnung, zog die Schnürsenkel ihrer Winterstiefel auf, die sie ordentlich nebeneinander auf der

Fußmatte drapierte und schlüpfte aus der roten Daunenjacke. „Nö, das sollte Charlotte machen, aber die hat angerufen und ist krank und darum hat Mama so viel telefoniert." Sie reichte mir ihre Jacke.

Ich schloss die Haustür, hängte die winzige Jacke an die Garderobe und trug den Koffer ins Wohnzimmer. „Im Gefrierfach sind noch Piccolinis. Wollen wir uns die machen?"

Lexie folgte mir in die Küche. „Was ist das?" Neugierig blickte sie von unten zu mir hoch.

„Piccolinis?", fragte ich. Lexie nickte mit ernster Miene. „Mini-Pizzas." Ich nahm die Packung aus dem obersten Fach und zeigte sie Lexie.

„Die sind ja mini!", giggelte sie.

Ich nickte und öffnete den Backofen, um Backpapier auf ein Blech zu legen. „Und, was meinst du, wie viele du davon verputzt?"

Lexie zuckte mit den Schultern und wackelte mit den Zehen in ihren rosa geblümten Socken. „Bestimmt fünf."

Ich legte neun Stück aufs Blech und stellte die Eieruhr ein. Es war unwahrscheinlich, dass Lexie mehr essen würde als ich. „So, und was machen wir, bis das Essen fertig ist?"

„Ich hab Puzzle und Memory dabei!" Lexie rannte zu ihrem Koffer, öffnete den Reißverschluss und zog mehrere bunte Spiele-Kartons heraus.

Nachdem ich meine Yoga-Matte zusammen gerollt hatte, setzten wir uns im Schneidersitz auf den Boden. Beim Puzzlen konnte ich Lexie mit meiner Geschicklichkeit beeindrucken, aber mit einem guten Erinnerungsvermögen beim Suchen gleicher Bilder konnte ich nicht punkten. „Du schummelst!" Lexie wirkte ein wenig pikiert, da ich ein fast doppelt so hohes Türmchen mit Pärchen gesammelt hatte. Darum ließ ich sie die zwei Runden nach unserem Abendessen haushoch gewinnen und zauberte ihr dadurch ein riesiges Lachen ins Gesicht. „Gewonnen!" Lexie sprang auf. „Können wir einen Film anschauen? Mama hat gesagt, ich darf, wenn es nicht zu spät ist."

„Welchen Film denn?"

Lexie zuckte die Schultern. „Irgendwas mit Hunden?"

Ich erinnerte mich daran, dass Louisa erzählt hatte, Lexie hätte zur Zeit die „Hunde"-Phase. „Dann schauen wir gleich mal, ob wir einen Film finden. Lass uns das Spiel erst einmal einpacken." Im Nu war das Spiel verstaut.

Wir fanden schnell einen Film, der Lexie zu sagte und den sie scheinbar nicht das erste Mal sah. „*Marley und ich*. Der ist sooooo süß!", quietschte sie, als sie das Cover, auf dem Jennifer Aniston und Owen Wilson mit einer Hundeleine zusammen gebunden sind, entdeckte.

„Gut", sagte ich.

„Gut", lächelte Lexie. „Ich mache ich noch bettfertig!" In Nullkommanichts hatte Lexie sich ihren gepunkteten Schlafanzug angezogen und saß nun erwartungsvoll mit gekreuzten Beinen und ineinander gefalteten Händchen in der Mitte der dunklen Leder-Couch.

Nachdem ich den Film gestartet hatte, suchte ich nach Süßigkeiten. Bei meinem Absturz an meinem Geburtstag hatte ich scheinbar sämtliche Vorräte an Schokolade vernichtet. Aber ich konnte mich daran erinnern, dass ich noch eine Packung Mikrowellen-Popcorn in der Küche hatte. Während ich der Tüte beim Aufplustern zusah, hörte ich Lexie im Wohnzimmer kichern. „Du verpasst alles, Adrienne!"

Mit einer Schüssel und zwei Gläsern Wasser ließ ich mich neben ihr nieder. „Popcorn?"

Lachend nahm Lexie eine Hand voll. „Ist der nicht süß?", mampfte sie.

Ja, Marley war süß. Nicht nur Marley, sondern die ganze Geschichte. Owen und Jen in ihrer Paar-Rolle mit den typischen Problemen. Die Tränen flossen, als der Abspann lief. Ich wischte sie weg und betätigte den Aus-Knopf der Fernbedienung. Lexie schlummerte selig neben mir. Ein Arm baumelte vom Sofa, der andere ruhte unter ihrem Kinn. Ihr Rücken hob und senkte sich mit jedem leisen Atemzug.

Der Gedanke traf mich wie ein Blitz: Ich wünschte mir eine Familie. Vick und ich hatten Familienpläne geschmiedet. Wir hatten heiraten und Kinder großziehen wollen. Viktor wünschte sich zwei Söhne und ich wollte mich nach einer längeren Babypause selbstständig machen. Vick hatte sogar vorgeschlagen, auch eine Elternzeit zu beantragen. Was war nur aus diesen Träumen geworden? Ich wünschte mir, ein Kind in den Armen zu wiegen, das mein eigenes war.

Sollte ich Lexie wecken, damit sie sich die Zähne putzte? Oder sollte ich sie friedlich schlafen lassen? „Lexie?", flüsterte ich. Sie reagierte nicht. Ich entschied, sie schlafen zu lassen. Sie wirkte so zufrieden.

Ob ich jemals Mutter werden würde? Und wer würde der Vater meiner Kinder sein? Ich drehte sie auf den Rücken, schob einen Arm unter ihre Kniekehlen und den anderen unter ihre Schulterblätter, um sie hochzuheben. Auch wenn sie wie ein Baby schlief, sie war wesentlich schwerer. Trotzdem schaffte ich es, sie ins Bett zu hieven ohne sie zu wecken. Behutsam deckte ich sie zu.

„Teddy", murmelte sie plötzlich mit geschlossenen Augen.

„Teddy? Teddy!" Wo hatte sie den denn gelassen? Ich fand ihn in der Küche auf einem Stuhl und legte ihn in ihren Arm. Sie kuschelte sich tiefer in die Laken und verstaute ihren Teddy in der Armbeuge. „Hab dich lieb, Mama."

Es versetzte mir einen Stich in der linken Brust. Wie angewurzelt verharrte ich in der Bewegung. „Mama", das hörte sich merkwürdig an. „Schlaf schön", flüsterte ich und strich Lexie über das Haar. Auch wenn die Kleine längst im Traumland war, schlich ich auf Zehenspitzen ins Bad.

Während ich Zähne putzte, Zahnseide benutzte und mein Gesicht eincremte, fragte ich mich, ob ich eine gute Mutter sein würde und so schweiften meine Gedanken wieder zu Viktor. Ich hatte ihn geliebt und mir als den Vater meiner Kinder nicht nur vorgestellt, sondern auch gewünscht. Hatte bereits unsere beiden Vornamen vor seinem Nachnamen auf der Klingel eines Einfamilienhauses eingraviert vor Augen gehabt. Es hatte nicht sein sollen.

Obwohl Lexie den gestrigen Abend auf der Couch wie ein Stein geschlafen hatte, schlief sie in der Nacht sehr unruhig. Wälzte sich hin und her, legte mir eine Hand aufs Gesicht und am nächsten Morgen wachte ich bereits um kurz vor acht auf, weil ich einen von Lexies Füßen auf der Schulter spürte. Scheinbar hatte sie sich einmal komplett im Bett gedreht. Ich schaltete das Licht ein und erblickte Lexies Kopf am Fußende. Ihre Lider waren noch geschlossen, darum knipste ich das Licht wieder aus, schlich ins Bad und anschließend in die Küche, um den Tisch zu decken. Für zwei. Mir kam es wie eine halbe Ewigkeit her, dass ich nicht alleine gefrühstückt hatte. Als Lexie mit zerzaustem Haar in die Küche trottete, schüttete ich gerade Tee auf. „Morgen."

„Guten Morgen, Lexie. Na, hast du gut geschlafen?"

„Hmhm." Nickend nahm sie auf einem Stuhl Platz.

„Was magst du trinken?"

„Eine kalte Milch, bitte." Glück gehabt! Wenn sie nun einen Kakao oder Saft hätte haben wollen, hätte ich passen müssen. „Hast du den Film zu Ende gesehen?", fragte sie und stellte ihr das Glas neben den Teller.

Ich nickte. „Ja, ein trauriger Film, aber auch sehr lustig."

Lexie zuckte die Schultern. „Ich hab den schon tausendmal gesehen. Mama sagt, ich darf keinen Hund, aber wenn ich groß bin, kaufe ich mir trotzdem einen." Während sie ihr Brötchen aß, ließ sie die Beine baumeln. Sobald sie aufgegessen hatte, sah sie mich geradewegs an. „Kannst du mir eine Geschichte vorlesen?"

„Klar."

Schon war sie verschwunden und stürzte einige Sekunden später mit einem dicken Buch in den kleinen Händchen zurück in die Küche. Ich hob sie auf meinen Schoß. „Es war einmal..."

Gegen zehn klingelte Louisa, um ihre Kleine abzuholen. Sie überreichte mir einen riesigen Strauß Blumen. „Vielen Dank fürs Aufpassen!"

„Die sind aber schön!" Ich erblickte orangefarbene Gerbera. Wie ich diese Blumen liebe! „Das wäre aber nicht nötig gewesen."

„Das war das Mindeste." Louisa kämpfte erneut mit einer widerspenstigen Haarsträhne. „Warst du lieb?", fragte sie Lexie mit einem Blick in meine Richtung.

Ich nickte. „Wie war das Musical?"

„Einfach großartig! Solltest du dir auch ansehen." Sie strich mir freundschaftlich über den Arm. „Danke, dass du uns unter die Arme greifen konntest und entschuldige noch einmal, dass wir dich so überfallen haben. Ich hatte wirklich versucht, dich zu erreichen, aber da ich deine neue Notfall-Handynummer irgendwie nicht habe..."

Dass ich beim Workout sämtliche Anrufe ignoriere, erwähnte ich nicht. „Habe ich dir die nicht auf Lexies Geburtstag aufgeschrieben? Als ich die Luftballons besorgen sollte…"

Louisa blickte einen Moment nachdenklich auf Lexie herab. „Muss irgendwie in dem Chaos untergegangen sein, waren ja so viele Zettel…"

„Wunschzettel", grinste Lexie nickend und zog ihre Mama am Arm. „Ein echter Hund!"

Louisa verdrehte die Augen. „Also danke noch mal. Lexie, sag `danke´."

Lexie machte einen Schritt auf mich zu. „Danke, Adrienne."

„Habe ich doch gern gemacht." Als ich mich zu ihr hinunter beugte, umarmte sie mich.

***

Nach der Spätschicht saßen wir in einer abgelegenen Ecknische einer schummrigen Bar, die mit vielerlei Lichterketten, Tannenzweigen und silbernen Stumpfkerzen geschmückt war. Zu meinem Erstaunen waren wir nicht die Einzigen, die den Heiligabend statt unter einem Tannenbaum in einer Bar verbrachten. Im hinteren Teil des Raumes wiegte sich ein Paar auf einer von bunt geschmückten Weihnachtsbäumen umringten Fläche zu *Last Christmas*. Nachdem Tom mich zum Aufwärmen zu einem Schnaps überredet hatte, stießen wir nun mit Sektflöten auf ein frohes Weihnachtsfest an.

„Verbringst du die Weihnachtstage immer im Krankenhaus und anschließend in einer Bar?", erkundigte ich mich.

„Letztes Jahr saß ich zu dieser Zeit am Sterbebett meines Vaters." Er senkte den Blick.

„Das tut mir leid."

Tom hob den Kopf und sah mich aus grauen Augen an. „Er war krank. Es war besser für ihn."

Mitfühlend legte ich meine Hand auf seine und ließ sie eine Weile dort ruhen, bis mir auffiel, dass dies eine zu vertraute Geste war zwischen einem Mann und einer Frau, die sich kaum kannten. „Hast du Geschwister?"

Er schüttelte den Kopf. „Meine Mutter starb, als ich drei war. Mein Vater hat mich alleine groß gezogen."

Ich nahm noch einen Schluck Sekt. Irgendwie musste ich die Stimmung wieder heben können. „Einzelkind zu sein, kann bestimmt auch ein Segen sein." Er blickte mich an und ich schenkte ihm ein Lächeln. „Ich bin als eins von vier Kindern aufgewachsen. War nicht immer spaßig mit einem älteren Bruder und zwei kleinen Schwestern. Es herrscht ein ständiger Konkurrenzkampf."

Endlich kehrte sein Lächeln zurück. „Irgendwie habe ich mehr Mitleid mit deinem Bruder. Der wird schlechtere Karten gehabt haben, bei solch einem Frauenüberschuss."

Ich schlug die Beine übereinander und verschränkte die Arme vor der Brust. „So kann man es natürlich auch sehen."

„Und über die Feiertage seid ihr nun alle unten?"

„Meine Geschwister wohnen in Frankreich. Aber am zweiten Weihnachtstag werden wir alle versammelt an einem Tisch sitzen und uns kugelrund essen. Silvester muss ich dann wieder an die Arbeit." Da ich Single war, hatte ich mich freiwillig gemeldet, die Nachtschicht zu schieben. Es gab keine Pläne zum Jahreswechsel, deshalb gönnte ich diesen freien Tag einem meiner Kollegen. Ich nippte an meinem Glas.

80

Tom bedachte mich mit einem warmen Lächeln. „Wann geht dein Flug?"

„In zwei Tagen, ziemlich früh." Ich leerte den Rest der prickelnden Flüssigkeit.

Tom sah auf die lederne Armbanduhr, die sein Armgelenk zierte. Mein Blick wanderte zu seinen sehnigen Händen. „Trinken wir noch einen Kurzen oder willst du nach Hause?", fragte er mit intensivem Blick.

Ich machte eine wegwerfende Handbewegung und wedelte gleichzeitig meine Gedanken, was er mit diesen Händen anstellen könnte, weg. „Quatsch! Einer geht noch. Es wartet sowieso keiner auf mich."

Tom orderte Sektnachschub für mich, stieg selbst auf Bier um, und dazu zwei Tequila, die wir sachgemäß mit Salz und Zitrone hinunter spülten. „Wieso bist du eigentlich nicht verheiratet?"

Die Frage kam so plötzlich, dass ich mich fast an meinem dritten Glas Sekt verschluckt hätte. Einen Moment lang blickte ich ihn sprachlos an. „Tja, weißt du…"

„Entschuldige, ich wollte dich nicht in Verlegenheit bringen, das geht mich schließlich nichts an." Er nahm einen Schluck Bier und leckte sich anschließend den Schaum von der Oberlippe. Musste er so verdammt sexy sein? „Es wundert mich nur." Fragend blickte ich ihn an. „Du bist eine klasse Frau, klug, hübsch. Da müssten die Männer doch eigentlich Schlange stehen."

Mir verschlug es die Sprache. Hatte er mir gerade ein Kompliment gemacht?! Ich zuckte grinsend die Schultern. „Bis jetzt war der Andrang noch nicht so groß, dass ich einen Leibwächter hätte engagieren müssen…" Ich konnte mir ein Grinsen nicht verkneifen.

Tom stieß mich mit der Schulter an. „Und Humor hast du auch."

„Willst du den Grund wirklich wissen?" Verschwörerisch blickte ich in seine grauen Augen, die nur Zentimeter von meinen entfernt waren.

„Hätte ich sonst gefragt?"

Scheinbar wollte er wirklich nicht nur Komplimente machen, sondern war ehrlich interessiert an meiner Person. Lässig lehnte ich mich auf der Bank zurück. „Aber erst, wenn du mir verrätst, warum du noch nicht unter der Haube bist."

Er wich meinem Blick aus. „Ich war schon einmal verheiratet."

„Geschieden?"

Er nickte und heftete seinen Blick auf das Glas in seiner Hand. „Kaum zu glauben, dass das schon fünf Jahre her ist. Wenige Monate nach der Hochzeit gingen wir getrennte Wege."

„Und..." Ich stockte. Nun war ich wirklich zu neugierig. Mich ging das Ganze schließlich auch nichts an.

„Warum?", fragte er und blickte mich geradewegs an. „Weil es ein Fehler gewesen war, sie überhaupt zu heiraten." Ich schwieg. „An dem Abend, als sie mir mitteilte, von mir schwanger zu sein, wollte ich sie verlassen haben. Ich hatte sie geheiratet, weil ich dachte, dass das Kind von mir sei und einen Vater bräuchte, eine richtige Familie." Er hob sein Bierglas und führte es zum Mund.

„Sie hat dich betrogen?" Instinktiv legte ich meine Hand auf seinen Unterarm.

„Bis zu dem Tag der Geburt hat sie mich in dem Glauben gelassen, dass es mein Kind wäre." Er schüttelte den Kopf.

Ich zog meine Hand zurück. „Nicht ernsthaft!"

Tom starrte auf den Boden des Glases, das er zwischen den Händen drehte.

Ich machte große Augen. „Das ist hart."

„Von meiner Schicht fuhr ich direkt ins Krankenhaus zu ihr und da saß sie im Bett, das Baby in den Armen und neben ihr der Vater des Kindes." Ich schluckte. Wie konnte ein Mensch nur so grausam sein? „Ich schätze, das war das Beste, was mir passieren konnte. Weißt du, mit dreißig wollte ich keine Familie gründen und sesshaft werden."

Mir versetzte es einen leichten Stich. Was sollte das heißen? War er wirklich so ein Playboy, der sich mit jeder Frau vergnügte, die ihm gerade gefiel? Jedenfalls hielten sich im Krankenhaus ja hartnäckige Gerüchte, dass er es mehr als einmal im Bereitschaftsraum mit einer Krankenschwester getrieben hätte. Ich wollte lieber nicht nachfragen. Stattdessen sah ich ihn bloß an.

Er grinste: „Und wo zwickt der Schuh bei Dr. Laurent?"

Ich legte die Hände in den Schoß, hob die Schultern und ließ sie wieder fallen. „Für Dr. Laurent war bisher nicht der richtige Schuh dabei. Auch wenn ich gedacht hatte, er wäre es gewesen, nach vier Jahren stellte sich heraus, dass es sich nicht darin laufen ließ."

„Und in den vier Jahren ist dir nicht ein einziges Mal aufgefallen, dass du dir Blasen gelaufen hast?" Tom legte den Kopf schief.

Ich nahm einen großen Schluck Sekt. „Liebe macht blind." Ich stellte das Glas entschlossen vor mir auf den Tisch.

Eine Weile sagten wir kein Wort. Plötzlich nahm Tom meine Hand in seine. „Lass uns tanzen."

Irritiert blickte ich ihn an. Zu diesem alten Kuschelsong von Savage Garden wollte er mit mir tanzen? In seinen Augen spiegelte sich der Umriss meines Gesichts. Ach, warum eigentlich nicht? Er führte mich auf die mittlerweile verlassene Tanzfläche, legte eine Hand in meinen Rücken und zog mich eng an seine Brust. Wir waren uns so nah, dass wir uns nicht in die Augen blicken konnten. Langsam wiegten wir uns zum ruhigen Takt der Musik. Sein Dreitagebart streifte meine Wange. Seine muskulösen Oberarme gaben mir Halt. In den vier Jahren, die ich mit Viktor zusammen gewesen war, hatten wir nur ein einziges Mal so eng miteinander getanzt. Ein einziges Mal! Es war ein warmer Sommerabend in Frankreich, der sechzigste Geburtstag meines Vaters. Zudem konnte und wollte Viktor meist nicht tanzen.

„Was ist denn mit deinem Herzschlag los?", flüsterten Toms Lippen an meinem Ohr. Fragend drehte ich den Kopf. „Ein bisschen erhöhter Pulsschlag, Dr. Laurent."

Ich schmunzelte, statt zu antworten. Ihm entging wohl nichts. Ich wandte den Blick ab und sog die rauchige Note seines Parfüms ein.

„Tanzt du gern?", flüstere Tom, als die letzten Töne verstummten.

Ich lächelte in mich hinein. Konnte er etwa Gedanken lesen? „Schon, aber über einen Standardtanzkurs während meiner Schulzeit bin ich leider nicht hinaus gekommen."

„Entschuldigen Sie, aber wir schließen jetzt", sagte der Barkeeper, der die Theke mit einem Lappen bearbeitete.

Ich löste mich von Tom und blickte auf die Uhr über der Theke. Wo war nur die Zeit geblieben? Wir zahlten.

Aufgrund des Alkoholpegels mussten wir die Autos vor der Bar stehen lassen. Wir bestellten ein Taxi.

Tom hielt mir die Autotür auf und ich schlüpfte auf die lederne Rückbank.

Er zog die Tür hinter sich zu und wir starrten eine Weile tonlos aus dem Fenster. Köln zog in der Dunkelheit an uns vorbei.

Tom wandte mir den Blick zu. „Wenn du magst, gehen wir mal zusammen tanzen."

„Gern."

Das Taxi hielt und bevor ich die Tür öffnen konnte, hielt Tom mich am Arm fest. „Was?", dachte ich. Wollte er etwa noch „auf einen Kaffee" mit hoch kommen? „Das war das schönste Weihnachten seit Langem."

Ich schenkte ihm ein Lächeln und umarmte ihn. „Danke für den schönen Abend." Am liebsten hätte ich ihn geküsst, stattdessen gab ich ihm ein Küsschen auf seine stoppelige Wange und stieg mit einem beflügelten Gefühl aus dem Auto. Einen Abend lang unbeschwert mit jemandem zu reden, hatte so gut getan.

10
Coming home

„...Let the rain wash away all the pain of yesterday...“
–   J. Cole

Am ersten Weihnachtstag wurde ich von dem Piepen meines Diensthandys geweckt. Ich blinzelte. „Wie viel Uhr?", brummte ich, um soeben festzustellen, dass ich ja alleine war. Daran hatte ich mich noch nicht ganz gewöhnt: Jeden Tag alleine schlafen zu gehen und alleine aufzuwachen. Ich strich die Haare aus der Stirn und rollte mich auf die Seite. Halb elf. So lange hatte ich ewig nicht geschlafen. Ich schwang die Beine über die Bettkante, schlüpfte in ein Paar Socken und in meinen seidenen Morgenmantel. Auf dem Weg in die Küche griff ich nach dem weißen Handy und machte mich innerlich darauf gefasst, heute früher als geplant ins Krankenhaus fahren zu müssen. Stattdessen hatte ich eine Nachricht von einer unbekannten Nummer. „Wer ist das denn?" Ich runzelte die Stirn, schaltete den Wasserkocher ein und rief die Nachricht auf:

Um ehrlich zu sein, glaube ich nicht an eine Mrs Right, ich lasse mich aber gern vom Gegenteil überzeugen. Hat das Christkind dir deinen Mr Right gebracht? Wenn ja, sollte ich nächstes Jahr wohl auch noch mal einen Wunschzettel schreiben, auch wenn es kindisch ist ;) Liebe Grüße, der Ballonfinder.

Zuerst war ich amüsiert. „Der Ballonfinder?" Ich schüttete mir eine Tasse Tee ein. Irgendjemand hatte wohl die falsche Nummer eingetippt.

Gedanklich schon auf der Arbeit deckte ich den Frühstückstisch. Ich bestrich eine Brötchenhälfte mit Margarine und Nutella, wollte gerade hineinbeißen, da hielt ich auf halbem Weg zum Mund inne.

„Ballon…" Ich ließ das Brötchen zurück auf den Teller sinken. Völlig verrückt! Irgendwer hatte meinen Wunschzettel an das Christkind gefunden, den ich vor ein paar Wochen gen Himmel geschickt hatte! War das überhaupt möglich? Wer konnte meinen Ballon gefunden haben? Und wie kam Derjenige an meine Handynummer? In Gedanken versunken, schwenkte ich den Teebeutel in der Tasse hin und her. Mein schwarzes Handy verkündete die nächste Kurzmitteilung. Vor Schreck spritzte der Tee über den Tisch.

Ich beseitigte die Pfütze und las die Nachricht. Louisa wünschte mir von der ganzen Familie ein frohes Fest. „Natürlich!" Das erklärte jedenfalls, warum Louisa meine Diensthandynummer nicht wiedergefunden hatte: In dem Zettel-Chaos… Oder?

Ich schlürfte an meinem Tee. Okay, wie hatte mein Wunschzettel ausgesehen? Ein blaues Stück Papier an einem roten Herz-Luftballon und der Zettel mit meiner Handynummer war bestimmt Derselbe gewesen. Wieso hatte ich nicht bemerkt, dass er auf der Rückseite beschrieben war? Beim Befestigen hätte ich doch… Lexie hatte ihn befestigt! Verrückt! Was für ein Zufall… Sollte ich zurück schreiben? Ich zuckte die Schultern. „Warum nicht?" Es war Weihnachten. „Okay…" Was sollte ich schreiben? Ich las seine Nachricht noch einmal. Es klang, als sei er ein wenig enttäuscht worden von der Liebe.

Glaubst du nicht an die Liebe? Es ist kindisch, aber das passiert nun mal auf Kindergeburtstagen. Liebe Grüße

Ohne lange zu überlegen, schickte ich die Nachricht ab.

Nach der Schicht fuhr ich nach Hause, packte die letzten Sachen in den Koffer und bestellte ein Taxi zum Flughafen. Mein Diensthandy blinkte, als ich gerade aus der Haustür gehen wollte. Der Ballonfinder hatte sich zurückgemeldet. Ob ich es mitnehmen sollte?

Du scheinst der Liebe wohl schon einmal begegnet zu sein, wenn du Kinder hast. Nach ein paar Monaten haben sich die Schmetterlinge immer in Luft aufgelöst.

„Kinder?", überlegte ich. Wahrscheinlich hatte er das mit dem Kindergeburtstag falsch verstanden. Ich schrieb gleich zurück:

War der Geburtstag von der Kleinen einer Freundin :) Dachte auch schon einmal, ich hätte den Richtigen gefunden. Gebe die Suche aber nicht auf.

Irgendwie war es verrückt, mit einem wildfremden Menschen zu schreiben. Andererseits gab es so viele, die mittlerweile online dateten…

Ich dachte immer, man findet die Liebe, wenn man nicht nach ihr sucht… schrieb er zurück.

„Aha", dachte ich und ließ das Handy in der Jackentasche verschwinden, während ich den Koffer die Treppe hinunter schleppte. „Er scheint doch ein wenig an die Liebe zu glauben." Aber man sollte seinem Glück doch entgegen gehen können oder nicht? Was sprach schon dagegen, die Augen offen zu halten? Ich hielt Ausschau nach meinem Taxi.

Kann schon sein, mein Blind-Date war jedenfalls nichts. Wo hast du den Luftballon eigentlich gefunden?

Wahrscheinlich hatte er sich in irgendeinem Baum verheddert. Auf seine Antwort wartete ich die ganze Taxifahrt über. Was er wohl machte? Vielleicht arbeitete er? Als was? Dafür hatte ich zu wenige Informationen. Aber nett musste er auf jeden Fall sein, dass er einfach einer Fremden auf ihren Wunschzettel antwortete. Oder ob er sich dadurch mehr erhoffte? Eine einsame Frau trösten…

Das Taxi hielt und ich stieg aus, gab dem Fahrer sein Geld und zog mit meinem Trolley Richtung Drehtür.

Mein Handy verkündete die nächste Nachricht und ich erreichte die Schlange vor dem Schalter.

Er hatte sich vor ein paar Tagen auf meinen Balkon verirrt. Eben dachte ich mir: Spiel doch mal Christkind, ist schließlich Weihnachten ;)

Nett oder auf der Suche nach einem Abenteuer? Ich steckte das Handy in die Tasche, lud das Gepäck aufs Band und gab der Dame meinen Personalausweis. Danach ließ ich mich sofort durchleuchten. Als ich meine Handtasche aus der grauen Kiste vom Rollband nahm, suchte ich nach meinem Handy. Falls er dachte, er könne mit mir in ein Abenteuer starten, musste ich ihm diese Illusion sofort nehmen:

Die Nummer sollte eigentlich nicht mitgeschickt werden. Von Online-Dating halte ich zum Beispiel auch nichts… Aber vielleicht ist es Schicksal und wir beide sollen gemeinsam nach der Liebe suchen?

Ich musste lächeln. Vielleicht war es wirklich Schicksal?

Online-Dating?! :D Ich werde es so halten, dass ich nicht suche ;) Bin momentan nicht an einer Beziehung interessiert. Du kannst ja suchen und mir berichten, ob dein Weihnachtswunsch doch noch in Erfüllung geht.

Was hatte er denn jetzt nicht verstanden, was das Online-Dating anging? Er sollte doch nur wissen, dass ich den Ballon nicht abgeschickt hatte, um so einen Mann kennen zu lernen. Dachte ich zu kompliziert? Ich entschied mich, das Thema fallen zu lassen.

Okay. Aber warum willst du keine Beziehung?

Ich schlenderte durch einen Duty-Free-Shop und inspizierte den Zeitungsständer, als er zurück schrieb:

Im Moment genieße ich meine Freiheit. Außerdem verändert sich im Moment so viel in meinem Leben, dass darin kein Platz für eine Frau wäre.

„Hm", machte ich. „Kein Platz für eine Frau?" Mit einer Zeitschrift und einem Schokoladen-Nikolaus unter dem Arm reihte ich mich in die Schlange an der Kasse ein und tippte:

Einen perfekten Moment für den Beginn einer Beziehung wirst du niemals finden. Es gibt immer Veränderungen oder Gründe, warum gerade nicht der richtige Zeitpunkt ist. Wenn du es aufschiebst und somit die Menschen von dir fern hältst, stehst du irgendwann alleine da und hast niemandem, mit dem du deine Erinnerungen und Zukunft teilen kannst. Verpasse nicht die Liebe deines Lebens, nur weil deine Vernunft dir sagt, der Zeitpunkt wäre falsch.

Wo kamen diese Worte plötzlich her?

Als ich bezahlt hatte, war es noch zu früh fürs Boarding. Ich setzte mich auf eine der Metallbänke und beobachtete gedankenverloren die ankommenden und abhebenden Flugzeuge. Der Ballonfinder schien jünger zu sein. Bestimmt war er gerade mit seinem Studium fertig und wartete darauf, seinen ersten Job anzutreten, deshalb veränderte sich so viel in seinem Leben. Oder er war noch jünger und gerade mit der Schule fertig. „Oh Gott!" Ich rollte die Augen, als mein Handy die nächste Nachricht verkündete.

Wow, da spricht wohl eine echte Romantikerin aus dir heraus ;) Nein, du hast ja Recht. Ich sage auch nicht, dass ich generell nichts Festes mehr will. Im Moment möchte ich nur nichts Festes. Ich bin froh, mich nicht abmelden zu müssen und dass keiner sauer ist, wenn ich alleine mit Freunden ausgehe oder mit anderen Frauen spreche. Hört sich banal an, aber diesen Freiraum brauche ich.

Das hörte sich an, als hätte seine Ex ganz schön geklammert. Wahrscheinlich ging er nun davon aus, dass alle Frauen so waren. Bestimmt hatte er schon mehrere von dieser

Sorte Frau kennen gelernt. Nur zu gut kannte ich das Gefühle der Enge, des Drucks. In einer funktionierenden Beziehung sollte man sich wohlfühlen und sich gegenseitig Freiräume lassen, statt sich einzuengen. Oder er wohnte noch bei seiner Mutter?! Ich schüttelte grinsend den Kopf. Das sollte doch nicht zu schwierig sein, herauszufinden.

Klingt, als würdest du noch bei Mutti wohnen – oder war deine Ex so ein Kontrollfreak?

Seine Antwort beruhigte mich: Nein, dafür bin ich mindestens zehn Jahre zu alt :D

Gut, mindestens zehn Jahre… Was bedeutete das? Wann zogen die meisten Leute von zu Hause aus? Ich befragte das Internet. Okay, wenn das stimmte, war der Ballonfindet Mitte Dreißig. Das klang mir doch zu alt, wenn gerade bei ihm so viel im Umschwung war. Vermutlich war er früh ausgezogen. Mit achtzehn, vielleicht neunzehn zum Studium. Das passte zu meiner Vermutung, dass er nun das Studium beendet hatte und nun in die Arbeitswelt startete. Ja, so musste es sein. Die meisten Studiengänge dauerten zwar keine zehn Jahre, aber mit diversen Praktika und Auslandsaufenthalten… vielleicht war er auch nicht der Fleißigste. Er war bestimmt ein bisschen faul und hatte mehr Party gemacht, als gelernt. Dabei hatte er vermutlich die ganzen Mädels kennen gelernt, die ihn geprägt hatten.

Kann dich nur zu gut verstehen. Aber jeder Mensch ist anders. Jede Beziehung ist anders. Jede hat ihre eigenen Regeln und Kompromisse. Es gibt keine allgemeine Definition, aber ein Patent-Rezept: Miteinander kommunizieren. Was ist daran so schwer?

Den Flug hatte ich größtenteils verschlafen. Nach einem Artikel über glückliches Single-Leben – ich zitiere: „Wenn du mit dir selbst nicht zufrieden bist, darfst du nicht von einem anderen Menschen erwarten, dass er dich glücklich macht." - war ich wohl eingeschlafen und hatte untypischerweise traumlos geschlafen.

Nachdem ich mein Gepäck am Flughafen von St. Tropez wieder eingesammelt hatte, stöckelte ich zum Ausgang. Ich trat gerade aus dem für Besucher abgetrennten Bereich, als mir jemand entgegen lief. „Chérie! Adrienne!" Michèle stürmte auf mich zu, umarmte mich fest und hielt mich sogleich wieder kurz von sich weg. Sie sah toll aus. Das dunkle Haar reichte ihr in dicken Locken bis fast zum Po, ihre dunklen Augen hatte sie mit braunem Lidschatten und einem Strich schwarzen Kajal umrahmt und die Lippen in ein dunkles Rot getaucht, das perfekt zu ihrem Wollmantel und der Schultertasche passte. „Frohe Weihnachten!" Sie drückte mich noch einmal.

„Du siehst toll aus!"

„Ach..." Sie machte eine wegwerfende Handbewegung. „Ein bisschen Schminke..."

Mein Blick fiel auf einen breiten, silbernen Ring an ihrem Finger. Ich griff nach ihrer Hand. „Mischa..." Es war nicht einfach *ein* Ring! Er bestand aus zwei ineinander geschlungenen Ringen, in der Mitte wurde er von einem glänzenden grünen Stein geziert. Es versetzte mir einen leichten Stich. Meine kleine Schwester war verlobt.

Zerknirscht blickte sie mich an. „Oh, Adrienne... Isch wollte es dir sagen, aber du warst so traurisch und ich wollte nischt..."

„Ich freue mich für dich." Ich schloss Michèle in die Arme. Meine Schwester würde bald heiraten! Sie hatte ihre zweite Hälfte bereits gefunden und ich hatte nicht einmal gewusst, dass es ihr so ernst mit Henry war. Sie hatte ihn hin und wieder erwähnt, aber dass es den beiden nach einem Jahr bereits so ernst mit einander war, hatte ich nicht gewusst. „Jetzt lass uns mal wieder auf Französisch umswitchen. Spätestens Cécile wird ihre Probleme mit dem Deutschen bekommen und ich fühle mich fast schon ein bisschen eingerostet. Erzähl mal von deinem Verlobten! Kommt er nachher zum Essen?"

Michèle hakte sich fröhlich bei mir unter und wir machten uns auf dem Weg zum Parkplatz, wo ihr kleiner schwarzer Flitzer auf uns wartete. Auf der Fahrt erfuhr ich mehr über ihren Verlobten: Henry Morel stammte aus Cannes und leitete mit seinen knapp dreißig Jahren ein größeres Unternehmen. Seine Leidenschaft galt dem Tennis, seiner Dalmatiner-Dame und meiner kleinen Schwester.

Von weitem sah ich das cremefarbene Haus meiner Eltern am Ende der langen Straße. Die drei großen Fenster, sowohl in der unteren als auch oberen Etage, wurden von grünen Fensterläden gesäumt. Alles war hell erleuchtet. An dem geschwungenen Balkongeländer in der Mitte der oberen Etage war ein riesiges Gesteck mit einer roten Schleife angebracht. In die Büsche des Vorgartens war eine Lichterkette verstrickt. Zu beiden Seiten des Hauses waren rundbogige Garagentore angebracht. Rechts stand ein silberner Geländewagen. Links parkte ein Kleinwagen. Scheinbar waren unsere Geschwister bereits eingetroffen.

Wir hatten noch nicht einmal geklingelt, da öffnete sich bereits die Haustür und ein Blitzlichtgewitter brach über uns herein. „Lächeln!" Ich war kurz geblendet, da stürzte Aurelie mir in die Arme. „Adrienne! Schwesterherz, ich habe dich so vermisst! Frohe Weihnachten!" Wir tauschten Küsschen aus.

Dann blickte ich meine kleinste Schwester genauer an. Sie trug ihr schulterlanges Haar nun stufig mit asymmetrischem Pony und geglättet. Ihre Augen waren dramatisch dunkel geschminkt und sie trug einen von diesen kurzen Pullovern, die am Kragen so weit sind, dass sie einseitig eine Schulter freigeben, dazu eine an den Beinen weit ausgestellte Highwaisthose und glänzende schwarze Stiefel. „Wo sind deine Locken?"

Aurelie zuckte mit der nackten Schulter und rollte mit den braunen Augen. „Ach, weißt du, die haben mich genervt. Ich wollte mal etwas anderes ausprobieren, kennst mich doch!" Sie grinste frech und zog mich am Arm ins Haus. „Gib mir deinen Mantel!" Ungeduldig wartete sie, bis ich hinaus geschlüpft war.

„Ich habe ihr tausendmal gesagt, dass diese Glätt-Eisen ihre Haare kaputt machen." Michèle hievte meinen Trolley in den Flur.

„Und ich habe Mischa tausendmal gesagt, dass man kaputte Haare abschneiden kann. Schließlich wachsen sie ja nach." Aurelie hängte meine Sachen an die Garderobe, während ich an meinem Strick-Kleid zupfte. Schnell schoss sie noch ein Foto von mir. Ich blickte nicht einmal auf. Nach all den Jahren lernt man, diese Schnappschüsse einfach zu ignorieren. „Maman! Schau, wer da ist!" Aurelie sprang wie ein aufgeregtes Kind ins Wohnzimmer.

Der riesige Esstisch vor dem Fenster mit dem Blick zum Garten war weihnachtlich dekoriert. Es duftete nach Zimt und Tannennadeln. Rechts vor der großen Fensterfront, die zum Garten hinaus führte, stand ein Weihnachtsbaum in seiner vollen Pracht. Er war in verschiedenen lila und grausilbernen Tönen gehalten und harmonierte perfekt zur grauen Wildleder-Garnitur des Sofas, auf dem der Rest der Familie versammelt saß.

Maman erhob sich mit strahlendem Lächeln. Sie trug ihr von grauen Strähnen durchzogenes Haar zu einer adretten Hochsteckfrisur, auf ihrer Nase eine neue Brille mit schmaler Fassung. Die bunten Ohrstecker lockerten ihr Outfit aus weißer Tunika und brauner Stoffhose auf. Herzlich schloss sie mich in ihre Arme. Der Blitz der Kamera leuchtete auf. „Meine Große! Wie war Weihnachten bis jetzt für dich? Alles gut überstanden?" Als sie meine Hand tätschelte und mich aus ihren warmen braunen Augen anblickte, spiegelte sich Mitleid darin.

Mit einem Lächeln versuchte ich sie zu beruhigen. „Alles gut soweit."

Maman lächelte besänftigt und gab den Weg für Papa frei. „Frohe Weihnachten!", wünschte er und schloss mich in seine starken Arme. „Wie war dein Flug?"

Ich strich ihm den Kragen seines karierten Hemds glatt. „Gut. Ich konnte mich ein wenig von der Arbeit erholen."

„Kommst du direkt aus dem Krankenhaus?", fragte Gérard, der sich erhob und mich mit Küsschen begrüßte. Wie immer sah er aus, wie aus dem Ei gepellt: Ein maßgeschneiderter Anzug, passende Krawatte zum Hemd.

„Sozusagen." Ich wandte mich an Cécile, die in einem beigefarbenen Rock mit farblich abgestimmtem Rollkragenpullover steckte. „Frohe Weihnachten." Küsschen rechts, links. „Wie geht es dir?"

Meine Schwägerin lächelte und ihre Augen leuchteten, als sie sich mit der Hand über den Bauch strich.

Gérard legte eine Hand auf ihre Schulter. „Jetzt können wir es ja sagen: Wir bekommen Nachwuchs!"

Ein allgemeines Glückwünschen, Umarmen und Küssen drängte sich um meinen Bruder und seine Frau.

Dann begrüßte ich Etienne, der auf dem Teppich mit Bauklötzen spielte, und war verblüfft, wie viel er seit meinem letzten Besuch gewachsen war. „Du bekommst also ein Geschwisterchen, junger Mann!"

„Kinder!", rief Maman und entschwirrte mit erhobenen Armen Richtung Küche. „Gleich können wir essen!"

„Ich habe das Gefühl, meine Blase ist kurz vorm Platzen", entschuldigte ich mich und machte mich mit meinem Gepäck auf den Weg ins Bad im oberen Stockwerk.

Aurelie wartete vor der Badezimmertür auf mich. „Übrigens schläft heute Nacht die ganze Familie unter einem Dach. Wir teilen uns ein Zimmer. Komm, ich habe mich dafür stark gemacht, dass wir das Zimmer mit Bad bekommen. Sozusagen als Entschädigung. Wir haben ja niemanden zum Kuscheln mitgebracht." Sie zwinkerte mir zu. „Wobei ich bezweifle, dass Gérard und Cécile kuscheln werden, die haben ja den Kleinen im Zimmer. Aber Mischa und ihr Henry..." Sie ließ die Augenbrauen auf und ab hüpfen. „Die turteln ja schließlich noch."

„Du bist ein verrücktes Huhn", lachte ich und folgte ihr ins Gästezimmer. Meine Handtasche stellte ich auf der weißen Schminkkommode ab, während ich einen Blick auf das Display meines Handys warf. Der Ballonfinder hatte mir viel Erfolg bei der Suche und erholsame Tage gewünscht.

„Ein Kerl?" Aurelie schaute mir neugierig über die Schulter.

„Es ist nicht so, wie du denkst." Ich klappte den Kofferdeckel auf.

„Ist es das jemals? Erzähl!" Sie ließ sich auf der Bettkante nieder und fuchtelte an dem Objektiv ihrer Spiegelreflexkamera herum.

Während ich meine Kleider ausräumte, erzählte ich ihr von dem Wunschzettel und dem plötzlichen Kontakt mit dem Finder des Ballons.

„Das nenne ich mal eine unglaubliche KennenlernGeschichte." Aurelie machte große Augen. „Tja, auf eurer Hochzeit wird es demnach nicht heißen `Wir haben uns auf dem Tennisplatz kennen gelernt´ oder `Es war Liebe auf den ersten Blick, als ich ihn im Supermarkt sah´, sondern `Adrienne hat sich zu Weihnachten ihren Traummann gewünscht und wen bekam sie? Mich´."

Ich musste lachen und nahm die Geschenke vom Boden des Koffers.

„Was hat mir das Christkind denn gebracht?" Aurelie wippte ungeduldig auf der Bettkante auf und ab. „Auch einen heißen Typen?"

„Erstens habe ich keinen Schimmer, ob er ein heißer Typ ist", grinste ich. „und zweitens wirst du dich noch gedulden müssen, bis du dein Geschenk auspacken darfst."

„Du bist so fies!", schmollte sie und hängte sich den monströsen Fotoapparat wieder um den Hals.

Ich drückte ihr zwei Päckchen in die Hände. „Trägst du die bitte runter? Nein, die sind nicht für dich, sondern für Gérard und Cécile!"

Als wir das Ende der Treppe erreichten, begrüßte Michèle gerade einen brünetten Mann in grauer Stoffhose und weißem Hemd an der Haustüre. Er blickte zu Aurelie und mir hinüber. „Hallo, Aurelie!"

Mischa wandte sich um. „Oh, Henry! Ich muss dir meine Schwester Adrienne vorstellen!" Sie hakte sich bei ihm unter. Er war gut einen Kopf größer als sie und hatte treue, grüne Augen. „Adrienne, das ist mein Verlobter."

Ich reichte ihm die freie Hand. „Michèle hat schon viel von dir erzählt."

„Das kann ich nur zurückgeben."

Mamans Stimme schallte aus der Küche zu uns herüber. „Kinder, wir sind vollständig! Nun kommt, kommt! Das Essen ist fertig!"

Maman hatte sich wieder einmal selbst übertroffen. Sie servierte ein köstliches Drei-Gänge-Menü, nach dem ich das Gefühl nicht loswurde, gleich aus allen Nähten zu platzen.

Später half Michèle Maman beim Abwasch in der Küche. Papa baute mit Etienne einen Turm aus bunten Holzklötzen. Aurelie schoss von allen Fotos schoss. Mein Bruder und mein zukünftiger Schwager diskutierten über Sport und ich unterhielt mich mit Cécile über Säuglinge und Schwangerschaft.

Nachdem Michèle und Maman sich schließlich zu uns gesetzt hatten, schenkte Papa Wein aus und Maman wandte sich dem Weihnachtsbaum zu. „Zeit für die Bescherung!" Sie nahm das größte Paket unter dem Baum hervor und ging zu Etienne. „Schau mal, Etienne, was dir das Christkind gebracht hat." Cécile half ihrem Sohn dabei, das bunte Papier zu entfernen, während Maman die weiteren Geschenke verteilte. Schließlich nahm sie drei hauchdünne Geschenke hervor, die wie Briefumschläge aussahen. „Adrienne, Michèle, Aurelie."

Ich nahm das Geschenk entgegen und entfernte das Papier. Ich hielt einen hellgrünen Glanzpapier-Umschlag in den Händen, meine Schwestern ebenfalls. Aurelie hatte ihren als Erste geöffnet. Ich holte die zugehörige Karte heraus, auf der ein Wellness-Hotel abgebildet war, als Aurelie erstaunt sagte: „Ein Wellness-Tag? Dann werde ich ja noch schöner!" Sie fasste sich an die Wange und zog alberne Grimassen.

Michèle war begeistert: „Das wollte ich immer schon einmal machen!"

Ich las mir die Karte durch. „Morgen Früh geht es schon los – mit einem Sekt-Frühstück!"

„Klingt gut." Aurelie grinste und legte Michèle und mir jeweils einen Arm um die Schultern. „Ein Tag unter Schwestern. Das wird super!" Sie ließ uns los und sprang in die Hände klatschend auf. „So, jetzt gibt es Geschenke von mir!" Sie kniete sich vor den Weihnachtsbaum, dabei purzelte eine der lilafarbenen Kugeln herunter. „Ups!" Aurelie hängte sie schnell zurück. „Nichts passiert!" Lachend erhob sie sich und überreichte erst Etienne ein Päckchen. „Süßer, das hat das Christkind bei Tante Aurelie abgeliefert." Aurelie gab dem Kleinen einen dicken Schmatzer auf die Wange und wandte sich um. „Wie ihr wisst, habe ich vor Kurzem eine Rundreise durch Indien gemacht." Mir reichte sie eines der großen, flachen Geschenke. „Es wird dir Gefallen. Damit wirst du noch entspannter deine Yoga-Übungen machen können. Bei so viel authentischer Atmosphäre...", philosophierte sie.

Ich entfaltete das Papier und hielt einen Wand-Kalender in den Händen. Bereits das Cover gefiel mir. Eine Buddha-Statue bei Sonnenaufgang. „Die sind unglaublich schön, Aurelie!", staunte ich beim Durchblättern.

Aurelie verteilte die restlichen Geschenke und badete in Lobeschören. Dann setzte sie sich zu mir. „Übrigens habe ich noch ein paar Bilder gemacht, weil ich dachte, dass du sicher die ganzen Fotos der Vergangenheit aus den Rahmen genommen hast." Sie reichte mir eine Mappe aus weißer Pappe.

„Du erinnerst dich noch an die Fotos in meiner Wohnung?"

„Adrienne, Fotos sind mein Leben!", sagte Aurelie theatralisch und brachte mich damit erneut zum Lachen.

Die Fotos waren einfach atemberaubend, ich hatte das Gefühl, bei ihrer Reise nach Indien dabei gewesen zu sein. Menschen beim Reisanbau, ein im Fluss badender Elefant, ein Pfau… Aurelie hatte ein Gespür dafür, gewöhnliche Momente einzufangen und sie zu etwas Besonderem werden zu lassen.

11
I don't want to be

„...anything other than me...“
– Gavin DeGraw

Gegen halb zehn trafen wir im Wellness-Hotel ein. Im Eingangsbereich wurde uns ein Glas Sekt auf einem silbernen Tablett gereicht und auf den gläsernen Tischen lockten weitere Silberplatten mit Canapés. Aurelie schnappte sich eines mit Lachs. „Mh, köstlich!“

Wir ließen uns in einen der weißen Sessel an der Fensterfront zum Außenpool sinken, der scheinbar nur in der Sommersaison geöffnet war. „Habt ihr auch brav eure Handys zu Hause gelassen?“, fragte Michèle. „Wir wollen heute schließlich entspannen.“

Ich hatte meine Handys auf der Nachttischkommode liegen gelassen.

Aurelie schürzte die Lippen. „Ich wusste, dass ich etwas vergessen habe.“

Michèle streckte ihre Hand auffordernd über den Tisch aus. „Her damit!“ Sie strafte Aurelie mit einem strengen Blick.

„Du bist so gemein!“, maulte Aurelie, zog aber gehorsam ihr Handy hervor. „Oh, eine Nachricht...“

Mischa riss ihr das Gerät aus der Hand. „Deine Kerle können auch bis heute Abend warten!“ Ohne Kompromisse schaltete sie das Mobiltelefon aus und steckte es in ihre Handtasche.

Aurelie stand der Mund offen und sie schnappte wie ein Fisch an Land nach Luft.

„Gut, das hätten wir." Michèle lächelte zufrieden und ließ sich seufzend gegen die Sessellehne fallen.

Eine blonde Frau in hellgrünem T-Shirt und weißer Stoffhose trat zu uns. „Madame Laurent?"

„Ja?", sagten meine Schwestern und ich im Chor. Wir mussten lachen.

„Gut", lächelte die Blondine. „Ich bin Jacqueline und werde Sie heute durch unser Wellness-Programm führen." Sie brachte uns durch eine grünlich schimmernde Rauchglastür, die das restliche Gebäude von der Eingangshalle trennte. Dahinter lag ein sanft beleuchteter Flur, der mit dunklen Holzböden ausgelegt und von üppigen grünen Pflanzen und weiteren Türen gesäumt war. „Auf dem Programm steht erst einmal ein Besuch in unserer Sauna." Sie machte eine einladende Bewegung Richtung dreier Türen.

Ich nahm die Erste, schälte mich aus Jeans, Bluse und Unterwäsche und wickelte mich in das weiße Badetuch, das auf dem Hocker gefaltet lag. Den ebenfalls weißen Bademantel hängte ich mir über den Arm und schlüpfte in die samtweichen Puschen.

Auf dem Flur wartete Michèle bereits im Bademantel auf mich. „Warst du schon mal in einer Sauna?" Unsicher zupfte sie am Saum ihres Handtuchs.

„Ich liebe Sauna!" Einmal hatten Viktor und ich in einem Hotel den Wellness-Bereich für uns alleine gehabt. Schnell verdrängte ich den Gedanken. Aurelie war nun endlich fertig, sodass wir Jacqueline den Gang hinunter folgten.

„Ich hoffe, es ist eine gemischte Sauna", flüsterte Aurelie von links. „Dann bekommen wir was zu sehen!"

„Ich hoffe nicht!", kam ein panisches Flüstern von rechts.

Wir hatten Glück und die ganze Sauna für uns alleine.

„Wisst ihr, ich überlege die ganze Zeit, wie ich das mit dem Nachnamen halten soll", sagte Mischa plötzlich.

„Wie meinst du?", fragte ich.

„Na ja, mit `Michèle Morel´ stehe ich ein wenig auf Kriegsfuß, weil es sich reimt."

„Hm", machte Aurelie und lehnte den Kopf an die Wand.

„Findet ihr Doppel-Namen doof? `Michèle Laurent-Morel´ würde mir nämlich besser gefallen."

„Hört sich gut an."

Aurelie zuckte die Schultern. „Warum nicht?"

„Wann ist der Termin für die Hochzeit?" Mir rannen bereits Schweißperlen an der Schläfe hinunter.

„Anfang Juni. Wir wollen das Fest und die Trauung im Freien halten. In Küstennähe." Michèle strahlte. „Und macht euch keine großen Gedanken wegen euren Kleidern! Ihr dürft kommen, wie ihr wollt."

Aurelie grinste an sich hinunter. „Auch nackt?"

Michèle lachte leise. „Das was *so* klar!" Sie schüttelte den Kopf und wischte mit der Hand über ihr schwitziges Dekolleté. „Es gibt keine Brautjungfern, lediglich Etienne wird etwas Reis streuen."

„Sie will nicht, dass wir ihr die Show stehlen." Aurelie legte den Kopf in den Nacken.

Mischa lachte. „Mein Kleid werdet ihr eh nicht übertreffen können."

„Du hast schon ein Kleid?"

„Das nicht, aber ich habe eine genaue Vorstellung davon."

„Sieht Henrys Trauzeuge gut aus?", erkundigte sich Aurelie.

„Du bist unmöglich!", seufzte Michèle. „Er ist sein jüngerer Bruder."

„Perfekt." Aurelie grinste zufrieden.

„Du wirst eh keine Zeit haben, zu flirten. Du bist für die Fotos verantwortlich." Mischa legte den Kopf in den Nacken. „Henry und ich haben uns noch nicht entschieden, ob wir eine Sahnetorte oder etwas mit Quark nehmen wollen. Es gibt noch so viel zu tun!"

„Keine Bange", sprach ich ihr Mut zu. „Entspann dich erst einmal. Heute widmen wir uns nur unserem Wohlbefinden."

Nach einer mehr oder weniger kalten Dusche lagen wir nebeneinander auf dem Bauch und ließen unsere Rückseiten massieren.

„Wieso 'ast du eigentlisch den süßesten Kerl abbekommen?", fragte Aurelie und meinte dabei den jungen Kerl, der Michèle den Rücken massierte. „Das ist total unfair, schließlisch bist du verlobt."

Ich lachte in mich hinein. „Eigentlich ist es nur unfair, dass du hier dein Deutsch auspackst und der arme Kerl wahrscheinlich kein Wort versteht."

„Entspann dich, Aurelie!", murmelte Mischa. „Kein Gedanke mehr an die Männer!"

„Hast du nicht mal daran gedacht, dich zu binden, Aurelie?", fragte ich nun wieder auf Französisch.

„Ich bin noch zu jung, um mich an einen Mann zu binden."

„Du bist auch nur drei Jahre jünger als ich", flüsterte Michèle. „Außerdem musst du ja nicht gleich heiraten. Keiner will dir gleich Fesseln anlegen, nur weil ihr es als `Zusammensein´ betitelt."

„Ich brauche aber meine Freiheit." Irgendwie schien meine kleine Schwester meinem Ballonfinder sehr ähnlich zu sein.

„Glaub mir, Kleines, auch in einer Beziehung darf man mal egoistisch sein und an sich selbst denken. Das sollte man auch."

Ich nickte innerlich. Ja, sie hatte recht.

„Und vor allem sollte der Partner das nicht nur akzeptieren, sondern auch selbst so handhaben. Selbstaufgabe führt nicht dazu, dass man dem Partner näher kommt. Wenn wir mal ehrlich sind..." Sie machte eine Kunstpause. „... ist es doch gerade aufregend, nicht immer aufeinander zu hocken und mal getrennt voneinander etwas zu unternehmen. Was will man sich denn sonst noch erzählen, wenn man alles zusammen macht? Ich sehe das täglich an meinen Patienten. Ein bisschen Abstand ist gerade das, was viel ausmacht. Wenn man sich nicht täglich sieht, kann das auch ganz schön scharf machen, oder?" Jetzt kicherte Mischa.

Meine Schwester sprach mir förmlich aus der Seele. Würde ich eine neue Beziehung beginnen, würde ich meinen Freiraum auch beibehalten wollen, Sport machen, mich mit meinen Freundinnen treffen. In der Zukunft wünschte ich mir zwar eine Familie, aber ich wollte nicht gleich einen Ehering am Finger erwarten.

„Übrigens..." Aurelie war eine Meisterin im Wechseln des Themas. „Morgen Abend sind wir auf einer Party eingeladen."

„*Wir*?"

„Eine Freundin hat Geburtstag und sie meinte, ich soll wen mitbringen. Wird bestimmt lustig."

„Ich glaube, morgen Abend...", setzte Mischa an, doch Aurelie unterbrach sie: „Jetzt komm mir nicht mit irgendeiner billigen Ausrede, wenn wir schon einmal alle drei hier sind, hauen wir auch zusammen auf die Kacke!"

„Lass und später darüber reden, ja?", seufzte ich und versuchte mich auf die entspannende Wirkung der knetenden Hände auf meinem Rücken zu konzentrieren.

In unseren flauschigen Bademänteln und in ein Handtuch auf dem Kopf drapierten Haaren saßen wir kurz nach Mittag in einem gemütlichen Raum, der sich „Oasis" nannte. Wir schlürften bunte Fruchtsäfte und bekamen eine leichte Speise gereicht.

„Adrienne, wahrscheinlich musst du dich zur Hochzeit in ein Hotel einquartieren, aber das geht natürlich auf unsere Kosten." Michèle schob sich eine Gabel mit Karottensalat in den Mund. „Maman und Papa meinten, dass es gastfreundlicher wäre, Henrys Eltern und seine Großmutter im Haus unterzubringen."

Aurelie nahm einen Zug aus dem gelben Strohhalm. „Seine Familie kommt aus Grenoble."

„Kein Problem", sagte ich und nippte an meinem frisch gepressten Orangensaft. „Mach dir um das Hotel mal keine Gedanken, das kann ich schon selber bezahlen."

„Ich bestehe darauf, dass ich es bezahle. Immerhin ist es meine Hochzeit, wegen der du kommen musst!"

„Und ich bestehe darauf, dabei zu sein und selber für meine Unterkunft aufzukommen."

Aurelie lachte. „Schiebt euch nur gegenseitig die Rechnung zu, Hauptsache ich muss sie nicht begleichen."

„Vielleicht bleibe ich sogar eine Woche und genieße die Sonne."

„Ich würde dir ja anbieten, bei mir zu wohnen", erklärte Aurelie, woraufhin ich sofort den Kopf schüttelte, denn sie besitzt eine Katze und ich muss bloß an das Vieh denken, da juckt meine Nase bereits. „Aber du hast ja eine Allergie gegen meine Kleine. Gibt es da kein Medikament? Hello Kitty würde sich freuen, dich zu sehen." Auf so verrückte Namensgebungen konnte natürlich nur meine Schwester kommen.

Ich schüttelte den Kopf. „Macht euch mal keine Sorgen, ein Hotelzimmer kann ich mir gerade noch leisten." Mit einem Auge zwinkerte ich Michèle zu.

Während uns eine Maske ins Gesicht gepinselt und auf jedes Auge eine Gurkenscheibe gelegt wurde, lagen meine Hände mit gespreizten Fingern auf den gepolsterten Armlehnen. Fingernägel wurden lackiert, Füße massiert. Ich war so entspannt, dass ich fast weg döste. Im Hintergrund lief Musik, die das Rauschen des Meeres imitierte und von einem Klavier untermalt wurde. Plötzlich musste ich an Heiligabend denken, als ich mit Tom getanzt hatte. Es hatte sich gut angefühlt. Unbeschwert. In Toms Nähe fühlte ich mich im Allgemeinen sehr wohl. Das lag nicht nur daran, dass er unglaublich gut aussah, ich hatte das Gefühl, dass ich mich gut mit ihm unterhalten konnte und dass ihn interessierte, was ich erzählte.

„Hast du Mischa eigentlich von deinem Flirt erz... Scheiße, jetzt ist mir eine Gurke in den Bademantel gerutscht!" Neben mir raschelte es und ich hörte den Drehhocker an mir vorüber rollen, auf dem eine der drei Kosmetikerinnen scheinbar damit beschäftigt war, Aurelie eine weitere Gurkenscheibe aufs Auge zu drücken. Ich gluckste, um ein Lachen zu unterdrücken. Es grenzte an ein Wunder, dass Aurelie so lange geschwiegen hatte. Ich vermutete fast, dass sie ebenfalls beinahe eingenickt war.

Ohne den Mund zu viel zu bewegen sagte ich: „Da gibt es nicht viel zu erzählen."

„Du kennst ihn zwar nicht, aber wer weiß, was für ein toller Typ dahinter stecken könnte?! Ups!"

„Gurke Nummer zwei im Dekolleté gelandet?", sagte Michèle, die scheinbar auch zu verhindern versuchte, dass ihr die Gurkenscheiben durch das Lachen entglitten.

Erneut quietschte der Rollhocker.

„Schon gut, schon gut! Ich werde jetzt meine Klappe halten."

Mischa und ich kicherten.

„Hmhm", kam es nur noch von Aurelie.

Am späten Nachmittag verließen wir das Wellness-Hotel. Ich fühlte mich sehr wohl, meine Wangen waren von einem natürlichen Rosa und meine Haut strahlte, war glatt und erholt. Meine Zehen- und Fingernägel glänzten in einem Perlmuttton. Ich fühlte mich wie neu geboren.

***

„Mein Gott, ihr habt euch ja aufgedonnert!" Aurelie stand vor der Haustür. Sie trug eine dunkle Jeans und ein schwarzes T-Shirt mit dem Motiv eines Leoparden. Lediglich ihr Make-up deutete daraufhin, dass wir auf eine Party gingen. Ein kreischendes Pink zierte ihre vollen Lippen, dazu trug sie ein dezentes Augen-Make-up.

Im starken Kontrast zu meiner jüngsten Schwester steckte ich in einem schwarzen Bleistift-Rock, einer schimmernden roten Seidenbluse, die einen Blick auf mein Dekolleté erlaubte, und meine geliebten schwarzen High-Heels mit roter Sohle. Meine Haare hatte ich zu einem hohen Pferdeschwanz gekämmt und am Oberkopf ein wenig toupiert. „Du hast gesagt, wir gehen auf einen Geburtstag."

Meine Schwester stemmte die Hände in die Hüfte. „Tun wir auch. Aber nicht auf ein spießiges Beisammensitzen! Wir gehen auf eine P-A-R-T-Y!"

„Soll ich mich noch einmal umziehen?" Ich stemmte ebenfalls die Hände in die Hüfte.

„Auf keinen Fall! Dafür ist nun keine Zeit mehr. Die Party ist bereits in vollem Gange. Wenn wir noch später aufkreuzen, liegen die Ersten unterm Tisch." Nun tat die Kleine auch noch so, als sei es meine Schuld, dass wir so spät aufbrachen! Dabei hatte sie darauf bestanden, nicht vor zehn Uhr auf dem Geburtstag zu erscheinen. „Michèle sieht nicht viel anders aus als du. Man könnte meinen, ihr hättet euch abgesprochen! Zack, zack, ins Auto!" Aurelie scheuchte mich die Treppenstufen hinunter. Ich konnte meinen Eltern nur noch „tschüss" zurufen, bevor Aurelie die Haustür zu zog.

Michèle ließ die hintere Fensterscheibe hinunter. „Wow, du siehst klasse aus!"

„Du scheinst die Einzige zu sein, die das so sieht." Mit dem Daumen deutete ich zu Aurelie herüber. „Die Kleine hat schon einen Anfall bekommen!" Ich nahm auf dem Beifahrersitz Platz.

„Mach dir nichts draus!" Michèle kicherte. „Wer weiß, wo sie uns heute hinschleppt."

Die Party fand in einer alten Fabrikhalle statt, die die Gastgeberin zu ihrer eigenen „Hütte" umgestaltet hatte. Momentan war von wohnlichen Accessoires allerdings nur wenig ersichtlich. Die riesige Couch im Kuh-Muster war besetzt mit flirtenden Pärchen. Am rechten Ende der Couch gingen die Ersten bereits auf Tuchfühlung. Die übrigen Gäste drückten sich um die Stehtische, die vor Aschenbechern und diversen Bier- und Schnapsflaschen überquollen. Manche lehnten an den Säulen, die die obere Etage wie einen umliegenden Balkon stützten. Andere wiegten sich zum Takt der Musik, die aus den riesigen Boxen neben der mit Graffiti besprühten Wand dröhnten.

„Bier?" Bevor wir antworten konnten, hatte uns die Gastgeberin mit den lila gefärbten Haaren jeweils eine Flasche in die Hand gedrückt.

„Geile Party!" Aurelie blickte sich um und setzte den Flaschenhals an den Mund.

„Was macht sie beruflich?", erkundigte Michèle sich, während die Gastgeberin zur Metalltür ging, um die nächsten Gäste kreischend zu begrüßen.

„Sie ist Künstlerin." Aurelie deutete auf das Graffiti, bei dem ich beim besten Willen nicht interpretieren konnte, was es darstellte.

Angestrengt kniff ich die Augen zusammen. „Hm. Nein", dachte ich und nahm einen Schluck Bier. Angewidert unterdrückte ich ein Schauder.

Michèle nickte bloß und warf mir einen kurzen Blick zu. Sie nahm ebenfalls einen großen Schluck und zog die Wangen nach innen. „Grauenhaft."

Ich ließ den Blick über das bunte Volk schweifen. Mischa und ich waren vollkommen falsch gekleidet. Wohingegen der Großteil in Jeans und T-Shirt mit Front-Label oder dem Namen einer Band steckte, hatte auch Michèle zu einem knielangen Rock und einer Tunika gegriffen.

„Amüsiert euch schön." Aurelie legte mir flüchtig die Hand auf den Oberarm. „Ich mach mal die Runde." Schon war sie verschwunden, um einen Typen mit Augenbrauen-

110

Piercing zu begrüßen, dessen Bizeps über und über von Tattoos verziert waren.

„Wo sind wir hier nur gelandet?" Michèle verschränkte die Arme vor der Brust. „Ich hatte gleich ein ungutes Gefühl."

Ich legte einen Arm um Mischas Hüfte. „Na, wenigstens stehen wir das zusammen durch."

Das Bier schmeckte furchtbar, aber nach ein paar weiteren Schlucken war die Flasche leer und Aurelie versorgte uns mit härteren Sachen. Angeheitert kicherte ich mit Michèle über Erinnerungen aus der Schulzeit. Wir zogen Aurelie mit peinlichen Anekdoten auf, die sie mit einem schmollenden „Ihr-wart-so-fies" kommentierte.

Ich verlagerte das Gewicht auf ein Bein und kippte die Hüfte zur Seite, um mich mit der rechten Schulter an eine Säule anzulehnen.

Mischa reichte mir ein Schnapsgläschen mit rötlichem Inhalt. „Der Typ da vorne starrt die ganze Zeit zu dir herüber." Sie stürzte den Inhalt ihres Pinnchens herunter. Angeekelt schüttelte sie den Kopf. „Wuah, das Zeug ist pure Chemie!"

„Welcher Typ?"

Mischa schnappte zwei Becher von einem Tablett, mit dem Aurelie durch den Raum balancierte, und reichte mir einen davon. „Gelbes T-Shirt, groß, etwas längere nach vorne gestylte Haare. Wow und dieser Blick! Tolle Augen!" Michèle ließ unauffällig den Blick schweifen und spielte an dem Schmetterlings-Anhänger ihres Armbands. „Ich begebe mich mal auf die Suche nach einer Toilette." Abrupt drehte sie sich von mir weg.

Das konnte nur eins bedeuten! Automatisch spannte ich den Bauch an und drehte die Hüfte etwas weiter heraus.

Während ich an dem mit Punch gefüllten Becher nippte, versuchte ich, irgendwo hinzusehen, nur nicht in die Richtung, aus der sich mir ein gelbes T-Shirt näherte.

„Hey", sagte plötzlich eine raue Männer-Stimme.

Ich drehte das Gesicht. Der Kerl sah umwerfend aus. Er war einen halben Kopf größer als ich, breite Schultern, blaue Augen. „Hey." Ich schenkte ihm einen gekonnten Augenaufschlag und stieß mich lächelnd von der Wand ab.

„Und, wie fühlt man sich, als schönste Frau im Raum?" Er nahm einen Schluck aus seiner Flasche und wartete auf eine Reaktion meinerseits.

Ich lächelte. Woher hatte er den Spruch denn? „Geschmeichelt."

Er lächelte ebenfalls und nahm die Bierflasche von den Lippen. „Denkst du, dass wir einen gemeinsamen Freund haben, der uns einander vorstellen könnte?"

„Brauchen wir den denn?", konterte ich und streckte ihm eine Hand entgegen. „Adrienne." Der Kerl versprühte er so viel männlichen Charme, dass mir fast ein wenig schwindelig wurde. Vielleicht lag es auch an dem Pinnchen mit dem rötlichen Inhalt oder vielleicht an den grünen Schnäpsen? „Ich gehöre zu Aurelie Laurent... ich bin ihre Schwester", erklärte ich, mit einem Seitenblick auf zwei knutschende Mädels.

In seiner linken Wange bildete sich ein Grübchen, als er meine Hand ergriff und erst einmal nicht los ließ. „Jean-Pierre. Freut mich, dass ich dich einmal persönlich kennen lerne, Adrienne. Folglich bist du die Schwester, die Yoga macht?" Als er meine Hand los ließ, lehnte er sich mit der linken Schulter gegen die Säule.

„Woher weißt du das?" Ich wusste nicht so recht, wohin mit meinen Händen, darum umfasste ich den Becher mit beiden, bis mir auffiel, dass das vielleicht etwas klein-Mädchen-haft wirken könnte. Also strich ich eine nicht vorhandene Haarsträhne hinters Ohr. Warum war ich plötzlich so nervös? Ich war eindeutig aus der Übung.

Er musterte mich eine Weile aus blauen Augen, die mich zu verschlingen schienen. Mich überkam eine Hitzewelle. „Ich war mit Aurelie in Indien." Er erzählte mir, dass er Aurelie auf einem Workshop kennen gelernt hatte und gleich von ihrer direkten Art begeistert gewesen war. Deswegen war es für ihn auch nicht weiter verwunderlich gewesen, dass sie ihn keine zwei Monate später angerufen und ihn gefragt hatte, ob er nicht Lust hätte, mit ihr einen Trip zu machen. Mich wunderte das auch nicht. „Du bist Ärztin, oder?"

Überrascht über diesen Themenwechsel musste ich lachen. „Du scheinst ja bestens informiert zu sein."

„Mit Schönheits-Chirurgie hast du aber keinerlei Erfahrung, oder?"

„Wie?" Irritiert blinzelte ich zu ihm herauf.

„Sind deine Lippen echt?" Er starrte auf meinen Mund.

Mit den Fingern griff ich reflexartig an meine Unterlippe. „Natürlich sind die echt!", lachte ich.

„Darf ich sie mal küssen, nur um zu testen?" Bevor ich noch etwas erwidern konnte, senkte er den Kopf und berührte meine Lippen ganz sanft mit seinem Mund. Mein Herz überschlug sich. Langsam trat er einen Schritt zurück. „Test bestanden." Seine Augen schienen in mein Innerstes zu sehen. Dort loderte ein Feuer auf.

Ich war so sprachlos, dass ich nur lachen konnte. Grinsend starrte ich in meinen Becher und schwenkte dessen Inhalt. „Okay..." Jemand Wildfremdes hatte mich geküsst. Der erste Kuss nach... Es hatte sich aufregend angefühlt. Ich schielte zu dem Kerl herauf und berührte meine Unterlippe mit den Fingerspitzen. Es prickelte.

In dem Moment stieß Michèle zu uns. „Mensch, man muss erst einmal durch das halbe Gebäude tapsen, bis..."

„Hey", sagte der Typ. „Noch eine hübsche Schwester!"

Wie auf Kommando gesellte sich auch Aurelie zu uns und legte den Arm um ihn. „Dich habe ich gesucht!" Sie wandte sich Mischa und mir zu. „Ihr habt John-Pierre schon kennen gelernt? Aber wenn ihr glaubt, dass er ein toller Typ ist, habt ihr seine Bilder noch nicht gesehen! Er ist ein Foto-Gott!"

Ein Kuss-Gott schien er auch zu sein. Nickend warf ich einen flüchtigen Blick auf seine Lippen. Er erhaschte meinen Blick und zog eine Augenbraue hoch, als wollte er fragen: „Willst du nochmal?" Ich grinste in meinen Becher.

Aurelie nahm ihn bei der Hand. „Komm, du musst den Zwillingen von deiner neuen Technik erzählen."

Er beugte sich zu mir hinunter, während Aurelie bereits einen Schritt gegangen war und er sie nur noch an den Fingerspitzen festhielt. Sein Atem streifte mein Ohr und verursachte eine Gänsehaut, die sich über mein Ohr zum Hals und weiter abwärts ausbreitete. „Falls du einmal für mich Modell stehen willst, sag Bescheid." Er folgte Aurelie und warf mir noch einen feurigen Blick zu.

Mir wurde heiß.

Michèle stieß mich an. „Habe ich irgendetwas verpasst?"

***

Wie sie es geschafft hatte, mich dazu zu überreden, dass ich nun im Badezimmer vor dem Spiegel stand und mir Zöpfe flechtete, ist mir ein Rätsel. Ich steckte in einer Röhren-Jeans und einem weißen Tank-Top. Beides stammte aus dem Kleiderschrank meiner jüngsten Schwester. Ich hatte mich in einem Vamp verwandelt. Der silberne Lidschatten reichte in einem großen Bogen bis unter die Augenbrauen. Der breite Kajalstrich auf dem oberen Lid verlieh meinen Augen einen Hauch von Dramatik.

Nachdem wir die gestrige Party gegen drei Uhr verlassen hatten, hatte sie von einem Elektro-Pop-Konzert erzählt, auf das wir eingeladen wären. Ein Freund hatte sie kurzfristig engagiert, ein paar Fotos zu schießen. Michèle konnte sich damit herausreden, dass sie zu Henrys Familie fuhr. Ich hingegen hatte keine bessere Ausrede, als die, dass ich mit unseren Eltern zum Abendessen verabredet war. Maman verschob auf Aurelies Anruf hin unser Essen auf den späten Nachmittag. Für mich gab es keinen Ausweg. Vielleicht würde es ja auch gar nicht so schlecht werden? Ich hatte zwar noch nichts von der Band gehört, aber laut meiner Schwester war sie auf dem aufsteigenden Ast.

Aurelie hängte mir ein Band mit einer Karte um den Hals, die mich als ihre Assistentin auszeichnete, und suchte ihre Kamera-Utensilien zusammen. Die Kleine hatte mir versprochen, dass ich den Abend nicht bereuen würde.

Als sie mir mitteilte, dass wir in der ersten Reihe stehen würden, hatte ich bereits Panik geschoben, weil ich Angst hatte, an der Absperrung von der Menschenmasse zerquetscht zu werden. Stattdessen standen wir in der ersten Reihe des VIP-Balkons. Aurelie schoss Fotos, während ich über das Geländer des Balkons lehnte und an meinen Drink nippte. Die Front-Sängerin trug ein schwarzes Cat-Suit aus Leder und heizte die Menge zum Tanzen an. Mich kribbelte es in den Füßen und da Aurelie mit der Kamera an mir vorbei hüpfte, fasste ich sie am Arm. „Lass uns tanzen!"

Auf Aurelies Gesicht breitete sich ein Lächeln aus, das ihre braunen Augen zum Funkeln brachte. „Ich wusste, dass es dir gefallen würde! Ich mache nur noch ein paar Bilder, dann können wir feiern."

Meine Füße wollten nicht mehr still stehen.

„Tolles Outfit", flüsterte mir plötzlich jemand ins Ohr.

Als ich mich umdrehte, musterte mich ein fremdes Paar grüner Augen, die zu einem jungen Typen in Jeans und weißem Hemd gehörten. Er war nicht mein Typ, viel zu aufgebrezelt, aber das war mir egal. Eine Weile tanzten wir miteinander. Zwischen zwei Songs schrieb er mir seine Nummer in die Handinnenfläche. „Wenn du mal Lust auf einen Kaffee hast..." Der Typ war zwar ganz nett, aber mindestens so jung wie Aurelie. Ich hätte ihn demnach auch nicht angerufen, falls ich länger in St. Tropez geblieben und plötzlich zur Kaffeetrinkerin mutiert wäre. Stattdessen flirtete ich ein wenig mit ihm und setzte meine Füße zum Takt in Bewegung.

Aurelie stieß zu uns. „Er ist der Bruder der Sängerin", schrie sie über die Musik hinweg. Es wunderte mich nicht, dass Aurelie ihn kannte. Sie kennt eben Gott und die Welt.

Wie ein Stein fiel ich in den frühen Morgenstunden ins Bett und musste mit Grauen daran denken, dass in wenigen Stunden mein Wecker klingeln würde.

Zwischen meinen Schwestern saß ich auf der Rückbank, meine riesige Sonnenbrille auf der Nase. Nach dem Frühstück hatte ich es gerade noch geschafft, unter die Dusche zu springen. Für Cremen und Schminken war keine Zeit mehr geblieben. Ich fühlte mich ein wenig gerädert. Keine Spur mehr von dem Neugeborenen-Gefühl nach unserem

Wellnesstag. Meine Füße hatten sich wieder einigermaßen erholt, aber ich hatte das Gefühl, auf einem Ohr halb taub zu sein. Dennoch wurde ich nicht müde Michèle zu beteuern, dass es ein wirklich fantastischer Abend gewesen war und sie auf jeden Fall etwas verpasst hatte.

Am Flughafen wurde ich gedrückt, geküsst und geknuddelt und versprach anzurufen, sobald ich zu Hause angekommen war.

12

Firework

„...Do you ever feel like a plastic bag drifting through
the wind, wanting to start again?..."
– Katy Perry

Als ich den Koffer im Wohnungsflur abstellte, ertönte
mein Handy Ich hatte schon Panik, dass es das Krankenhaus sein könnte, aber es war eine Nachricht von meinem
unbekannten Ballonfinder:

Na, du! Was gibt es Neues von der Traummann-Suche?
Bevor ich meine Mutter anrief, um ihr zu sagen, dass ich
gut zu Hause angekommen war, schrieb ich zurück:
Konnte zwar in Komplimenten von hübschen Männern baden,
aber so ein Urlaubs-Flirt ist eben nur ein Urlaubs-Flirt.
Danach wollte ich nur noch eins: Lange, lange ausschla-
fen.

***

Vor meiner Nachtschicht an Silvester führte ich ein aus-
führliches Telefonat mit Jenny. Ich berichtete ihr in allen
Einzelheiten von den Tagen in Frankreich, dem Beauty-
Hotel, der ausgeflippten Party, dem Konzert und natürlich
den Männern. Schließlich fiel mir ein, dass ich ihr noch gar
nicht von der Geschichte mit meinem Wunschzettel erzählt
hatte. Jenny fand die Sache mehr als schicksalhaft und ver-

mutete einen ganz tollen Single-Mann hinter den Nachrichten. „Wer weiß, vielleicht ist das dein Traummann?"

„Quatsch!" Mit der Faust köpfte ich einen Schoko-Nikolaus und ließ die Schokolade genüsslich auf der Zunge zergehen. „Wenn er ein ganz toller Kerl wäre, wäre er wohl kaum Single, oder?"

Jenny schnaubte. „Süße, warum bist du dann Single?" Ich dachte eine Weile nach. Gute Frage. „Nun, was gedenkst du zu tun, um dich weiterhin als Freiwild zu präsentieren?"

„Freiwild?" Ich stockte.

„Hast du schon einmal daran gedacht, dich bei diesen Internet-Single-Dingern zu registrieren?"

Ich schüttelte den Kopf. Auch wenn Jenny das nicht sehen konnte, von diesen Internet-Geschichten hielt ich nicht viel. Anhand von Fotos und Nachrichten konnte man schließlich keinen Menschen richtig kennen lernen. Mir fehlte bei der Sache die persönliche Note. Vielleicht war ich in der Hinsicht auch zu konservativ, aber ich zog es lieber vor, meinen Zukünftigen vor der Käse-Theke im Supermarkt kennen zu lernen, anstatt über einen Persönlichkeitstest einer Online-Partnervermittlung.

„Gut, aber du könntest dich mal zum Speed-Dating trauen. Du hast ja nichts zu verlieren! Außerdem: Wie lange können schon sieben Minuten sein?"

„Mal schauen." Ich griff erneut nach der Schokolade. „Beim Speed-Dating sitzt man seinem potenziellen Partner immerhin gegenüber. So gesehen ist das aussagekräftiger als ein Profilbild…"

Nach halb zwei ging ich kurz in die Stations-Küche, um etwas zu trinken. In meinem Fach des Kühlschranks stand eine Sektflöte, gefüllt mit Orangensaft. Darunter klebte ein kleiner, gelber Zettel: Frohes Neues! Wie war Frankreich? Tom

„Nett", dachte ich, nahm das Glas heraus und schaute aus dem Fenster. In allen Häusern brannten Lichter, aber das große Feuerwerk war natürlich bereits vorüber.

„Adrienne?", wurde ich von Schwester Gerda aus meinen Gedanken gerissen. „Bei Frau Schneider geht es los."

Mit einem großen Zug stürzte ich den Orangensaft hinunter und machte mich wieder an die Arbeit.

Als ich von meiner Nachtschicht nach Hause kam, wollte ich zwar eigentlich nur schnellstmöglich ins Bett fallen, aber da mein Blick auf die immer noch kahlen Wände fiel, suchte ich Aurelies Fotos heraus und machte mich daran, sie einzurahmen. Den gigantischen Tempel hängte ich über die Couch, die Lotusblüte neben das Bücherregal. Zum Schluss schlug ich das erste Kalenderblatt auf und schwor mir, dass dieses Jahr anders werden würde. Einfach anders als das alte Jahr, denn schließlich hatte sich zum Ende des Jahres in meinem Leben Einiges verändert.

„Bonne année, Monsieur!", grinste ich. Der erste Mann auf dem Kalenderblatt gefiel mir, obwohl die Zigarette in seinem Mundwinkel einen großen Minuspunkt gab.

Mein Handy schrillte. „Krankenhaus?!", dachte ich.

Wünsche dir einen guten Start ins neue Jahr. Hast du irgendwelche Vorsätze – außer den richtigen Frosch zu küssen? Mein Ballonfinder schien ein Frühaufsteher zu sein.

„Hm", dachte ich. „Vielleicht werde ich meinen Prinzen nicht in diesem Jahr begegnen, vielleicht aber doch." Letzteres wäre mir natürlich lieber gewesen, aber man konnte schließlich keinen Mann herbei zaubern.

Wünsche ich dir auch! Du bist schon wach? Bin mehr als zufrieden mit meiner momentanen Kleidergröße, deswegen keine Diät-Vorsätze in diesem Jahr :) Und du?

Während ich auf seine Antwort wartete, machte ich mich im Bad fertig. Allmählich konnte ich meine Augen kaum noch offen halten. Ich hatte mich ins Bett gelegt, da surrte das Handy.

`Noch immer wach´ trifft es eher. Werde versuchen, weniger Kaffee zu trinken ;) Gute Nacht.

Ich fühlte mich in meiner Annahme bestätigt, dass der Ballonfinder gerade aus den Studentenschuhen geschlüpft und von irgendeiner Party gekommen war. Bevor meine Augen zu fielen, änderte ich den Klingelton für seine Nachrichten auf einen speziellen Ton um, um nicht jedes Mal in Panik auszubrechen, weil ich das Krankenhaus vermutete.

13
(What is) Love

„...What if I never find and I'm left behind ..."
– Jennifer Lopez

Auf dem Weg nach Hause machte ich einen Zwischenstopp in der Innenstadt. Mein Blick fiel in das Schaufenster eines Schuhgeschäftes. Wie verzaubert verharrten meine Augen auf einem Paar geblümter Highheels. Nachdenklich legte ich den Kopf schief. Den Korkabsatz schätzte ich auf achtzig Millimeter. „Die will ich haben!", schoss es mir durch den Kopf. Ich stürmte in den Laden, wo mir bereits eine tüchtige Verkäuferin nach weniger als einer Minute am Bein hing. Sie erkundigte sich nach meiner Größe und kehrte mit einem Karton zurück. Merkwürdigerweise passten sie nicht, obwohl ich bereits einige Schuhe dieser Marke im Schrank hatte.

„Hier haben wir sie noch eine Nummer kleiner." Die Verkäuferin tänzelte mit einem weiteren Karton zu mir.

Ich schlüpfte hinein und erhob mich voller Vorfreude vom Stuhl. „Aus knapp einem Meter achtzig sieht die Welt wieder völlig anders aus", dachte ich noch, bevor ich einen Schritt vorwärts machte. Weiter kam ich nämlich nicht, da meine rechte Ferse aus dem Schuh schlüpfte.

„Hm", machte die Verkäuferin. „Sie haben einen sehr schmalen Fuß."

Wem sagte sie das? Ich lebte schließlich seit dreißig Jahren mit diesen Füßen und benötigte bei den meisten Schuhen dieses Schnittes eine Einlage für die Ferse.

„Lassen Sie uns probieren, ob es hiermit klappt." Sie nahm ein Tütchen mit den besagten Einlagen von einem Ständer und legte sie in den Schuh. „Vielleicht geht es so."

Diesmal schaffte ich drei Schritte. Wieder der verflixte rechte Fuß!

„Wir hätten noch ein ähnliches Modell...", setzte die Verkäuferin an.

Ich wollte diese Schuhe! Genau diese! Kopfschüttelnd nahm ich die Highheels in die Hände und strich über den dunkel geblümten Stoff. Seufzend übergab ich sie der Dame, schlüpfte in meine Stiefel und verließ das Geschäft. Wehmütig zurückblickend machte ich mich auf den Weg nach Hause. Ich war frustriert.

***

Trotz des Kontakts mit meinem unbekannten Freund, der, auch wenn er es nicht recht zu geben wollte, mehr oder weniger auf der Suche nach seiner zweiten Hälfte war, war ich ziemlich einsam. Wenn ich von der Arbeit nach Hause kam, zündete ich den Ofen an und saß sehr lange schweigend davor. Was hatte ich schon groß zu tun? Sauber machen, Einkaufen gehen, Sport treiben, arbeiten... Weiter nichts.

Hin und wieder dachte ich an die Zeit mit Viktor. Oft wünschte ich mir, dass mein Geburtstag einfach nicht geschehen wäre. Manchmal wünschte ich mir auch, er würde anrufen und sich entschuldigen. Ich wollte ihn nicht zurück. Dennoch sehnte ich mich oft nach nichts anderem, als dass er mich in seine Arme schließen und versprechen würde, dass alles gut werde. Die Freundschaft mit ihm fehlte mir mehr als alles andere. Ich wollte mit ihm reden, so wie wir es früher gekonnt hatten. Unbeschwert und frei.

An anderen Tagen fragte ich mich, wann meine Einsamkeit endlich ein Ende finden würde. Wann ich wieder glücklich werden würde. Ob ich wieder glücklich werden würde.

Viel mehr noch hatte ich Angst, mich nie wieder verlieben zu können. Niemals jemandem meine Gefühle und Gedanken so zeigen zu können, wie ich es bei Viktor gekonnt hatte. Und was, wenn ich niemals den Richtigen finden würde?

Ich hatte Angst. Ich hatte das Gefühl, mir fiele die Decke auf den Kopf. Abgesehen von meinen Patientinnen wurde ich von niemandem wirklich gebraucht. Ich hatte keine Aufgabe.

Weinen konnte ich nicht. Alles in mir fühlte sich leer an. Da war nichts. Nur Leere.

Manchmal jedoch fühlte ich mich ziemlich wohl und unbekümmert. Ich konnte dem Single-Dasein auch etwas Gutes abgewinnen. Das waren meistens die Tage, an denen mich meine Arbeit so sehr von meiner Gefühlswelt ablenkte, dass keine Zeit blieb, um in Selbstmitleid zu baden. Dann war ich froh, nicht verpflichtet zu sein, in jeder freien Minute Nachrichten zu schreiben, lange Telefonate zu führen oder meinen Kalender mit dem eines Anderen in Einklang zu bringen. An solchen Tagen fiel ich einfach nur erschöpft ins Bett.

Ich verbrachte viel Zeit im Bett. Entweder weil ich tatsächlich müde war oder weil ich keinen Grund darin sah, aufzustehen. Im Schlafanzug oder einem weiten T-Shirt, Kapuzen-Jacke und Sporthose fühlte ich mich gut aufgehoben. Wozu sollte ich mich heraus putzen, wenn ich eh nur zum Einkaufen vor die Türe oder ins Fitnessstudio ging?

Im Studio kreuzte ich mindestens jeden dritten Tag auf, was sich trotz der Vernichtung von der restlichen Weihnachts-Leckereien gut auf meine Figur auswirkte. Ich spürte nicht nur plötzlich Muskeln, wo ich nie welche geahnt hätte, wenn ich nicht Medizin studiert hätte, sondern ich sah sie plötzlich auch.

Meinen Kummer ließ ich mir dennoch nicht anmerken. Ich blieb stark. Adrienne, die erfolgreiche und ausgeglichene Ärztin. Ich lächelte, ich lachte und manchmal ertappte ich mich selbst dabei, andere zum Lachen zu bringen.

Es war komisch. Einerseits hatte ich nicht das Gefühl, mich irgendwie zu verstellen. Andererseits war da immer noch dieser Teil in mir, der am liebsten Gegenstände durch die Luft geworfen hätte und eigentlich nur von jemandem in den Arm genommen und geliebt werden wollte.

Größtenteils war ich unfreiwillig allein. Jenny und Louisa waren für mich da. Ich wusste, wenn ich sie anrief, würden sie mich nicht abwimmeln. Aber ich wollte nicht, dass sie dachten, sie müssten mich in Schach halten. Wenn die Verpflichtungen es zu ließen, gingen wir in eine Bar oder ins Kino und ich vergaß kurzzeitig, dass ich Diejenige war, die nach Hause gehen und alleine einschlafen würde.

Tom hatte ich die letzten Wochen selten gesehen und wenn, hatten wir nur kurz Small-Talk gehalten, weil die Pflicht rief. Im Krankenhaus herrschte zurzeit Hochbetrieb.

Meine Schwestern meldeten sich regelmäßig. Michèle erzählte von den Vorbereitungen für ihre Hochzeit. Die Einladung würde wohl bald eintreffen. Sie informierte sich, was es Neues an meiner nicht vorhandenen Männer-Front zu erzählen gab. Aurelie hingegen brachte mich mit den verrücktesten Geschichten zum Lachen.

***

Gelegentlich hatte ich das Gefühl, mich selbst nicht zu kennen. Wer war ich in den vergangenen Jahren mit Viktor geworden? Was für eine Frau war ich heute?

Eine Frau, die plötzlich Brownies aß, gerne ein Gläschen Wein trank, Marvel-Filme im Kino ansah und sich eingestehen musste, dass sie ihr sogar gefielen. Eine Frau, die plötzlich sogar feststellte, dass sie neben ihren Schichten viel zu viel Freizeit hatte. Wer hätte das für möglich gehalten? So viel Zeit, die ich nun mit mir alleine verbrachte, hatte ich nie zuvor mit mir verbracht. Jedenfalls nicht so bewusst. Ich trieb mehr Sport als sonst, entspannte zu Hause bei rhythmischen Klängen auf meiner Yoga-Matte und war an manchen Tagen voller Elan.

Irgendwann stellte ich fest, dass mir eine alte cognacfarbene Lederjacke in Größe 34 wieder passte. Ich guckte gerne in den Spiegel und schminkte mich, wenn ich aus der Wohnung ging. Auch wenn ich mich nicht immer bestens fühlte, wollte ich wenigstens gut aussehen.

Für Pflege- und Schmink-Utensilien gab ich viel Geld aus, ließ mir hin und wieder sogar im Kosmetikstudio die Nägel machen und gönnte mir Massagen, wenn ich vom stundenlangen Stehen wieder einmal im Nacken total verspannt war.

Mein Schuhschrank nahm ein so enormes Ausmaß an, dass ich zu IKEA fuhr und mir ein Neues zu legte, das ich eigenhändig in den Kofferraum hievte und nach Bauanleitung zusammenschraubte.

Wiederholt ertappte ich mich dabei, wie ich attraktive Männer auf der Straße anlächelte, ihnen träumerisch auf den Hintern blickte oder so lange Blickkontakt mit ihnen hielt, bis plötzlich ihre Frauen oder Freundinnen auf der

Bildfläche erschienen, ihren Männern besitzergreifend eine Hand auf den Arm legten und mich böse anfunkelten.

Mit dreißig war die Sache mit der Männersuche nicht mehr ganz so einfach. Das war sie ja damals schon in den Zwanzigern nicht gewesen. Früher hatte ich auch darauf geachtet, ob die Männer Ringe trugen und war teilweise noch so naiv zu glauben, dass manche Männer einfach nur Ringe tragen, weil es ihnen gefällt. In neunundneunzig Prozent aller Fälle stellte sich bis jetzt allerdings heraus, dass sie entweder vergeben oder verheiratet waren. Wobei der Status „vergeben" oder „verheiratet" ja nur selten einen Unterschied ausmacht. Die Männer, die weder Frau noch Freundin besaßen, waren nur spärlich zu finden und größtenteils wohl auch freiwillig Single.

Deswegen saß ich nun hier, einen Monat nach Silvester in einer hippen Kölner Bar. Das neue Jahr hatte bis dato nichts Neues mit sich gebracht. Doch in wenigen Minuten würde das Speed-Dating starten und – wer wusste es schon – vielleicht würde sich etwas Neues ergeben.

Mein unbekannter Freund glaubte nicht daran und hatte mir geraten, nicht zu hohe Erwartungen zu haben. „Ach, wie lange können schon sieben Minuten werden?", wiederholte ich Jennys Spruch und schaute mir die männlichen Exemplare schon einmal aus der Ferne an. Manche sahen gar nicht mal so schlecht aus. Einer lächelte sogar, sobald sich unsere Blicke trafen.

Nach dem siebten Single blickte ich auf meinen Zettel. Alle Sieben hatten ein klares „Nein" bekommen: Gesprächspartner Nummer Eins hatte sieben Minuten damit zugetan, mir seinen Lebenslauf hinunter zu rasseln und sich dabei aufgeführt, wie der tollste Hengst im Reitstall.

Bei Nummer Zwei hatte ich kein bisschen auf das gehört, was er mir erzählt hatte. Ich hatte dauernd auf diese gigantische Zahnlücke starren müssen.

Der Dritte hatte mich mit der Duftwolke seines Parfüms fast vom Stuhl gehauen.

Nummer Vier hatte mir in etwa die gleiche Frage wie Vicks Mutter gestellt, als ich gesagt hatte, dass ich auf Gynäkologie spezialisiert bin. Nur dass er mich völlig begeistert anstarrte und fragte: „Haben Sie es schon einmal mit einer Frau getan?"

Fünf hatte schon nach der nächsten Gesprächspartnerin Ausschau gehalten, als ich erklärt hatte, dass ich Medizin studiert hatte und die restlichen Minuten schweigend vor mir gesessen.

Den Sechsten hatte ich bereits verdrängt und von Nummer Sieben kannte ich nun die komplette Krankenakte auswendig.

Als sich Mann Nummer Acht meinem Tisch näherte, begann mein Herz ein wenig schneller zu schlagen. Der Kerl, der mich angelächelt hatte! „Nicht schlecht", dachte ich.

Die sieben Minuten reichten einfach nicht aus. Zu gern hätte ich noch weiter mit ihm geplaudert. Er hatte mir ein Lächeln ins Gesicht gezaubert und bekam ein „Ja".

***

Eine Woche später hatte ich immer noch nichts von meinem Speed-Dater gehört. Wahrscheinlich hatte er mir ein „Nein" verpasst. Ich schrieb dem Ballonfinder, dass sich mein vorzeitiger Enthusiasmus in Luft aufgelöst hatte. Dabei hatte ich mich so gefreut, mal einen Mann kennen gelernt zu haben, mit dem es sich gut reden ließ.

Zudem wünschte ich mir momentan nichts sehnlicher, als eine Schulter zum Anlehnen. Einen Mann, der mich in seine starken Arme schloss. Ich wünschte mir so sehr jemanden! Jemand, bei dem ich mich sicher, geborgen und geliebt fühlte. Jemand, mit dem ich über alles reden konnte. Würde ich je wieder jemanden finden, der mir zuhörte und mich mit all meinen Macken liebte? Und vor allem: Würde ich überhaupt wieder jemanden finden, den ich liebte, der mich liebte?

Ich fühlte mich einerseits gut, andererseits war ich manchmal den Tränen nahe, weil ich Angst hatte, das Lieben zu verlernen. Ich vermisste es so sehr! Ich vermisste nicht Vick, sondern die Zweisamkeit. Das Schweigen. Sich ohne jede Worte verstehen. Dieses wohlige Gefühl im Bauch, dass da jemand ist…

Kopf hoch, du musst den Partner fürs Leben ja nicht noch heute finden, oder?

„Nein", dachte ich. „Aber ich möchte nicht zu lange warten müssen."

14
Sweat

„...Can you be my doctor?"
—   *Snoop Dogg*

„Na, wie geht's?", erkundigte sich Tom, als wir im Aufzug aufeinandertrafen.

Ich wagte es kaum ihn anzusehen, so gut sah er aus. Er trug Jeans, eine beigefarbene Winterjacke und hatte seine dunkelblonden Haare mit Haargel definiert.

Zu viel Testosteron! Mich durchflutete ein Gefühl von aufkommender Hitze, weswegen ich mich abwandte und in meiner weinroten Handtasche suchte. Irgendwo musste mein Terminplaner sein. „Gut, gut." Ich schlug den Kalender auf und blickte hinein ohne meine Notizen zu lesen. „Und dir?" Ich konnte nicht anders, blickte auf und geradewegs in seine mysteriösen rauchgrauen Augen. „Du siehst gut aus." Zum Glück waren wir alleine im Aufzug, denn gerade als ich diese Worte über die Lippen gebracht hatte, wünschte ich, ich hätte sie zurück nehmen können. Ich biss mir auf die Zunge. Hatte ich das tatsächlich laut gesagt? „Deine Haare sind anders."

Tom ließ eine Hand durchs Haar fahren und neigte den Kopf zur Seite. „Ehrlich gesagt, habe ich ein wenig verschlafen."

„Oh!" Lächelnd ließ ich den Terminplaner in meiner Tasche verschwinden, schüttelte innerlich über mich selbst den Kopf und wechselte schnell das Thema. „Übrigens danke für den Orangensaft, Silvester."

Bei seinem Lächeln wurde mir ganz warm ums Herz. „Gern geschehen." Die Aufzugtüren glitten auseinander und er trat hinaus, aber nicht ohne sich noch einmal umzudrehen. „Hab einen schönen Tag."

„Danke!", rief ich und merkte, dass meine Stimme mehrere Tonlagen über dem normalen Niveau lagen. Als er sich umdrehte und den Gang hinunter schritt, bekam ich weiche Knie. Hatte ich gerade einen Stromschlag abbekommen? Was für ein Körper! Er schrie förmlich nach Sex. Die Türen schlossen sich. Dankbar, die Einzige im Fahrstuhl zu sein, sank ich gegen die Wand und biss mir auf die Unterlippe. Ohweia, ich hatte wirklich Sehnsucht nach einem Mann! Aber Dr. Knackarsch? Ich schüttelte den Kopf und stieg im vierten Stock aus.

Louisa nahm mich Stirn runzelnd in Empfang. „Alles in Ordnung? Du glühst ja."

„Furchtbar heiß hier drin", erwiderte ich nur und fächerte mir mit einer Hand Luft zu, während ich aus den roten Stiefeletten stieg. „Wieso drehen die von der Hausverwaltung denn die Heizung so hoch?"

Nachmittags schlüpfte ich aus meinen weißen Crocs, hinein in die hochhackigen Stiefel. Ich verabschiedete mich von meinen Kollegen und war in Gedanken bereits bei der Zubereitung des Abendessens, als ich erneut im Aufzug auf Tom stieß. „Was ein Zufall! Auch Feierabend?"

„Das wurde auch Zeit", lachte ich. „Wenn ich nicht bald etwas Warmes esse, falle ich wahrscheinlich um." Auf der Station war die Hölle los gewesen. Ich hatte gerade genug Zeit gefunden, ein einziges Mal die Toilette aufzusuchen. Dementsprechend geschlaucht fühlte ich mich. Mein Magen knurrte ungehalten. Zum Glück hatte ich auch die Gedanken an Dr. Knackarsch... an Tom über Bord geworfen.

„Wollen wir zusammen etwas essen gehen? Um die Ecke hat kürzlich ein mexikanisches Restaurant eröffnet."

Eigentlich wollte ich lieber nach Hause, wo ich mich direkt nach dem Abwasch ausruhen konnte. Aber erstens lächelte Tom mich so lieb an, dass ich nicht ablehnen konnte und zweitens hieß Auswärtsessen kein langes Schnippeln und Brutzeln. Und den Abwasch würden andere Leute übernehmen.

Das Restaurant war sehr hübsch und zu dieser Uhrzeit fast leer. Die Bestuhlung bestand aus dunklem, rustikalem Holz, die Bezüge aus einem satten, grünen Stoff. Bilder von Kakteen, Sombreros und Fächern zierten die Wände. Unter der Decke hing eine riesige mexikanische Flagge. Wir bestellten Quesadillas und Softdrinks. Ich erzählte Tom von meinem anstrengenden Arbeitstag und wir fachsimpelten über die neuesten Forschungen auf dem Gebiet von angeborenen Herzfehlern.

Das Essen wurde serviert und Tom erkundigte sich nach meinem Besuch in Frankreich. „Ich bräuchte auch dringend mal wieder Urlaub." Er schob sich eine Gabel in den Mund.

„Hast du ein spezielles Ziel vor Augen?"

Kauend zuckte er die Schultern. „Es gibt viele Orte, an denen ich noch nicht war, wohin ich aber gerne einmal reisen möchte. Neuseeland soll sehr schön sein, Indien, Mexiko..."

Ich erzählte, dass Aurelie vor einigen Monaten eine Rundreise durch Indien unternommen hatte und schwärmte von den Fotos, die sie für mich hatte entwickeln lassen. Ihren Reisebegleiter erwähnte ich nicht, musste aber schmunzeln, als ich mich an den Kuss erinnerte. Instinktiv griff ich an meine Unterlippe. „Du musst dir die Bilder unbedingt einmal ansehen. Hast du Lust? Wir könnten noch ein Glas Wein bei mir trinken."

Tom lächelte. „Klar, wieso nicht?!"

„Hier wohnst du also", sagte Tom.

„Hier wohne ich." Ich legte den Schlüssel in die Schale auf der Kommode und schlüpfte aus den Stiefeln.

Zu meiner Überraschung zog auch Tom seine Schuhe aus. „Ich will dir hier nichts schmutzig machen."

Ich lachte. „Morgen ist erst wieder Putztag."

Tom lächelte.

Ich lächelte zurück. Eine Weile blickte ich in seine silberschimmernden Augen. Auffordernd streckte ich einen Arm nach seiner Jacke aus und hängte sie zusammen mit meiner an die Garderobe. Ich öffnete die Tür zum Wohnzimmer. „Trinkst du Merlot?" Ich nahm zwei Weingläser aus dem Schrank.

„Gerne." Tom drehte sich um seine eigene Achse und begutachtete neugierig den Wohnbereich. Als er die Fotos erblickte, war er hellauf begeistert.

Ich zog den Korken und goss ein, während er die Bilder bestaunte. Mit den Gläsern in den Händen ging ich auf ihn zu.

Er stand gerade vor dem Elefanten-Bild. „Wow!"

Ich reichte ihm den Kelch und wir stießen an.

„Der ist gut!" Tom drehte das Glas zwischen den Fingern und leckte sich über die Unterlippe.

Schnell blickte ich weg, um nicht wieder auf dumme Gedanken zu kommen. Ich ließ mich auf der Couch nieder. Tom setzte sich zu mir und ich entschied, den Kamin anzuwerfen. Das Holz fing Feuer. Ich legte einen Scheit nach. „Au!"

„Splitter?"

„Hm." Nickend inspizierte ich meinen pochenden Zeigefinger. Entdecken konnte ich den Splitter nicht.

„Lass mich mal schauen." Tom streckte mir seine Hand entgegen.

Ich ließ mich neben ihm auf der Couch nieder und blickte ihn aufmerksam an, während er meine Hand sanft in seine nahm und meinen Finger untersuchte.

„Da ist er, ein ganz Kleiner." Er deutete auf die Stelle. „Hast du eine Pinzette?"

Ich lief ins Bad. „Kannst du ihn herausholen?", fragte ich, als ich zurückkam. „Mit links bin ich nicht so geschickt."

Tom klopfte auf den Platz neben sich. „Lass den Onkel Doktor mal schauen." Ich gab ihm die Pinzette. „Okay, Zähne zusammen beißen." Er zwinkerte mir zu.

Ich verzog das Gesicht, als er die Pinzette ansetzte. „Au!"

Tom warf mir einen amüsierten Blick zu. „Ich dachte, du wärst tapfer?" Ich presste die Lippen aufeinander, was er zum Anlass nahm, weiter zu operieren. „Da haben wir den Bösewicht doch!"

Ich lächelte, doch gleich darauf entzog ich ihm meinen Finger, weil er unsanft daran herumgedrückt hatte. „Aua!"

Tom legte den Kopf schief. „Frau Doktor, eigentlich ist das gut, wenn es ein wenig blutet, dadurch wird der Dreck aus der Wunde gespült." Er griff nach meiner Hand und setzte die Quälerei fort, bis ein kleiner Bluttropfen erschien. Ohne dass ich protestieren konnte, führte er den Finger zum Mund und lutschte meine Fingerspitze ab.

„Sehr professionell!", kommentierte ich.

Tom zog meinen Finger aus seinem Mund und grinste. „Und, war das nun so schlimm, wie du dich angestellt hast?"

Ich stemmte die Hände in die Hüfte. „Schlimmer!"

Tom lachte. Wir blickten uns einen Moment lang in die Augen bis ich mich wieder fing und meinen Wein in beide Hände nahm. Eine Weile starrte ich hinüber in die Flammen des Kamins.

„Du hast es schön hier, sehr gemütlich."

Ich wandte den Blick und sah in seine grauen Augen. „Ja."

„Ich werde bald meine Zelte abbrechen."

„Du ziehst um?" Ich war überrascht. Wohin würde er gehen?

Tom nickte. „Es ist alles etwas komplizierter. Aber im Herbst werde ich wohl einziehen können. Momentan stecke ich bis zum Hals in der Renovierung. Mein Vater ist, wie du weißt, vorletztes Jahr gestorben. Er hat mir einen Altbau vermacht. Das Gebäude stammt aus der Zeit der Renaissance. Vor Jahren hat er es selbst geerbt. Es wurde ewig nicht restauriert." Nachdenklich starrte er in die Luft. „Mittlerweile sind zumindest schon einmal alle Böden drin."

„Altbauten sind faszinierend. Eine spannende Aufgabe, so einem alten Kasten neues Leben einzuhauchen."

Tom nickte. „Aber auch eine ganze Menge Arbeit. Ich verbringe mittlerweile fast meine gesamte Freizeit in dem Ding."

„Wenn es sich lohnt..."

„Auf jeden Fall." Tom bedachte mich mit einem intensiven Blick, dem ich nicht standhalten konnte.

„Noch Wein?" Ich schenkte uns nach. „Wollen wir fernsehen?" Eilig langte ich nach der Fernbedienung und schaltete das Gerät ein. „Louisa hat gesagt, heute soll ein guter Film

135

kommen." Seufzend legte ich die Füße auf den Couchtisch. „Ich übernehme keine Verantwortung für das folgende Programm."

Tom blickte mich fragend von der Seite an. Wegen meiner Geste des Füße-hoch-Legens oder des plötzlichen Themenwechsels konnte ich nicht sagen.

Es dauerte nicht lange, da legte Tom auch seine Füße hoch und rutschte etwas tiefer in die Kissen. Nach einer halben Stunde hatte der Film mich immer noch nicht für sich gewinnen können, er war einfach nur öde. Aus den Augenwinkeln bemerkte ich, dass Tom den Kopf schief legte. Was hatte er vor? Ich traute mich nicht, mich zu ihm zu drehen, weil er mir plötzlich so nah war. Stück für Stück näherte er sich meiner Schulter, bis er sie berührte und dort ruhte. Ich spürte die Anspannung in meinem Körper, saß kerzengerade da und starrte auf den Fernseher. War er tatsächlich eingeschlafen? Wahrscheinlich war Tom einfach nur genauso k.o. wie ich von seiner Schicht. Vorsichtig bewegte ich mich, um nachzuschauen, ob er tatsächlich schlief. Ja, das tat er. Ich grinste. Friedlich wie ein Baby schlief er mit dem Kopf an meiner Schulter. Seine Atmung ging langsam und tief. Mit dem Zeigefinger drückte ich seinen Kopf von meiner Schulter weg, doch es dauerte keine Minute, da sank er wieder dagegen.

Bei der nächsten Werbepause schaltete ich den Fernseher ab. Ich starrte auf den schwarzen Bildschirm. Und jetzt? „Tom?", flüsterte ich und erinnerte mich daran, dass Flüstern auch bei Lexie keinen Erfolg gezeigt hatte. Deswegen räusperte ich mich, um es in normaler Zimmerlautstärke noch einmal zu versuchen, aber schon von der Bewegung meiner Schulter wurde er wach.

Plötzlich setzte er sich auf, blinzelte zweimal und blickte mich ungläubig an. „Bin ich eingeschlafen?" Er sah mich zerknirscht an. „Entschuldige..."

Ich grinste. „Mach dir keinen Kopf."

Er blickte zum Fenster. Es war stockdunkel. „Ich mache mich mal auf den Weg." Er erhob sich. Ich begleitete ihn zur Tür, wo er in seine Schuhe stieg. „Danke für den Wein und richte deiner Schwester aus, dass die Fotos traumhaft sind."

Ich öffnete die Tür. „Mach ich. Komm gut nach Hause."

„Schlaf gut." Er umarmte mich und roch dabei so gut.

„Du auch."

Ich schloss die Tür und lehnte mich mit dem Rücken dagegen. Er hatte mich umarmt. Es hatte sich so gut angefühlt, dass es einfach zu schnell vorbei gewesen war. Mischa hatte mir einmal erzählt, dass Frauen Männern schneller Vertrauen schenken, wenn sie von ihnen umarmt werden. „Oh, Mann!", keuchte ich. Und nicht nur das: Dr. Tom Lucas – Dr. Knackarsch! – war an meiner Schulter eingeschlafen. Fand ich das nun süß oder sexy?

15
All die Jahre

„...wo sind die nur hingekommen, all die Tage, in de-
nen wir immer gute Freunde waren..."
                        −   *Philipp Poisel*

Singend stand ich in der Küche und schnitt eine Ananas auseinander. In dem Selbsthilferatgeber hatte ich gelesen, dass diese süße Exotin nicht nur sehr kalorienarm war, sondern zudem Glückshormone frei setzte und morgens als Fitmacher galt.

Nach einer Stunde Yoga kümmerte ich mich um die Wäsche und machte mich summend ans Bügeln. Mir fiel auf, dass der Großteil der Lieder wieder einmal um die Liebe kreiste. Als gäbe es kein anderes Thema auf der Welt! Drehte sich denn alles im Leben um Beziehungen? Ich war erleichtert, als das Telefon klingelte. „Michèle!" Ich schaltete auf Freisprechanlage. „Bin ich froh, dass du anrufst, um mir ein wenig Gesellschaft beim Bügeln zu leisten."
Mischa lachte. „Du wirst nicht glauben, was ich gerade mache!" Ich stimmte in ihr Lachen ein. „Aber eigentlich rufe ich an, um zu fragen, ob du die Einladung zur Hochzeit bekommen hast."
Die schneeweiße Karte war mit einem dreidimensionalen Schmetterling versehen. Michèle Laurent und Henry Morel luden am siebten August zur Hochzeit ein. Während ich die Ärmel einer Bluse bearbeitete, erzählte ich meiner Schwes-

ter, dass ich mir bereits ein kirschfarbenes Ballon-Kleid gekauft hatte.

Im Gegenzug schwärmte sie von ihrem. „Es ist ein Traum! Der Schneider hat es genauso hinbekommen, wie ich es mir ausgemalt habe", schwärmte sie. „Kennst du diese Kleider, die so fallen, dass sie die Form eines Schmetterlings einnehmen?" Ich hatte keine Ahnung, wie ich es mir vorstellen sollte, also erklärte sie es mir genau. „Die Träger sind sehr schmal. Das Dekolleté ist im V-Ausschnitt gehalten und wird unter der Brust mit einem weißen Band geschnürt. Unter den Brüsten ist der Stoff zusammen gefasst, sodass der Beinausschnitt in der Mitte etwas höher liegt als an den Seiten, asymmetrisch. Das ergibt somit eine Schmetterlings-Form. Kannst du es dir vorstellen?"

„Es ist bestimmt wunderschön!" Ich hängte die Bluse ordentlich auf einen Kleiderbügel und griff nach einer Jeans.

„Das ist es!" Nach einer Pause sagte sie: „Entschuldige bitte, dass ich die ganze Zeit über nur von mir rede. Wie geht es dir denn?"

„Mir geht es sehr gut."

„Das klingt wie auswendig gelernt."

Eine Weile sagte keiner ein Wort, bis ich mich überwand: „Ich kann einfach immer noch nicht ganz mit der Sache abschließen. Ich will es, Mischa, ich will es wirklich. Ich will Viktor vergessen. Nur manchmal überkommt mich die Traurigkeit."

„Und, was denkst du, woran das liegt?" Jetzt machte sie aber wirklich auf Fachmann!

„Hm, ich denke, wenn wir uns ausgesprochen hätten, wüsste ich wenigstens genau, wieso es so plötzlich aus war. Aber reden möchte ich trotzdem nicht mit ihm."

„Schreib einen Brief."

„Einen Brief? Ich schreibe Viktor sicherlich keinen Brief!" Das Bügelbrett wackelte unter meiner aufkommenden Wut.

„Du musst ihn ja nicht abschicken. Schreib einfach auf, was du ihm gerne sagen willst, aber nie sagen konntest."

Vielleicht sollte ich es ausprobieren. Schlimmer konnte es nicht werden.

„Gibt es keine Neuigkeiten vom Single-Markt?"

Ich erzählte Mischa, dass ich auf das Schicksal vertrauen wollte. „Irgendwann finde ich mein Deckelchen."

„Auf jeden Fall", sagte meine Schwester. „Aber wenn du einen Tipp von der Therapeutin haben willst..."

„Schieß los!" Ich legte die Jeans zu dem Stapel mit den fertig gebügelten Hosen.

„Dein Unterbewusstsein kann besser nach einem Mann Ausschau halten, der genau dein Beuteschema ist, wenn du genau weißt, was du suchst. Das heißt, du legst dir im Kopf eine Liste zurecht. Eigenschaften, die er auf jeden Fall mitbringen sollte und die er auf keinen Fall besitzen sollte."

„Schränkt das meine Wahl nicht nur weiter ein?"

„Wählerisch zu sein, bedeutet auch zu wissen, was man will." Aus ihrem Mund klang das sogar positiv.

Ich griff nach einem Oberteil und zog es auf dem Bügelbrett glatt. Einen Moment lang dachte ich darüber nach. „Ich will jemanden, mit dem ich Spaß haben kann, der nicht alles todernst sieht. Einen optimistischen Typen, der einfühlsam ist. Er sollte auf eigenen Füßen stehen. Eigene Hobbys oder einen Freundeskreis haben. Versteh mich nicht falsch, aber ich habe keine Lust, dass es wieder so wird wie bei Viktor. Da kam ich mir vor, wie sein Animateur. Ein wenig Spontaneität wäre auch schön."

„Gut", kommentierte meine Schwester. „Die emotionale Basis, die er mitbringen sollte, hast du vor Augen. Wie soll er aussehen?"

„Mischa, ist das nicht verrückt? Soll ich etwa ein Bild von meinem Traummann im Kopf erstellen?" Fein säuberlich legte ich das Shirt zusammen und baute einen weiteren Stapel auf dem Tisch. „Robert Buckley würde ich beispielsweise nicht von der Bettkante stoßen."

Mischa lachte. „Du musst nur einen groben Überblick haben: Welche Statur sollte er haben? Schlaksig oder sportlich? Was muss dir an ihm besonders ins Auge springen?"

„Hm." Ich überlegte kurz und ließ das Bügeleisen über ein T-Shirt gleiten. „Ich mag Männer, die größer sind als ich, um die Einsachtzig. Sportlich ist auch nicht schlecht, aber kein Muss. Ein Mann zum Anlehnen... und seine Augen müssen mir gefallen."

„Hört sich vielversprechend an. Letzte Aufgabe...", verkündete Mischa. „Stell dir vor, ihr seid nun zusammen. Wer ist die Frau an seiner Seite? Wer bist du? Wie siehst du dich?"

Schwierige Frage. Darüber hatte ich mir in letzter Zeit schon Gedanken gemacht. Eine Weile schob ich das Bügeleisen schweigend vor mich hin. In meiner Beziehung zu Viktor war ich immer die treibende Kraft gewesen, hatte mich um alles kümmern müssen, hatte alles organisiert. „Ich weiß nicht, wie ich es beschreiben soll... Nicht, dass ich in Vicks Nähe ein Kontrollfreak war… Aber immer hatte ich das Gefühl, dass alles an mir hängt. Wenn etwas nicht nach Plan lief, wurde ich hektisch. Ich war nie wirklich locker und frei. Ich sollte einfach mehr durchatmen können und mich selber nicht mehr so unter Druck setzen. Seit ich Single bin, genieße ich auch oft die Zeit, die ich für mich habe. Diese Freiheit will ich nicht aufgeben."

„Das kann ich gut verstehen. Sieh mal, bei dir und Viktor ist wirklich viel schief gelaufen. Ihr hättet mehr miteinander reden sollen – und ich weiß, dass das nicht dein Fehler war. Ich denke, die Spontaneität, die dein neuer Partner mit sich bringen sollte, würde auf dich abfärben und somit wärst du nicht mehr Diejenige, nach deren Pfeife die Beziehung tanzt."

Ich lachte. „Sagst du deinen Patienten das immer so direkt?"

„Natürlich nicht!" Ich konnte durch das Telefon hören, dass sie grinste. „Aber meiner Schwester kann ich es ja sagen: Viktor spielte einfach nicht in deiner Liga. Du warst eine Nummer zu groß für ihn."

Mir hatte das Gespräch mit meiner Schwester sehr gut getan. Ich fühlte mich ein wenig beflügelt und wollte meinen Ballonfinder an meinem neugewonnenen Wissen teilhaben lassen. Sobald ich mit der Wäsche fertig war, schrieb ich ihm eine Nachricht:

Hallo Fremder :) Meine Therapeutin meint, dass man seine zweite Hälfte eher findet, wenn man weiß, wonach man sucht. Wie sollte SIE denn sein?

Nachdem ich die Kleider säuberlich in meinen Schrank einsortiert hatte, bekam ich eine Antwort:

Hallo Fremde ;) Ich mag Frauen, mit denen man gut reden und lachen kann und die offen für Neues sind.

„Ob wohl jeder Mensch das Gleiche sucht?", fragte ich mich.

Und, bist du so einer Frau in letzter Zeit mal begegnet?

Es dauerte eine Weile, bis er zurückschrieb:

Jetzt wo du fragst... Ich kenne tatsächlich eine Frau, bei der die ersten beiden Dinge zutreffen.

142

Er hatte jemanden kennen gelernt?

Na, worauf wartest du dann noch? Finde heraus, ob sie Letzteres auch mit sich bringt.

Ich warf einen Blick auf die Uhr. Langsam sollte ich mich auf den Weg zum Krankenhaus machen, doch vorher erhielt ich noch eine Nachricht:

Das sollte ich wirklich.

***

Mit dem Abendessen setzte ich mich vor den Fernseher. Es lief ein schnulziger Hollywood-Blockbuster. Ich musste mich mehrmals schnäuzen. Gab es so etwas überhaupt noch? Menschen, die sich einfach Hals über Kopf verlieben und sich nach der großen Krise wieder versöhnen?

Ich drückte den roten Knopf der Fernbedienung. In Gedanken verloren ließ ich die Plastik-Verriegelung für das Batteriefach mit dem Daumen auf- und zuschnappen. „Wieso muss ich nach vier Monaten immer noch heulen?" Ich klimperte die Tränen weg. „Wieso kann ich mich nicht einfach verlieben? Wieso bin ich immer noch alleine? Wo ist mein Traummann? Wo? Wie lange muss ich noch warten?" Ich tupfte mir mit einem benutzten Tempo die Nase. „Ich hasse es! Ich hasse es! Das Single-Leben ist scheiße!" Wütend feuerte ich die Fernbedienung in die andere Ecke der Couch und schlug die Hände vors Gesicht. Kopfschüttelnd schluchzte ich laut auf. Meine Schultern zuckten unter meinen Schluchzen.

Gestern hatte ich ein Neugeborenes auf die Welt gebracht, das nun schwerbehindert war, weil es bei der Geburt nicht genügend Sauerstoff bekommen hatte. Aber wie hätte ich es verhindern können? Wie? Ich war die Geburt immer und

143

immer wieder in Gedanken durchgegangen, aber ich fand keine Lösung. Wir hatten nichts tun können.

Der heutige Arbeitstag war etwas stressfreier gewesen, auch wenn es mir jedes Mal einen Tritt in die Magengrube versetzte, wenn ich das Glück der anderen Paare sah.

Wie gerne hätte ich jemandem mein Herz ausgeschüttet, aber ich wusste bereits, was sie sagen würden: „Hör auf, zu suchen, du findest früher oder später deinen Traummann, wenn du ihn nicht suchst." Wussten meine Freundinnen eigentlich wie beschissen diese Aussage war? Sie half nichts! Kein bisschen!

Und meine Mutter?! Die versuchte mir immer noch diesen Nachbarn aufzuschwatzen, weswegen ich ihr die zufriedene Single-Frau vorlog, die erst einmal genug von den Männern hatte – was manchmal auch stimmte. Manchmal war ich wirklich zufrieden mit mir und der Welt und dennoch spürte ich, dass mir etwas fehlte.

Und gerade fehlte mir – so verrückt das auch klingen mochte – Viktor! Ich wollte mit ihm reden. Aber nach alldem, was passiert war, hatten wir uns nicht ein einziges Mal wiedergesehen – das eine Mal im Supermarkt nicht mitgerechnet – und mittlerweile wusste ich nichts mehr von ihm. Wer war dieser Mann, mit dem ich eine lange Zeit meines Lebens verbracht hatte?

Eigentlich vermisste ich ihn nicht wirklich. Ich vermisste nur das Reden, das Lachen, das Lieben.

Ich ging zum Schreibtisch und ließ mich auf den Stuhl sinken. Langsam zog ich einen Block aus der Schublade und griff nach einem Kugelschreiber. Ich begann zu schreiben.

Schwarz auf weiß standen meine Gedanken auf Papier. Gedanken, die mir lange die Brust zu geschnürt hatten, dass ich dachte, nicht mehr atmen zu können. Plötzlich waren sie raus ohne dass ich sie ausgesprochen hatte. Aus der Tiefe heraus schöpfte ich neue Luft, während ich auf die Worte blickte. Ich hatte einen Brief geschrieben. An Vick. Einen Brief, der ihn nie erreichen würde, da die Flammen ihn lechzend verschlangen.

16
Jar of hearts

„... It took so long just to feel alright"
– Christina Perri

Weiberfastnacht ließen Louisa, Jennifer und ich es uns natürlich nicht nehmen, in Köln zu feiern. Wir hatten uns als Bienen verkleidet. Da es noch recht kalt war, war das Kostüm perfekt, um sich ausreichend darunter anzuziehen. Zudem hielten wir uns mit ein paar Schnäpschen warm, schäkerten mit den lustigen Karnevalisten. Jenny wurde nicht müde jedem halbwegs passablem Mann direkt zu verkünden: „Meine Freundin hier ist Single!" Einem besonders gelungenen Captain-Jack-Sparrow drückte ich sogar ein Küsschen auf die Wange und er versprach, mich anzurufen, obwohl er mich nicht einmal nach meiner Nummer gefragt hatte.

Louisa musste wegen Lexie früher nach Hause als geplant. „Vermutlich die Grippe."
Jenny und ich ließen uns von einem netten Clown überreden, mit in eine Kneipe zu gehen. Für uns beide stellte sich das im Nachhinein als fataler Fehler heraus. Wir wollten gerade eine Toiletten-Pause einlegen und betraten die ersten Stufe zur Treppe, die hinauf in den ersten Stock führte, als die blonde Barbie in ihrem glänzend pinkfarbenen Kostüm vor uns den Halt verlor und uns rücklings die Treppe mit sich hinunter riss. Es musste ausgesehen haben wie beim Domino-Day, nur dass keine Domino-Steine umgekippt waren, sondern eine Barbie und zwei Bienen.

Jenny keuchte unter mir. Ein Cowboy reichte mir die Hand und half mir hoch. „Wohl zu tief ins Glas geschaut?"

„Die Barbie vielleicht!"

Keuchend kam die Barbie auf die Beine. Sie hielt sich die Stirn. Blut strömte über ihre Hand und tropfte auf ihr Kostüm. Sie war mit dem Kopf gegen das Treppengeländer gestoßen.

„Wir brauchen einen Sani!", rief eine Hexe. „Hier gab's ne Massen-Karambolage!"

Ich half der Biene auf die Beine. Ein Sanitäter kümmerte sich bereits um die Barbie. „Alles in Ordnung?"

Stöhnend schüttelte Jenny den Kopf. „Ich glaube, ich habe mir den Knöchel verstaucht." Sie krempelte das Hosenbein ihrer Leggins hoch. „Au!" Unter Schmerzen verzerrte sie das Gesicht.

Ich kniete mich vor sie, wurde aber gleich darauf von einem zweiten Sanitäter zur Seite gedrängt. Er zog Jenny den Schuh aus. „Verstaucht, hm?" Jenny nickte. „Ich mache Ihnen einen Verband. Anschließend sollten Sie gut kühlen und den Knöchel nicht belasten."

Jenny rang sich ein kleines Lächeln ab. „Ich bin vom Fach."

Der Sani lächelte. „Na, da brauche ich Ihnen ja nichts zu erzählen. Bei Ihnen alles okay?" Er wandte sich an mich, während die Barbie nun von zwei Kollegen hinaus transportiert wurde.

„Nur eine kleine Schramme, nichts weiter." Meine Leggins war hinüber, aber das war nicht weiter tragisch. Er klebte mir dennoch ein Pflaster auf das aufgescheuerte Knie.

Wir bahnten uns einen Weg auf die Straße. Mit dem einen Arm stützte ich die humpelnde Jenny, mit dem anderen suchte ich nach dem Handy in meiner Tasche, um ein Taxi zu bestellen.

„Was für eine blöde Kuh!", schimpfte Jenny. „Die hätte mal nicht so viel trinken sollen, dann hätte sie auch keine Probleme mit ihrem Gleichgewichtssinn gehabt! Toll, jetzt muss ich erst einmal ein paar Tage zu Hause bleiben! Scheiße!"

Ich strich der Biene, die wie ein Rohrspatz schimpfte, beruhigend über den Rücken.

„Karneval ist hinüber!" Jenny schob die Unterlippe vor und eine Träne rollte über ihre Wange.

Ich bugsierte sie ins Taxi und nannte dem Fahrer die Adresse. „Wir fahren dich erst einmal nach Hause und du ruhst dich ein wenig aus. Karneval kommt im nächsten Jahr ganz bestimmt wieder."

***

Louisa war Diejenige, die mich zu diesem Unsinn überredete. Scheinbar hatten sie und Jenny sich gegen mich verschworen. Jenny hatte wohl ziemlich viel Langeweile daheim auf ihrer Couch, wo sie den Knöchel hochlagern musste. Das World-Wide-Web schien voll von Möglichkeiten zu sein, meinem Single-Leben ein Ende zu bereiten.

Mir war nicht ganz klar, ob ich es letztendlich tat, damit meine Freundinnen glücklich waren, dass ich meinen Abend nicht alleine verbrachte, oder ob ich es meinetwegen tat. Jedenfalls stand ich nun gemeinsam mit fünf weiteren Single-Damen in rosafarbenen Koch-Schürzen in einer komfortablen Großküche. Uns gegenüber sechs mehr oder weniger junge Herren der Schöpfung. Auf mich wartete ein Enddreißiger mit Seitenscheitel. Da ich zu der beigen Bund-

148

faltenhose ein passendes Hemd mit Rautenmuster unter der babyblauen Schürze entdeckte, war bereits klar, dass mir der Typ nicht gefallen konnte. Noch so einer, der bei Mutti wohnte, kam mir nicht in die Tüte! Beim Schnippeln für die Vorspeise flogen zumindest keine Funken. Höchst konzentriert schnitt ich Gemüse für die Suppe klein, wobei er von Dingen sprach, bei denen ich einen Vortrag über die Sammlung von Münzen definitiv vorgezogen hätte. Wen interessierte denn so was?

Beim Zubereiten der Hauptspeise mit einem neuen Kochpartner beobachtete ich das erste Pärchen dabei, wie sie sich gegenseitig mit Kostproben vom Löffel fütterten. Die beiden schienen Feuer gefangen zu haben. Leider war davon zwischen mir und meinen Souschef keine Spur.

Das Dessert war auch nicht vielversprechender. Der Typ hätte nicht einmal Wackelpudding das Wasser reichen können.

Ich war heilfroh, das Koch-Studio verlassen zu dürfen. Fast panisch rannte ich zu meinem Auto und rief die eingegangene Kurzmitteilung auf:

Wie war's?

Schnell tippte ich Frag nicht! und knallte die Autotür zu. Den Motor startete ich noch während ich mich anschnallte. „Schluss mit diesen beschissenen Single-Abenden!“ Jenny und Louisa konnten mich mal! Entschlossen düste ich vom Parkplatz.

***

Hin und wieder wurde ich etwas melancholisch, wenn ich an die alten Zeiten dachte. Aber das Leben ging weiter. Auch wenn es mir anfangs schier unmöglich schien. Der

Schmerz lässt mit der Zeit nach. Es bleibt immer etwas zurück, aber irgendwann lässt es sich aushalten. Irgendwann würde lediglich eine kleine Narbe übrig bleiben, so wie die in meiner Handinnenfläche. Ein Teil von mir würde Vick wahrscheinlich immer lieben. Er war meine erste, ernsthafte Beziehung. Manchmal fehlte er mir: Sein Lachen, seine Umarmungen, seine Küsse, die Gespräche mit ihm, einfach nur die Geborgenheit, in seinen Armen zu liegen, er als Person.

Jennifer und Louisa hatten glücklicherweise begriffen, dass für mich der suchende Single-Markt gestorben war. Nie wieder würde ich zu einem Blind-Date antreten oder Speed-Datings besuchen – weder in einer rosafarbenen Schürze noch in einer schummrigen Bar!

Stellte ich zu hohe Ansprüche bei der Männerwahl? Maman hatte bei unserem letzten Telefonat sogar gemeint, dass der Mann für mich scheinbar noch gebacken werden müsste.

Wieso können Beziehungen nicht verlaufen, wie bei Schwänen, die sich ineinander verlieben und ihr Leben lang dem Partner nicht von der Seite weichen? Seite an Seite. Ein Leben lang. Gab es so etwas überhaupt noch? Ich hatte das Gefühl, dass die Liebe in der Generation meiner Eltern, erst recht in der meiner Großeltern, eine andere Bedeutung hatte. Sie hatten einander in jungen Jahren kennen und lieben gelernt und hatten zu einander gehalten, in guten wie in schlechten Tagen. Heutzutage war die Liebe ein Weg-Werf-Produkt, das man ersetzte, sobald es kleine Makel aufwies.

***

Valentinstag fiel in diesem Jahr auf einen Sonntag. Da ich arbeitete, musste ich nicht zu oft an die Valentinstage der vergangenen Jahre denken. Viktor hatte den Valentinstag sowieso nicht gemocht: „Kommerzieller Feiertag."

Mein unbekannter Freund hingegen schien den Valentinstag in Ehren zu halten. Aus dem Krankenhaus tretend klingelte mein Handy. Es war eine Nachricht, bestehend aus einem Herz, das er aus Textzeichen gebastelt hatte, darunter der Gruß:

Wünsche dir einen schönen Valentinstag, auch wenn du Mr. Right noch nicht gefunden hast, sollst du nicht denken, dass heute kein Mensch an dich denkt ;)

Das war ja süß von ihm. Obwohl es absolut finster war, bemerkte ich, das etwas unter dem vorderen Scheibenwischer meines Autos steckte. Verwundert nahm ich die rote Gerbera und drehte sie zwischen den Fingerspitzen. Wer schenkte mir zum Valentinstag eine Blume, meine Lieblingsblume?

***

Bevor ich zu Jennifer gefahren war, um ihr einen Krankenbesuch abzustatten, hatte ich uns zwei Stücke Himbeer-Reistorte in der Konditorei einpacken lassen. Stückchenweise genossen wir jeden einzelnen Bissen und ließen ihn uns auf den Zungen zergehen.

„Dieser Kuchen ist ein Gedicht!" Jenny hatte die Beine auf der Couch hochgelegt und ich lehnte im Schneidersitz gegen die Armlehne. Ihrem Knöchel ging es deutlich besser. Allerdings würde sie noch ein paar Tage im Krankenhaus ausfallen. „Kannst du mir mal eben meinen Laptop vom Schreibtisch holen?" Sie deutete auf die durch ein Regal abgetrennte Büro-Ecke.

„Klar." Ich stellte meinen Teller ab und holte den PC.

151

Sie setzte ihn auf ihren Schoß und schaltete das Gerät ein, während sie sich über die Lippen leckte und den leeren Teller auf dem Beistelltisch absetzte. „Ich will dir was zeigen." Es dauerte eine Weile bis sie mir den Bildschirm zuwandte. Ein dunkelhaariger Mann schien mich von oben herab zu beobachten. „Was hältst du von dem?"

Stirn runzelnd blickte ich Jenny an. „Du willst mich schon wieder verkuppeln?" Ich seufzte und lehnte mich mit verschränkten Armen zurück. Hatte ich nicht gerade noch gesagt, dass es mir mit diesen Aktionen reichte?!

„Er ist wirklich sehr nett!", warf sie mir entgegen und zeigte mir gleich noch eine Reihe von Bildern. Tss... Das hatte sie auch von dem Blind-Fisch behauptet, oder?

Mit dem Zeigefinger deutete ich auf ein Foto, auf dem er einen braunen Pullunder mit Rautenmuster trug. „Lässt er sich von seiner Mutter ankleiden oder ist sein Modeberater wirklich so ein Hinterwäldler?"

Jenny stöhnte und verdrehte die Augen, um mir eine Minute später ein weiteres Profil zu zeigen. „Wie gefällt dir der denn? Er ist Polizist, sehr sportlich..." Ein sehr unscharfes Bild zeigte einen Mann in einem weißen Hemd mit hochgerollten Ärmeln von der Seite.

„Befinden wir uns etwa in einem Single-Portal? Du weißt, ich halte davon nichts. Schau dir nur an, wie mies die Bildqualität ist."

„Das ist lediglich eine Community mit der ich Kontakt zu alten Freunden..."

„Trotzdem", unterbrach ich sie. „Von eine Kontaktaufnahme per Internet halte ich nichts. Das ist so unpersönlich. Etwas für Leute, die sich nicht trauen, jemanden in der Öffentlichkeit anzusprechen. Und warum trauen sie sich das nicht? Manche sind schüchtern, andere sehen nicht gerade gut aus und die weiteren können sich im realen Leben nicht mit ihrem Gegenüber unterhalten."

Jenny sah mich streitlustig an. „Wie auch immer... Hier sind noch ein paar Bilder von ihm."

Abrupt zog ich die Augenbrauen hoch und brach in Gelächter aus. „Entschuldige", schmunzelte ich, als ich mich wieder gefangen hatte. „Aber weißt du, woran er mich erinnert? An den Hai von *Findet Nemo*." Ich konnte nicht an mich halten. Mit Lexie hatte ich einmal in ihrem Malbuch ein Bild ausgemalt, das diesem sehr ähnelte. „Mit diesem Grinsen schlägt er echt jeden Verbrecher in die Flucht."

„Du bist gemein!"

„Ich bin nicht gemein", erwiderte ich nun todernst. „Ich bin nur ehrlich."

„Ehrlich und oberflächlich."

War ich das?

***

„Hast du die Blume gefunden?", fragte Tom, als ich ihm im Krankenhaus über den Weg lief.

„Blume?" Im nächsten Moment ging mir ein Licht auf: Die rote Gerbera an der Frontscheibe. „Die war von dir?" Mein Herz machte einen kleinen Hüpfer. Wieso schenkte er mir Blumen? Zum Valentinstag?

„Ein kleines Dankeschön für den Wein letztens."

„Ach, das hatte ich schon fast wieder vergessen." Ich machte eine wegwerfende Handbewegung. „Aber dafür musst du mir doch keine Blumen schenken."

„Es war ja auch nur eine Einzelne." Er steckte die Hände in die Kitteltaschen. „Als ich an dem Blumenladen vorbei gekommen bin, habe ich im Fenster diese Blume gesehen, die du auch an deinen Crocs befestigt hast und da dachte ich, du würdest dich freuen."

Tom dachte an mich? „Gerberas sind meine Lieblingsblumen." Ich war geschmeichelt und schenkte ihm ein Lächeln. „Lieb von dir, wäre aber wirklich nicht nötig gewesen."

„Solange es dir eine Freude macht schon", beharrte er. Sein Pieper schrillte. „Ich muss los." Er verschwand mit wehendem Kittel den Flur hinunter.

17
Aurelie

„...so klappt das nie, du erwartest viel zu viel..."
–   Wir sind Helden

Es war ein frühlingshafter Tag Ende April, an dem ich nach einer Schicht auf einer Bank im Park vor dem Krankenhaus saß und ein Eis schleckte. Der gelegentliche Wind war frisch, doch meine cognac-farbene Lederjacke hielt mich warm. Ich genoss die ersten Sonnenstrahlen des Jahres auf meinem Gesicht, lehnte mich nach hinten und ließ das Eis auf der Zunge schmelzen.

„Es überrascht mich, dass du kein Frucht-Eis-Typ bist", sagte Tom.

Ich blinzelte in die Sonne. „Für Stracciatella sterbe ich!"

„Gut zu wissen."

Ich öffnete ein Auge und hielt eine Hand wie einen Schirm an die Stirn. „Es gibt eine ganze Menge, die du nicht weißt." Ohne seine Reaktion abzuwarten, schloss ich die Augen wieder und legte die Hand zurück auf die Armlehne. Ein kleines Lächeln breitete sich auf meinem Gesicht aus.

„Ich weiß mehr, als du denkst."

Erneut hob ich die Hand zur Stirn und blickte Tom an. Er knabberte an seiner Eiswaffel. Ich kniff ein Auge zu. „Ach ja?"

Er grinste und seine grauen Augen funkelten mich an. „Ja."

„Lass hören!" Ich bohrte mit der Zungenspitze ein großes Stück Schokolade aus dem Eis heraus.

„Geschickte Zungentechnik!", murmelte Tom von der Seite.

Sofort hielt ich inne. Was hatte er da gerade gesagt? Ich wandte den Kopf und sah ihn belustigt an. „Tom!"

„Tom!", äffte er mich nach und leckte dann unbekümmert von seinem Eis ab. „Ich hoffe, du hast Nachsehen mit mir, ich bin auch nur ein Mann... Wo waren wir gerade? Ach ja... Du machst viel Sport."

Ich hob eine Augenbraue. Erstens: So schnell wechselte er vom Anzüglichen ins Alltägliche? Und Zweitens: Woher wusste er das denn?

„Deine Lieblingsfarbe ist rot und du liebst hohe Schuhe und deine Lieblingsblumen sind Gerbera."

Lachend blickte ich auf meine auberginefarbenen Highheels. „Woher weißt du das alles – abgesehen von der Blume?"

Er sah mich verschwörerisch an. „Habe ich recht?"

„Ja." Ich hielt seinem Blick stand. „Spionierst du mir nach?"

Er grinste. „Du fährst einen roten Audi und wenn du deine Crocs ausgezogen hast, sieht man dich nur in Stöckelschuhen. Du bist wohl die typische, von Schuhen besessene Frau mit überdimensionalen Kleiderschrank."

„Gut beobachtet." Ich knabberte an meinem Waffelhörnchen und blinzelte in die Sonne.

***

Beim Spinning erzählte ich Jenny von dem gemeinsamen Eisessen mit Tom. Den zweideutigen Flirt ließ ich aus.

Es war das erste Mal nach dem kleinen Unfall an Karneval, dass Jenny wieder fit fürs Fahrrad war.

„Läuft da was zwischen euch?"

„Mehr Widerstand!", rief die Trainerin. Wir drehten an unseren Reglern, lehnten uns nach vorne und traten in die Pedale. „Rechts, links, rechts, links! Tempo!"

„Es war ein kollegiales Eisessen", keuchte ich.

„Wenn er dir schon Komplimente macht..."

„Wie?"

„Wenn er sagt, dass du sportlich bist..."

„So hat er es nicht ausgedrückt." Ich trat schneller.

„Frag doch einfach mal den Kerl, mit dem du immer schreibst. Wie heißt der noch?"

„Wir wissen nicht voneinander, wie wir heißen."

Jenny wandte den Blick zu mir. Ihr Pony klebte strähnig an der feuchten Stirn. „Warum nicht?"

Ich zuckte die Schultern. Tja, warum nicht? Ich war bis jetzt nicht auf die Idee gekommen zu schreiben „Ach, übrigens, ich bin Adrienne". Außerdem ist es ja mit den Namen so, dass, sobald man einen Namen hört, man ein Bild von der Person hat. Der Ballonfinder war eben der Ballonfinder.

„Na ja", meinte Jenny. „Der wird aber wissen, wie Männer so was meinen." Sie warf einen Seitenblick auf den neuen Kerl in unserer Gruppe. „Der Kerl wirft dir im Spiegel dauernd Blicke zu."

Die restlichen dreißig Minuten beobachtete ich ihn flüchtig. Sie hatte Recht. Ich warf ihr einen Blick zu, der so viel heißen sollte wie: „Nicht schlecht."

Sie verzog das Gesicht, kräuselte die Nase und hob fast unmerklich den Ringfinger vom Lenker. Den Ehering hatte ich völlig übersehen, aber er die Schweißperlen in meinem Dekolleté ganz offensichtlich nicht.

157

Nach dem Training schrieb ich meinem Ballonfinder eine Nachricht:

Wenn ein Mann einer Frau sagt, dass sie sportlich ist, ist das dann als Kompliment gemeint?

In der Wohnung angekommen, verkündete mein Handy seine Antwort:

Ob er es primär als Kompliment meint, weiß ich nicht. Ein Mann, der einer Frau sagt, sie habe eine sportliche Figur, will vermutlich sagen, dass sie einen knackigen Po hat ;) Wieso, trifft das auf dich zu? :)

Flirtete der Ballonfinder etwa mit mir?

Ich bin sportlich, ja :D Wie läuft es mit IHR?

Während ich die schmutzige Wäsche verstaute, kam ich zu dem Schluss, dass Tom es wahrscheinlich wirklich als Kompliment gemeint hatte. Aber wann hatte er mir denn auf den Hintern starren können? Gut, wenn ich es schaffte, schaffte er es vermutlich auch. Tom hatte mich abgecheckt und ich hatte es nicht einmal bemerkt!

Wollte eigentlich nur wissen, ob es auf dich zutrifft - diese „ein Mann fragt eine Frau"-Sache :) Bezüglich IHR kann ich nur einen Song zitieren: „Wie soll ein Mensch das ertragen, dich alle Tage zu sehen ohne es einmal zu wagen, dir in die Augen zu sehen?"

„Ups!", dachte ich und musste lachen. Da hatte ich ihn wohl missverstanden. Das Lied kannte ich! Im letzten Jahr war ich mit Jenny auf einem Konzert von Phillipp Poisel gewesen. Ich durchstöberte mein privates Handy nach seiner Musik und lauschte seiner Stimme, während ich mit meinem Ballonfinder schrieb.

Ach, so! Ja, jemand hat mir dieses „Kompliment" gemacht. Sich in eine gute Freundin zu verlieben, könnte kompliziert werden...

„Wobei `eine freundschaftliche Basis die perfekte Ausgangssituation für eine funktionierende Beziehung bildet´", rief ich mir die therapeutischen Ratschläge meiner Schwester in Erinnerung.

So ähnlich. Drücke dir die Daumen wegen IHM. Vielleicht wird ja was daraus.

„So ähnlich?" Ich runzelte die Stirn. „Aber aus Tom und mir?" Seine grauen Augen raubten mir hin und wieder den Atmen und ich hatte schon immer eine Vorliebe für Dreitagebärte. Einen tollen Körper schien er unter der Kleidung ebenso zu haben... Gut, ich fand ihn scharf, aber das waren einige Männer. Und mehr als ein kollegiales Verhältnis?

Habe mir nun einen Song von Philipp Poisel auf's Handy geladen, der irgendwie passt, weil ich nicht weiß, wie es „drüben" bei dir aussieht: „Hallo wie geht's dir? Denkst du manchmal an mich? - Manchmal. Wie sieht der Himmel aus, der jetzt über dir steht?" Das höre ich jetzt immer, wenn du mir schreibst.

Er schrieb sofort zurück:

Gutes Album! Der Himmel hier ist gerade ganz schön dunkel, aber ich mache jetzt eh das Licht aus. Muss dringend Schlaf nachholen. Gute Nacht!

Lächelnd schüttelte ich den Kopf. War er wohl wieder feiern gewesen...

***

In letzter Zeit hatte sich etwas getan. Irgendwas hatte sich verändert. Ich konnte nicht sagen, woran es lag. Vielleicht lag es am Wetter, denn die Sonne kehrte nach langer Zeit zurück.

Zu Hause sah ich, dass ich einen Anruf in Abwesenheit hatte. Ich rief die Sprachnachricht ab.

„Adrienne!", kreischte Aurelie über den Verkehrslärm im Hintergrund hinweg. „Ich weiß, du hasst solche Überfälle, aber du musst mir glauben, das kommt auch für mich sehr kurzfristig. Kannst du mich für zwei Nächte bei dir aufnehmen?" Verwundert blickte ich in den Spiegel. War sie auf dem Weg hierher?

159

„Merci! Du bist die Beste! Bin in ungefähr vier Stunden bei dir."

Noch während ich den Kopf schüttelte, klingelte es an der Tür. Lachend betätigte ich den Schalter. Ich hatte eine Vermutung, wer das sein könnte.

Ein zweites Klingeln an der Tür. Ein Blick durch den Spion bestätigte meine Vorahnung. Ich riss die Tür auf und schloss meine verrückte Schwester in die Arme. „Hey Kleine, hattest du einen guten Flug?"

„Ähm..." Aurelie war sichtlich verwundert. Zögerlich legte sie die Arme um mich. „Adrienne, ich kann nur wiederholen, wie leid es mir tut. Ich wollte dich nicht überrumpeln. Vermutlich bringe ich deinen Zeitplan jetzt völlig durcheinander..."

Ich nahm ihr den Koffer ab und platzierte ihn neben der Kommode im Flur. „Komm erst einmal rein."

Aurelie verschwand im Bad und ich bereitete derweil das Abendessen zu. Pünktlich zum Essen setzte sie sich frisch geduscht und geschminkt an den gedeckten Tisch.

„Nun erzähl mal, was führt dich nach Köln?" Ich lud uns Salat auf die Teller.

„Ein Freund hat morgen Abend eine Vernissage. Irgendwie hatte ich den Termin verplant. Aber es ist seine erste große Kunstausstellung in Deutschland und die will ich mir nicht entgehen lassen. Also, falls du sauer bist, habe ich vollstes Verständnis dafür." Sie schlug die mit dunklem Lidschatten betonten Augenlider nieder. „Ich gelobe Besserung in der Ordnung meines Terminkalenders." Sie hob die Faust und richtete Zeige- und Mittelfinger auf.

„Ach..." Ich machte eine wegwerfende Handbewegung. „...mach dir mal keine Gedanken. Morgen habe ich sowieso frei."

„Perfekt!" Aurelie grinste mich an ohne ihr Essen anzurühren. Sie wackelte mit den Augenbrauen.

Ich zog eine Augenbraue hoch. Was wollte sie nun schon wieder?

Aurelie legte den Kopf schräg und schob die Unterlippe vor. „Weißt du...", flötete sie. „...ich war doch so lange nicht in Köln unterwegs... Was hältst du davon, mit deiner kleinen Schwester das Nachtleben unsicher zu machen?"

Zuerst verschlug es uns in eine Bar, in der wir uns mit ein paar Longdrinks den Abend versüßten. Anschließend machten wir uns in einen Club auf, in dem Songs aus den 80ern und 90ern auf den Plakaten angepriesen wurden. Als wir den Raum betraten, erklangen die *Backstreet Boys* aus den Lautsprechern. Die Masse kreischte. „Bleibt ruhig, Leute!", rief Aurelie. „Ihr bekommt ja alle ein Autogramm von mir! Hat jemand einen Kulli?"

Lachend hakte ich mich bei ihr unter. Wir ergatterten zwei Plätze an der Bar, von wo aus wir den Tanzenden bei ihren Verrenkungen zu sahen und uns über einige Geschlechtsgenossinnen lustig machten.

Aurelie schleppte mich auf die Tanzfläche, denn die *Spice Girls* ertönten. Aus voller Kehle begann sie zu singen. „If you wanna be my lover..."

Ich ließ mich von ihr anstecken und wir tanzten so ausgelassen, wie wir es damals in unserem Kinderzimmer getan hatten. Ein paar Bewegungen aus der Choreographie hatte ich sogar noch drauf. Für knapp drei Minuten waren wir zwei Mädchen, die in ihren Schlafanzügen durchs Zimmer hopsten.

Mit erhitzten Gesichtern lehnten wir uns an die Theke. Aurelie nahm mich in den Arm. „Das müssen wir festhalten." Aus ihrer Handtasche zog sie eine Kamera, die für ihre Verhältnisse winzig war. Mit dem Zeigefinger tippte sie einen Kerl an, der in Reichweite stand. „Magst du ein Foto von mir und meiner Schwester machen?" Sie drückte ihm die Kamera in die Hand und zog mich Wange an Wange. Lächelnd blickten wir in die Kamera.

Der Typ drückte meiner Schwester den Fotoapparat in die Hand und wir sahen uns das Bild an. „Du siehst glücklich aus", stellte Aurelie fest.

„Das bin ich auch."

18

This ain't a love song

„...this is goodbye...“
– *Scouting for Girls*

Der junge Mann schien es als Flirtversuch verstanden zu haben, dass Aurelie ihn gebeten hatte, ein Foto von uns zu schießen. Jedenfalls wich er meiner Schwester den ganzen Abend über nicht mehr von der Seite. Vor allem nicht nachdem er ihren „sexy französischen Akzent" bemerkt hatte. Es dauerte nicht lange, bis sein Anhang zu uns stieß. Einer seiner Freunde war groß, sportlich gebaut und hatte ein strahlendes Lächeln, das ihn so unglaublich gut aussehen ließ, dass es ansteckend wirkte. Er spendierte mir einen Drink und zog mich auf die Tanzfläche. Wir sprachen kein Wort, vermutlich dachte er, ich wäre der deutschen Sprache nicht mächtig. Aber es war mir egal, ich musste ja nicht reden. Körpersprache reichte und sein Körper, der meinem beim Tanzen immer näher kam, zeigte mir, dass er Interesse an mir hatte. Ich blickte auf in das fremde Gesicht mit dem verführerischen Lächeln und ich wusste, dass es nur eine Frage der Zeit war, bis er mich küssen würde. Ich kann nicht sagen, was mit mir los war, aber ich forderte es wohl auch heraus. Und während des Übergangs zwischen zwei Liedern zog er mich näher zu sich, beugte sich vor und küsste mich. Er war ein fantastischer Küsser. Als er mir kurz Luft zum Atmen ließ, blickte ich hinauf in seine Augen. Es waren fremde Augen. Und das war gut so.

„Nochmal wegen gestern..." Aurelie warf mir im Bade-zimmerspiegel einen Blick zu, als sie mit der Wimperntu-sche inne hielt. „...wegen mir musstest du den Kerl nicht in die Wüste schicken, du hättest ihn auch mit nach Hause nehmen oder mit zu ihm gehen können."

Ich verdrehte die Augen. „Du kennst mich schlecht, Schwesterherz."

„Och", machte sie und tuschte eifrig drauf los. „Ich hatte auch nicht damit gerechnet, dich plötzlich mit einem Frem-den den ganzen Abend auf der Tanzfläche knutschen zu sehen."

Ich suchte selbst nach Erklärungen und fand keine. Gut, vielleicht war ich ein bisschen angetrunken gewesen, aber ich war Herr der Lage gewesen. Wenn ich nicht so geflirtet hätte, hätte er mich vermutlich auch gar nicht geküsst. Aber ich wollte geküsst werden.

Aurelie drehte das Wimperntuschefläschchen zu. „Du brauchtest wohl etwas Feuer. Außerdem musstest du dich von Viktor entfesseln, jetzt hast du endlich mal einen ande-ren Mann geküsst."

Ich betupfte meine Lippen, die sich noch ein bisschen ge-schwollen anfühlten, mit Lippenstift. Zum Glück wusste die Kleine nichts von ihrem Kollegen, der mich in Frankreich aus dem Nichts einfach geküsst hatte. Okay, vielleicht konn-te man das auch nicht zählen, denn da war ich ja nicht aktiv mit dabei gewesen.

„Hast du eigentlich seine Nummer?"

Ich lachte: „Ich habe nicht einmal seinen Namen."

Wir schlüpften in zwei hübsche Cocktailkleider. Ich hatte Aurelie dazu überredet, eines aus meinem Kleiderschrank zu tragen. Irgendetwas sagte mir, dass ich heute einfach umwerfend aussehen sollte. Aurelie hatte zuerst protestiert, weil sie kein Freund von Kleidern ist, aber nachdem sie sich im Spiegel betrachtete, wollte sie es nicht mehr ausziehen. „Mein Hintern sieht in diesem Teil so gut aus, dass ich mir den ganzen Abend hinterher gucken möchte", grinste sie. „Aber Schwesterherz…" Sie zog mich mit einem Arm zu sich. „Das wird langsam zur Gewohnheit bei dir, Männer kennen zu lernen ohne ihre Namen zu wissen."

Apropos: Von meinem Ballonfinder hatte ich schon eine ganze Weile nichts mehr gehört. Wahrscheinlich steckte er im anfänglichen Jobstress oder war erst einmal im Bewerbungsdschungel unterwegs.

Lachend betraten wir die kleine, hell erleuchtete Kunstgalerie. In zwei Ausstellungsräumen hingen bunte Abstrakte, auf denen man nur mit viel Fantasie den nebenstehenden Titel erkennen konnte.

„Es ist wunderschön!", schwärmte Aurelie vor einem Gemälde, das fast die gesamte Wandbreite einnahm. „Die Farben! Aber was stellt es dar?" Sie warf einen Blick auf das daneben angebrachte Schildchen. „Um darauf eine Savanne zu erkennen, brauche ich etwas Stärkeres als diesen billigen Sekt." Aurelie ging so nah an die Leinwand, dass sie diese fast mit der Nasenspitze berührte.

Aus dem Augenwinkel bemerkte ich, dass sich uns eine Frau in einem cremefarbenen Hosenanzug näherte. „Entschuldigung!" Aurelie entfernte sich ein wenig von dem Kunstwerk und wir drehten uns gleichzeitig zu der Dame um. „Ich muss sie bitten, die Gemälde nicht zu berühren."

Aurelie zog eine Augenbraue hoch und richtete sich zu voller Größe auf. „Sind Sie die Galeristin?"

Die Dame nickte ohne dass sich eine Regung in ihren Gesichtszügen zeigte.

„Dann können Sie mir sicherlich verraten, wo ich den Künstler finde. Ich bin eine sehr gute Freundin von Erik."

„Wenn Sie mir folgen möchten..." Die Galeristin schritt voran. Aurelie ging ihr nach und winkte mir, ihr zu folgen. Im Vorbeigehen schnappte sie sich eine zweite Sektflöte von einem Tablett. Der Künstler steckte in einer Menschentraube, die mit geschwollenen Fachsimpeleien und Komplimenten auf ihn einredete.

Aurelie hatte natürlich nichts damit zu tun, einfach dazwischen zu gehen und seine ungeteilte Aufmerksamkeit für sich zu erlangen. „Erik!", rief sie überschwänglich, hauchte ihm Küsschen auf die Wangen und hakte sich bei ihm unter, um ihn von der Menge wegzuführen. Albernd kamen die beiden in einer leeren Ecke zum Stehen. Ich begutachtete den Künstler genauer. Er schien älter zu sein als meine Schwester, aber definitiv jünger als ich. Seine kinnlangen, gestuften Haare verteilten sich um sein markantes Gesicht und wurden hinten von einer viel zu großen grauen Mütze verdeckt. Unter einem offenen Hemd trug er weißes T-Shirt und Jeans. Aurelie flüsterte ihm etwas ins Ohr und wandte sich dann um. „Erik, das ist meine Schwester, Adrienne."

Er machte einen Schritt auf mich zu, gab mir ebenfalls Küsschen und schenkte mir einen intensiven Blick aus grasgrünen Augen. „Freut mich, dich kennen zu lernen."

„Mich auch", lächelte ich mit einem Seitenblick auf meine Schwester, die ihr Glas mit einem Zug leerte. Danach schnappte sie sich Eriks Arm, um ihn für eine persönliche Führung zur Seite zu ziehen.

Ich stöckelte alleine durch die Galerie, vorbei an den Gemälden, vor denen sich größtenteils Leute mittleren Alters tummelten und fachmännisch ihre Kommentare abgaben. Männer in Jacketts, Frauen in Kleidern oder Kostümen. Der Maler selbst schien mit seiner Kleidung aus dem Rahmen zu fallen. Ich nahm mir ein Sektglas vom dargereichten Tablett. Während ich das Glas zum Mund führte, wanderten meine Augen zu einem Mann, der ebenfalls statt einem Anzug eine dunkle Jeans und ein unifarbenes T-Shirt trug. Mir versetzte es einen Stromschlag und ich verschluckte mich fast an der Kohlensäure. Eilig stellte ich das Glas auf den Tresen und tupfte mir die Mundwinkel mit einer Serviette ab, um mir anschließend akkurat den Lippenstift nachzuziehen ohne den Mann aus den Augen zu lassen. Tief ein und aus atmend beobachtete ich ihn durch die gläserne Statue, die die gesamte Raummitte ausschmückte. Mit einem tiefen Atemzug bahnte ich mir einen Weg. „Hallo Viktor!"

Er wandte sich zu mir um. „Adrienne?!" Einen Augenblick lang starrte er mich an. Abwartend lächelte ich. Dann breitete er die Arme aus.

Ich ließ die flüchtige Umarmung zu. „Ist ja ein Zufall, dass wir uns hier sehen."

„Allerdings." Er lächelte mich mit seinem Til-Schweiger-Lächeln an. Er hatte sich nicht verändert, aber es war anders. „Chices Kleid."

Mit gesenktem Blick strich ich über die Seiten meines Kleids. „Danke." Seit wann machte Viktor denn Komplimente?

„Und, wie geht es dir?"

„Bestens."

„Das freut mich zu hören." Sein Lächeln schwand. Stattdessen traten kleine Sorgenfalten auf seine Stirn. „Hör mal, es war ziemlich mies von mir, dass ich..."

Ich schüttelte den Kopf und winkte ab. „Lass uns das einfach vergessen. Es ist passiert, daran lässt sich nichts mehr ändern. Außerdem ist es fast ein halbes Jahr her."

Viktor sah mich nur sprachlos an. Er war nicht der Einzige, der von meiner Gelassenheit überrascht war.

Ich lächelte. „Und, seit wann bist du ein Kunstliebhaber?"

„Eigentlich gar nicht." Er verstaute seine Hände in den Hosentaschen seiner Jeans.

„Hast du dich hierher verlaufen?", versuchte ich einen Scherz.

Viktor lachte, aber bevor er noch etwas erwidern konnte, gesellte sich die Frau in dem cremefarbenen Anzug zu uns. „Da bist du ja!" Sie gab ihm einen schnellen Kuss auf den Mund.

„Sie?", schoss es mir durch den Kopf. Ich konnte nicht umhin, zu lächeln.

Neben ihr wirkte Viktor klein. Vielleicht lag es an ihren hohen Absätzen, vielleicht daran, dass er von der Situation überfordert zu sein schien. Er blickte von ihr zu mir und wich danach ihren und meinen Blicken aus. Die adrett gekleidete Dame und der eher schlecht als recht gekleidete Typ. Wie passte das zusammen?

Lächelnd streckte ich meine Hand aus. „Adrienne Laurent. Sie haben eine wunderschöne Galerie."

„Oh, vielen Dank!" Die Galeristin schüttelte meine Hand und zum ersten Mal verformten sich ihre Gesichtszüge zu einem Lächeln. „Emilia Mönninghoff." Sie sah sich um. „Die Galerie ist zwar überschaubar, aber ihre Lage ist einfach perfekt." Geschäftstüchtig faltete sie die Hände zusammen.

Mein Blick fiel auf ihren Ringfinger. „Ich mache mal eben die Runde." Sie verschwand und mit ihr ein glänzender Ring.

Ich sah ihr nach. „Und, wie lange seid ihr schon zusammen?"

Vick steckte wortlos die Hände zurück in die Hosentaschen. „Wir haben uns im Februar kennen gelernt." Er hob den Blick. „Wir werden Ende des Jahres heiraten."

Auch wenn ich es kommen gesehen hatte, versetzte es mir einen leichten Stich. Zwei Monate nachdem er mir das Herz herausgerissen hatte, hatte er die Richtige gefunden. Vier Jahre waren wir zusammen gewesen, vier J-AH-R-E... und er kannte sie nicht einmal vier M-O-N-A-T-E! „Wow", sagte ich. „Gratuliere!"

„Ich hätte niemals gedacht, dass ich so schnell heiraten würde." Wem erzählte er das? „Aber sie ist die Eine."

Nickend sah ich zu ihr herüber. „Freut mich für dich."

Eine Weile sagte er nichts, wich meinen Blicken aus und starrte stattdessen die Kunstkenner neben uns an. „Und...", sagte er schließlich und wandte mir das Gesicht zu. „...gibt es momentan jemanden bei dir?"

Lächelnd blickte ich ihm in die Augen. Was hatte ich darin gesehen? „Im Moment nicht." Aber was ging ihn das an? „Jedenfalls nichts Festes."

„Darf ich den Herrschaften noch ein Glas Sekt anbieten?", fragte ein junger Kellner, der ein silbernes Tablett auf einer Handfläche balancierte.

Hastig nahm Viktor ein Glas vom Tablett, um es gleich darauf hinunter zu stürzen.

Ich schenkte dem Kellner ein besonders strahlendes Lächeln und nahm ebenfalls ein Glas entgegen. „Vielen Dank."

„Adrienne, da bist du ja!" Aurelie blieb neben mir stehen. Einen Augenblick schien sie verwirrt zu sein, Viktor gegenüber zu stehen, doch sie fand schnell wieder die Fassung. „Hi, Viktor! Alles klar bei dir?"

Viktor scharrte mit dem Fuß über dem Boden. „Wie geht's dir, Aurelie?"

„Süpär!", sagte sie mit übertrieben französischem Akzent und wandte sich dann mir zu. „Erik möchte mit uns und den Jungs noch ein bisschen um die Häuser ziehen. After-Show-Party!", lachte sie in Viktors Richtung.

Er nickte nur mit ernster Miene. „Dann viel Spaß!"

„Werden wir haben", trällerte sie, lief ein paar Schritte auf Erik zu, der sich von Viktors Verlobten verabschiedete und rief dann: „Adrienne!"

Ich machte einen Schritt auf Viktor zu, um ihn flüchtig zu umarmen. „Mach's gut."

„War schön, dich zu sehen."

Ich hob eine Hand, winkte und folgte meiner Schwester und Erik auf die Straße, wo bereits eine schwarze Limousine auf uns wartete.

19
Bittersweet Symphony

„...I feel free now..."
–   The Verve

„Ich musste entkommen", witzelte Erik und schenkte auf der Rückbank der Limousine Champagner aus. „Die Leute wollen alle Dasselbe hören: Woher meine Inspirationen kommen. Aber bei all den Bildern kann ich mir das doch nicht mehr merken, darum muss ich mir manchmal einfach etwas ausdenken."

„Upsi", prustete Aurelie schon leicht angesäuselt. „Jetzt steht dein Auto noch da."

Ich zuckte die Schultern. „Bei all dem Sekt hätte ich eh nicht fahren dürfen."

„Wieso war Viktor da?"

Erneut zuckte ich die Schultern. „Er ist mit der Galeristin verlobt."

Aurelie machte große Augen und legte mir besorgt eine Hand auf den Unterarm. „Tut mir leid."

„Mir nicht", lachte ich. „Also, wohin fahren wir?"

Es wurde eine ausgelassene, ausgedehnte Nacht, die bis in die frühen Morgenstunden anhielt. Wir blieben in keinem Club länger als zwei Stunden. Erik schien die ganze Highsociety zu kennen. Er konnte an der Warteschlange vorbei laufen und die roten Absperrbänder öffneten sich in seiner Begleitung wie von Zauberhand. Ohne Umstände kamen wir in jeden VIP-Bereich. Der Alkohol floss in Strömen und wir mussten keinen Cent bezahlen. Eriks Kunstwerke mussten ein Vermögen einbringen.

Als die Sonne gerade über den Horizont kroch, schlüpften Aurelie und ich barfuß aus der Limousine. Meine Füße schmerzten und meine Kehle fühlte sich von zu viel Alkohol so trocken an, dass ich mich fragte, ob ich Sand gegessen hatte. Ich brauchte dringend Schlaf.

„Was für eine Nacht!", schwärmte meine Schwester beim späten Frühstück, das zur englischen Tea-Time stattfand. Die Kleine war putzmunter.

Ich hätte noch ein paar Stunden Schlaf vertragen können, aber bevor ich Aurelie am Abend zum Flughafen bringen konnte, mussten wir noch mein Auto abholen.

„Wegen Viktor..." Aurelie mümmelte an einem trockenen Brötchen. „...dass er verlobt ist, macht dir wirklich nichts aus?"

Ich blickte meine Schwester an. „Klar wäre es mir lieber, ich wäre Diejenige, die ihre zweite Hälfte gefunden hat. Aber ich habe sie eben *noch* nicht gefunden. Daran lässt sich nichts ändern. Momentan fahre ich ganz gut so, wie es ist." Irgendwann, da war ich mir sicher, würde auch ich der Liebe meines Lebens begegnen.

Aurelie schenkte mir ein warmes Lächeln, legte ihre Hand auf meine und flüsterte: „Ich bin ehrlich stolz auf dich."

***

Es war ein warmer Tag Ende Mai an dem Mischa anrief, um sich zu erkundigen, ob ich schon meinen Flug gebucht hatte. Hatte ich nicht. Es war noch Zeit bis dahin. Außerdem wusste ich noch nicht genau, wann und wie lange ich mir freinehmen wollte und wann meine Schwester damit rechnete, dass ich eintraf.

„Unsere kleine Schwester hat nun geplant, den Junggesellinnenabschied am sechsten stattfinden zu lassen."

„Dienstags?" Fragend warf ich einen Blick in meinen Terminplaner.

„Du kennst die Kleine doch." Michèle lachte. „Während sie mir vorgehalten hat, die Hochzeitsplanungen wären viel zu kurzfristig, um in diesem Club einen Tisch zu bekommen, hat sie mir im gleichen Atemzug eröffnet, dass uns danach ein paar Tage Entspannung gut täten."

Bei dem Gedanken sah ich lachend zu dem Foto auf dem Wohnzimmerregalbrett. Es zeigte Aurelie und mich mit erhitzten, lächelnden Gesichtern. „Wer weiß, was sie geplant hat!" Ich griff nach einem Kulli und schrieb mir eine Notiz.

„Ja, das weiß man bei ihr nie. Man muss mit dem Schlimmsten rechnen. Aber es wäre sicherlich nicht gut, wenn wir das einen Tag vor der Hochzeit ansetzen..."

„...und du mit riesigen Rändern unter den Augen vor den Altar treten musst."

Mischa kicherte. „Oder mit Tabletten gegen den Kater zugedröhnt. Mein Brautkleid möchte ich mir auch nicht unbedingt mit einer Kreation Erbrochenem vorstellen." Sie erzählte mir von den weiteren Vorbereitungen. Fast alle der knapp hundert Gäste hatten zugesagt. „Sag mal, hast du dich schon einmal wachsen lassen – so komplett, meine ich", wechselte sie schließlich das Thema.

„Du meinst Beine, Achseln und Bikinizone?" Ich legte mich zwischen die Kissen auf die Couch und ließ mir die Sonnenstrahlen, die durch die Balkonfront fielen, auf den Bauch scheinen.

173

„Die Achseln werde ich mir auf keinen Fall entwachsen lassen! Das tut schon höllisch weh, die zu epilieren! Hast du das mal versucht? Ich sag dir: Lass es lieber! Na ja, ich dachte, für die Hochzeit wäre es etwas Besonderes. Vor allem weil es so lange hält und ich mich in den Flitterwochen nicht mit Rasieren herumschlagen will. Darum denke ich, werde ich es ausprobieren und dir nach den Flitterwochen berichten, ob es sich gelohnt hat." Michèle kicherte ausgelassen.

Ich zeichnete die Musterung der Sofakissen mit dem Zeigefinger nach. „Du Glückliche."

„Hm", machte Mischa verlegen. „Ist bei dir denn kein toller Mann in Aussicht?" Eigentlich war es jetzt nicht direkt auf einen tollen Mann bezogen. „Oder war das auf Sex gemünzt?" Ich war froh, dass meine Schwester mich auch ohne Worte verstand. „Weißt du, mit Aurelie lernst du immer Männer kennen, die auf Sex aus sind."

Kichernd sah ich auf das Foto, das erst kürzlich entstanden war, als sie mich besucht hatte. Es hatte einen Ehrenplatz auf dem Regal oberhalb des Fernsehers erhalten. „Bei mir sind Gefühle wichtiger als Sex."

„Geht mir genauso." Sie seufzte. „Du glaubst gar nicht, wie viele Leute heutzutage nur noch das Eine wollen. Bloß keine Verpflichtungen eingehen."

„Was ist so schwer daran, nur mit einer Person zu schlafen?, überlegte ich. „Vielleicht haben die meisten Leute einfach nur zu viel schlechten Sex?"

Mischa lachte. „Gut möglich. Aber mal ehrlich, wenn du die Moral über Bord wirfst und einmal mit jemandem schläfst, für den du keine Gefühle hast, wohin führt das dann?"

Gute Frage. Konnte das überhaupt irgendwo hin führen? Und was sagte es über einen Menschen aus, wenn er gefühlskalt einfach mit jemandem Schlafen konnte? Ging das überhaupt, Sex ganz ohne Schmetterlinge im Bauch? Ich konnte es mir beim besten Willen nicht vorstellen.

„Ich werde dich jedenfalls wissen lassen, wie weh das Waxing wirklich tut", unterbrach Mischa unser Schweigen.

„Okay, beiß die Zähne zusammen und ruhig atmen."

„Sehr lustig! Noch bin ich nicht schwanger!"

„Willst du mir vielleicht etwas sagen?", meine Stimme wurde schrill. Ich hielt einen Moment inne. „Bastelt ihr an einem Baby?"

„Nein, nein", lehnte Mischa ab. „Aber in einem Jahr wollen wir vielleicht schon... Mal sehen, was sich ergibt. Vielleicht werde ich bald die Pille absetzen und mich überraschen lassen, was passiert."

„Du weißt aber schon, dass es sein kann, dass du dadurch direkt schwanger wirst?"

„Ja, das weiß ich, aber bei einer Freundin hat es nach der Pille eine Ewigkeit gedauert, bis sie schwanger wurde. Außerdem will ich meinen Körper nicht weiterhin mit Fremdhormonen belasten. Wenn es passiert, passiert es eben." Ich konnte durch das Telefon hören, wie sie lächelte. Vermutlich starrte sie verträumt in die Luft. Diesen Blick kannte ich von meinen Patientinnen nur zu gut.

„Hast du mal an eine andere Verhütungsmethode gedacht?"

„Klar, aber um ehrlich zu sein, diese Diaphragmas... Halt mich für verrückt, aber ich finde diese Teile Angst einflößend." Sie war bei weitem nicht die Erste, von der ich das hörte. „Ich denke, ich werde mir mal so einen kleinen Com-

175

puter kaufen, der die Temperatur auswertet. Was hältst du von der Methode?"

„Du kannst damit deinen Eisprung sehr genau ermitteln."

„Hm." Mischa seufzte. „Eine Freundin hat mir davon erzählt. Mittlerweile ist sie im sechsten Monat schwanger."

Ich griff nach dem Kissen und drückte es fest an meinen Bauch. Mischa würde die Nächste sein. „Wie geht's Cécile?"

„Gut, ich habe erst gestern mit ihr telefoniert."

„Mitte August ist es soweit."

„Genau. Hoffentlich geht der Alarm nicht vorher los, sonst könnte es mit der Hochzeitsfeier kritisch werden. Oh, ich freue mich so auf die Hochzeit! Aber hoffentlich passiert nichts Peinliches."

„Peinliches?"

„Ach", meinte sie und ihr Ton wechselte auf ein Flüstern. „Vorgestern ist mir etwas *schrecklich* Peinliches passiert! Stell dir vor, ich komme von der Arbeit nach Hause und stelle erst dort auf der Toilette fest, dass ich meinen Slip falsch herum an hatte!"

Ich brach in lautes Gelächter aus. „Wie falsch herum? Wie kann denn so etwas passieren?"

„Du lachst!", sagte sie empört. „Ich habe das Höschen den ganzen Tag auf links getragen!"

„Stell dir mal vor, du wärst nach Hause gekommen und Henry hätte dich verführen wollen..." Ich konnte mich kaum halten vor Lachen. Das Kissen rutschte von der Couch.

„Das ist meine Befürchtung! Stell dir nur vor, das passiert an unserem großen Tag..."

Nachdem ich mich ein wenig gefangen hatte, versprach ich meiner Schwester, dass ich ihr vor dem Weg zum Traualtar noch einmal unter den Rock gucken würde.

20
I feel it coming

„…Just a simple touch and it can set you free…"
–   The Weeknd

„Ihre Drillinge entwickeln sich völlig normal", erklärte ich, während ich mit dem Ultraschallgerät über die kleine Bauchrundung der Patientin fuhr. Frau Baumert blickte mich aus besorgten, grünen Augen an. Ihre Finger vergrub sie mit einer Anspannung in ihr rotes Oberteil, das sie unter der Brust festhielt, dass die Haut um die Knochen herum ganz weiß wurde. Ich schenkte ihr ein freudiges Lächeln, als ich ihr den Bildschirm zu drehte, damit sie ihre drei Würmchen sehen konnte. „Kein Grund zur Sorge."

Ihre Augen füllten sich mit Tränen. „Ich kann immer noch nicht glauben, dass es geklappt hat und dann gleich drei."

Ich nickte. „Bei einer künstlichen Befruchtung ist die Wahrscheinlichkeit einer Mehrlingsschwangerschaft um ein Vielfaches höher."

Die Patientin presste die Lippen aufeinander und blinzelte die Tränen fort. „Wir hätten uns schon über *ein* Baby gefreut. Seit unserer Hochzeit vor sechs Jahren versuchen mein Mann und ich, Eltern zu werden." Sie blickte mir direkt in die Augen. „Ein großes Haus mit Garten ist doch bloß ein großer leerer Klotz ohne Kinder. Wissen Sie, wir hatten die Hoffnung fast aufgegeben."

„Umso schöner, dass es nun geklappt hat!"

177

Besorgt blickte sie mich an. „Ich mache mir nur Gedanken, dass ich noch keine Tritte spüre, bei meiner Freundin ging es im vierten Monat schon los…"

Ich deutete auf den Bildschirm. „Hier sehen Sie ein Füßchen und schauen Sie mal, was das Baby macht."

Mit leuchtenden Augen sah sie mich an. „Es tritt!"

„Müssen Sie zurzeit vermehrt zur Toilette?"

Sie machte große Augen. „Gefühlt alle zehn Minuten."

„Das liegt daran…" Mit dem Ultraschallgerät schwenkte ich nach vorn und zur Seite. „…dass jemand die ganze Zeit gegen ihre Blase tritt. Solange dieses Würmchen seine Position nicht verändert, wird das also so bleiben."

Frau Baumert seufzte tief. „Hach, dann ist ja alles in Ordnung!"

Ich wischte ihr mit einem Papier das Gel vom Bauch, streifte die Hygiene-Handschuhe ab und wusch mir die Hände.

Frau Baumert ordnete ihre Kleidung und griff nach der Jacke, die am Garderobenständer hing.

„Ist ansonsten alles in Ordnung? Haben sie noch irgendwelche Fragen?" Ich trat hinter den Schreibtisch und notierte mir ein paar Stichworte.

„Mir könnte es nicht besser gehen!" Strahlend nahm Frau Baumert ihre Handtasche vom Stuhl und hängte sie über die Schulter. „Vielen Dank, Frau Doktor! Auf Wiedersehen."

„Gern geschehen." Ich erhob mich und reichte ihr die Hand. „Alles Gute!"

Als es an der Tür zum Behandlungszimmer klopfte, dachte ich, Frau Baumert hätte etwas vergessen, doch als ich „Ja?" rief und aufblickte, kam Tom herein. In den Händen hielt er zwei Pappbecher. „Hey", sagte ich überrascht. „Was machst du denn hier?"

Er drückte die Tür mit dem Ellbogen zu und trat an den Schreibtisch. „Ich hatte Lust auf einen Kaffee und da dachte ich, ich bringe dir einen Tee vorbei." Er lächelte und um seine Augen bildeten sich kleine Lachfältchen. Einen der Pappbecher stellte er vor mir ab. „Darjeeling." Er deutete auf den Becher und lehnte sich mir gegenüber weit auf dem Stuhl zurück.

„Merci beaucoup!", dankbar lächelte ich ihn an, löste die Plastik-Kappe vom Becher und pustete vorsichtig hinein. „Aber eigentlich sind Getränke hier drin verboten", flüsterte ich und malte mit dem Zeigefinger einen Kreis in die Luft.

„Ich werde dich nicht verpetzen, wenn du es nicht tust", flüsterte Tom zurück und grinste.

Ich nahm einen Schluck. „Mmmh, Koffein! Das habe ich gebraucht."

Einen Augenblick lang musterte er mich aus grauen Augen. „Hast du am Vierten Dienst?"

In meinem Kopf ratterte es. Wie sah der Dienstplan für das kommende Wochenende aus? „Nein, den Freitag habe ich komplett frei. Samstag bin ich erst wieder für die Nacht-schicht eingeteilt."

„Falls du nichts vorhast, würde ich gerne mit dir tanzen gehen." Tom nahm einen Schluck aus seinem Becher und ließ mich dabei nicht aus den Augen.

Tanzen? Meine Augenbrauen schnellten in die Höhe. Klar, er hatte in der Bar gesagt, wir könnten mal tanzen gehen, aber ich hatte nicht damit gerechnet, dass er das auch so gemeint hatte. Ich versuchte, mir meine Überraschung nicht anmerken zu lassen und rang innerlich nach Fassung. „Sei spontan", dachte ich und antwortete: „Okay. Wohin gehen wir?"

„Lass dich überraschen." Er erhob sich.

Ich tat es ihm gleich. „Was Lockeres oder was Chices?" Der Becher wärmte meine Handinnenflächen.

„Sowohl als auch." Er schien mir anzusehen, dass ich grübelte. Als er lächelte, zeichneten sich die kleinen Grübchen in seinen Wangen ab, die von seinem Dreitagebart leicht versteckt wurden. „Zieh ein hübsches Kleid an."

Innerlich atmete ich auf, denn wenn er mir keinerlei Anhaltspunkte gegeben hätte, hätte ich nachher ausgesehen, wie auf der Party von Aurelies Freundin – völlig fehlgekleidet. „Gut."

Er wandte sich zum Gehen. „Halb neun." Es war keine Frage.

Langsam wurde der Pappbecher in meinen Händen zu heiß. Wenn ich nicht aufpasste, würde ich mich verbrennen. „Perfekt."

Während ich vom Krankenhaus nach Hause fuhr, dachte ich über Toms Einladung nach. Er musste Interesse an mir haben. Warum sonst hätte er mit mir ausgehen wollen? Aber was ich so von ihm gehört hatte, hatte er an vielen Frauen Interesse. „Ach, was soll's!" Ich würde mit ihm ausgehen, mich amüsieren. Was wollte ich mehr?

Momentan hatte ich sowieso zu viel um die Ohren, um mich in eine Beziehung zu stürzen. Oder? Vielleicht hätte ich mir hier und dort zwischen den Schichten und den sportlichen Aktivitäten ein wenig Zeit frei schaufeln können, doch momentan genoss ich mein Single-Leben. Wer hätte je gedacht, dass ich das einmal sagen würde? Ich wäre

180

vermutlich die Letzte gewesen, die das von mir erwartet hätte.

Völlig euphorisch schrieb ich meinem Ballonfinder:
Habe eine Verabredung, wünsch mir Glück!

Seine schnelle Antwort gefiel mir:
Du brauchst kein Glück, sei einfach du selbst.

Noch während ich aus dem Mantel schlüpfte, wählte ich Jennys Nummer. „Rate, mit wem ich ausgehe!"

„Adrienne, hey! Ein Date? Mit wem?" Sie war total aufgeregt.

Ich schlüpfte aus den Highheels und huschte ins Schlafzimmer, wo ich mich auf die Bettkante setzte. „Na ja, es ist kein Rendezvous oder so was. Wir sind bloß zum Tanzen verabredet. Eigentlich bin ich auch nur so aus dem Häuschen, weil ich das erste Mal seit Langem ausgehe." Die Worte sprudelten nur so aus mir heraus.

„Wer ist es denn? Kenne ich ihn?"

„Tom. Tom Lucas."

„Dr. Tom Lucas?" Ihre Stimme wurde schrill. „Dr. Knackarsch?"

„Hm." Ich musste mich zusammenreißen, um mich nicht von ihr anstecken zu lassen.

„Nein!", kreischte sie. Ich hielt den Hörer von meinem Ohr weg. „Aaah, ist nicht wahr!" Es dauerte einen Augenblick, bis sie sich wieder gefangen hatte. „Der Typ ist scharf! Und weißt du was? Ich habe letztens noch zwei Schwestern beim Tuscheln erwischt, dein und sein Name fiel und ich ging dazwischen und habe es gestoppt. Ich meinte, sie sollten keine Gerüchte verbreiten. Aber eine von ihnen meinte, sie hätte euch in der Pause gemeinsam weggehen sehen."

Ich biss mir auf die Unterlippe und fuhr mir mit der Hand durchs Haar. „Das kann schon sein. Wir verstehen uns gut. Wir sind Kollegen."

Jenny ignorierte das. „Was ziehst du an?"

Ich erhob mich vom Bett und öffnete die Türen meines Kleiderschranks. „Ich habe kürzlich ein sehr hübsches brombeerfarbenes Kleid gekauft."

„Hübsch oder sexy?"

Ich nahm den Kleiderbügel von der Stange. „Es hat breite Träger, einen herzförmigen Ausschnitt, reicht bis zum Knie und hat an beiden Beinseiten einen Schlitz." Ich grinste. „Zu sexy!"

Jenny pfiff durch die Zähne.

„Jenny..."

„Er wird dir aus der Hand fressen!"

„Jenny..."

„Dazu die Sling-Pumps, die du im letzten Sommer in Paris gekauft hast..."

„Jen..."

„...lass deine Haare offen."

„Jenny! Wir sind bloß Freunde!"

„Macht doch nichts." Sie lachte. „Umhauen darfst du ihn trotzdem!"

***

Als es Punkt halb neun klingelte und ich den Türöffner drückte, warf ich noch einen letzten prüfenden Blick in den Spiegel. Wann war ich das letzte Mal so nervös gewesen? Ich konnte mich nicht daran erinnern. Ein bisschen hatte ich Angst, es könnte heute Abend völlig anders sein, als die letzten Male, als ich mich so frei und unbeschwert mit Tom unterhalten hatte. Ich prüfte noch einmal meinen Lidstrich. Wann ich zum letzten Mal so viel Zeit im Badezimmer verbracht hatte, konnte ich gar nicht sagen. Aber das Ergebnis konnte sich sehen lassen. Mein Make-up war perfekt, ebenso das Kleid, das sich wie eine zweite Haut an meinen Körper schmiegte. Er durfte ruhig meine Kurven erahnen.

Ich griff nach meiner Handtasche und öffnete die Haustür, während ich meine Haare aus dem Kragen des kurzen schwarzen Blazers befreite. Da stand Tom mir gegenüber. Er trug eine schwarze Hose und Sakko. Das Ganze bekam durch sein aufgeknöpftes Hemd eine lässige Note. „Hey."

„Hey." Meine Nervosität war wie weggeblasen, sobald ich aus der Tür trat.

„Du siehst umwerfend aus!" Er umarmte mich.

„Danke." Er auch. Den betörenden Duft seines Parfüms einatmend schloss ich die Haustür ab.

Wir waren eine Viertelstunde mit dem Taxi gefahren, als es vor einem schummrig beleuchteten Club hielt. Durch das Fenster sah ich, dass an den Wänden braune Leder-Bänke angebracht waren, in deren Mitte mit kleinen Lämpchen dekorierte Tische standen. Tom reichte mir seine Hand, als ich vom Rücksitz auf den Gehweg stieg. „Ganz Gentleman", dachte ich und musste feststellen, dass Viktor mich niemals so hofiert hatte. Aber Vick war schließlich kalter Kaffee. Heute wollte ich nicht an ihn denken.

Aus dem Club drang lateinamerikanische Musik auf die Straße. Tom hielt mir galant die Tür auf und ließ mir den Vortritt. Die bereits gefüllte Tanzfläche war umringt von meterhohen Palmen. Die Röcke der Tänzerinnen erlaubten einen großzügigen Blick auf ihre schlanken Beine. „Ich wünschte, ich könnte auch so tanzen", dachte ich.

Wir ließen uns an einem Tisch in der Nähe der Tanzfläche nieder. Ich legte meinen Blazer auf die Sitzfläche. Tom orderte einen Moijto, ich bestellte einen Tequila Sunrise. Als Tom sein Sakko ablegte und den Blick auf seine starken Oberarme freigab, wusste ich gar nicht, wohin ich gucken sollte – diese Oberarme! –, deswegen entschied ich, zu reden: „Es ist schön hier."

Tom erzählte, dass der Barkeeper einen der besten Cocktails der ganzen Stadt mixte. Na, Tom musste ja ganz schön viele Bars besucht haben, um zu dem Schluss gekommen zu sein!

Als unsere Cocktails serviert wurden, musste ich zugeben, dass Tom Recht hatte. Dieser Cocktails war unglaublich lecker!

Ich ließ den Blick schweifen. Zwischen zwei farnartigen Gewächsen spielte eine Band. Ein gut gelaunter Mann trommelte lebhaft mit den Händen auf Bongos, ein anderer wirbelte mit Rasseln. Eine größere Trommel wurde von einem Mann mit Schlegeln bearbeitet. Die Frau im gelben Kleid klopfte auf ein Tamburin und ließ die Hüfte kreisen, sodass die Fransen hin und her flogen. Die zweite Frau trug einen kurzen Rock und ein Oberteil, das nicht viel weniger hergab als ein BH. Sie schüttelte ihr Haar und schlug tanzend hölzerne Klangstäbe aneinander. Ein vollbärtiger Mann sang ins Mikrofon. Ich konnte meine Augen nicht von den tanzenden Paaren abwenden. „Wow!"

„Hast du schon mal Salsa getanzt?"

Ich schüttelte den Kopf und sah ihn mit großen Augen an. „Oh Gott, nein!" Er hatte mich zu einer Salsa-Nacht mitgenommen! Ich wusste nicht, ob ich mich freuen oder mir wünschen sollte, doch zu Hause geblieben zu sein.

Tom stand auf und streckte mir seine Hand entgegen. „Das sollten wir ändern."

„Ich kann nicht Salsa tanzen!" Mit abwehrenden Händen blickte ich zu ihm auf. Mein Bauch rebellierte. Wer hatte behauptet, ich sei nicht nervös?

„Ich zeige es dir." Er ergriff meine zittrige Hand, bevor ich noch weiteren Widerstand leisten konnte und führte mich auf die Tanzfläche.

Mein Herz schlug wie wild. „Tom, ich kann wirklich nicht!" Mit jedem Schritt wurden meine Knie wackeliger. Ich würde mich vollkommen blamieren!

„Du kannst!", sagte er bestimmt. „Kein Grund, nervös zu werden. Vertrau mir!" Er zog mich schwungvoll mit sich auf die Tanzfläche. „Es ist ganz einfach: Immer drei Schritte..."

Ich versuchte, nicht nachzudenken und meinen Körper einfach auf seinen reagieren zu lassen. Meine Füße schienen wie von selbst zur rhythmischen Musik zu finden.

„Klappt doch!" Mit nur einer Armbewegung stieß er mich von sich weg, um mich gleich darauf unter seinem Arm hindurchzuziehen. Gekonnt zog er mich an seine Brust.

Ich legte meine linke Hand auf seine Schulter, mit seiner rechten umfasste er meine Hüfte. Mit energischen Hüftbewegungen führte er mich vor und zurück. Er blickte mir tief in die Augen. Seine grauen Augen lächelten. Ich musste nicht einmal auf meine Füße schauen, sondern passte mich seinen Schritten einfach an. Ich erwiderte Toms feurigen Blick mit einem strahlenden Lächeln. Meine Haare flogen mir um den Kopf, während er mich erneut unter seiner Hand heraus drehte. Lachend warf ich den Kopf in den Nacken und ließ mich von seinem Arm heran ziehen.

Es machte unglaublich Spaß mit ihm zu tanzen. Zum ersten Mal tanzte ich mit einem Mann und hatte dabei keine Probleme, mich führen zu lassen. Ich ließ es einfach geschehen und vertraute darauf, dass er wusste, was er tat.

Wir tanzten auseinander und als er mich wieder zu sich holte, stand ich mit dem Rücken zu ihm. Lächelnd warf ich einen Blick über meine Schulter. Er ging leicht in die Knie und ich tat es ihm gleich. Mit beiden Händen hielt er meine Hüfte umfasst. Mich überkam eine leichte Gänsehaut. Unbefangen lehnte mich an ihn. Mit über dem Kopf ausgestreckten Armen schaukelte ich mit der Hüfte und kreiste die Schultern. Ich spürte seinen Herzschlag in meinem Rücken, seinen Atem an meinem Ohr. Geschickt drehte er mich von sich weg, holte mich zurück und ließ mich rücklings Richtung Boden sinken, um mich im nächsten Moment wieder nach oben zu führen. Er wirbelte mich von sich weg, wieder heran, führte meine Arme nach oben und strich von meinem Handrücken über meine Unterarme zu meinen Schultern. Mich durchzuckte es. „Das nennt man eine Caricia", sagte er mit rauchiger Stimme, als ich meine Hände in seinem Nacken ablegte. Plötzlich umfasste er meine Taille ein wenig fester. Mein Busen schmiegte sich fest an seine Brust. Unsere Nasenspitzen waren nur Millimeter voneinander entfernt, als ich zu ihm aufblickte. Seine grauen Augen suchten mein Gesicht ab, bis sie schließlich auf meinem Mund ruhten. Innerlich verbrannte ich unter seinem Blick.

Ich biss mir auf die Unterlippe. „Ich... verdurste."

Einen Herzschlag lang blickte er mir in die Augen. „Dann lass uns etwas trinken."

Ich leerte den Cocktail mit drei großen Zügen. „Tanzen ist also dein Hobby?"

Tom deutete der Bedienung, dass wir noch etwas bestellen wollten. Ich entschied mich für einen weiteren Longdrink. „Kann man so sagen."

„Aber dafür brauchst du ja eigentlich eine Partnerin."

Er lachte. „Stimmt. Alleine sähe das nicht halb so gut aus. Wir haben uns in der Oberstufe kennen gelernt."

„Eine Ex?", hakte ich nach und spielte mit Zeigefinger und Daumen an meinem Strohhalm.

„Nicht direkt. Wir waren nicht wirklich zusammen." Er erzählte, dass er in der Oberstufe einen Standard-Tanzkurs besucht hatte. Seine damalige Tanzpartnerin hatte ihn anschließend überredet, mit einem lateinamerikanischen Kurs weiterzumachen und seitdem waren sie leidenschaftliche Salsa-Tänzer geworden.

„Das heißt, du gehst öfter in solche Clubs?"

Er schüttelte den Kopf. „Seit Kirsten verheiratet ist, eher selten."

Ich grinste wissend. „Ihr Mann ist eifersüchtig?"

„Nein." Tom lachte. „Zur Eifersucht besteht kein Grund. Kirsten und er sind mittlerweile zusammen in einer Tanzgruppe."

Die Bedienung brachte unsere Bestellung.

Wir stießen an und Tom nahm einen Schluck seines Mojitos. „Du bist eine gute Tänzerin."

Lachend drehte ich an dem pinken Schirmchen, das in einer Orangenscheibe an meinem Glas befestigt war. „Dabei tanze ich so gut wie nie."

„Eigentlich schade. Du bewegst dich sehr gut, lässt dich führen..." Seine Augen durchbohrten mich.

Ich lachte. „Damit hatte ich bis heute allerdings Probleme."

„Du brauchst lediglich einen starken Mann, der dich an die Hand nimmt und dir zeigt, wo es lang geht."

Ich zog beide Augenbrauen hoch und stützte die Unterarme auf dem Tisch ab, sodass die Oberarme meine Brüste ein wenig zusammen drückten. „Denkst du, ja?" Zugegeben, ich spielte mit den Waffen einer Frau. Aber warum wurden sie uns geschenkt, wenn wir sie nicht einsetzen? Eben.

„Ja, das denke ich."

Ich ließ es unkommentiert und fand, dass er damit nicht einmal falsch lag, auch wenn ich bisweilen immer die Hosen angehabt hatte. Ja, ich brauchte jemanden, der mich führte. „Was machst du sonst in deiner Freizeit – abgesehen vom Tanzen?", lenkte ich unser Gespräch zurück zu einem unverfänglichen Thema.

„Wenn ich mal Zeit habe", betonte er. „fahre ich gerne Motorrad, aber dafür muss das Wetter mitspielen. Wie sieht es bei dir aus?"

„Zu Hause mache ich Yoga und mit Jenny gehe ich hin und wieder zum Spinning ins Fitnessstudio."

„Jenny, die Orthopädin aus dem Krankenhaus?"

„Ja, wir sind gute Freundinnen."

„Yoga?" Fragend sah er mich an.

Ich nickte lächelnd. „Ja, Asanas – also die Bewegungen – und hin und wieder meditiere ich auch, so verrückt es sich für manche anhört."

„Interessant", kommentierte Tom. „Gelenkig bist du also auch."

Lachend sah ich ihm geradewegs in die Augen. „Ich bin froh, dass ich den Kranich mittlerweile kann. Beim Yoga kommt es auf Konzentration und die richtige Atemtechnik an. Wenn du dich auf deinen Atem konzentrierst, kannst du so gut wie alles schaffen. Wo ein Wille ist, ist auch ein Weg."

Tom grinste. „Sagst du das deinen Schwangeren auch?"

„Es hilft wirklich!" Die Band spielte „Let's get loud" an und ich trippelte im Takt mit den Fingern gegen mein Glas.

„Lust auf eine zweite Runde?" Tom blickte mich auffordernd an. Ich ergriff seine Hand und wir tänzelten auf die Tanzfläche.

Tom beglich die Rechnung. Er hatte darauf beharrt, bis ich schließlich hatte nachgeben müssen.

Er nahm mich bei der Hand, als wir die Bar verließen und auf ein Taxi warteten.

Ich klapperte mit den Zähnen und presste bibbernd die Lippen aufeinander. Mein Blazer hielt mich unter dem Kleid nicht allzu lange warm.

„Ist dir kalt?" Tom schlüpfte aus seinem Sakko und hängte es mir fürsorglich über die Schultern. Er blickte aus mysteriösen, rauchgrauen Augen auf mich herab und hielt meine Oberarme fest.

„Danke." Ich legte eine Hand an seinen rechten Oberarm. „Ist dir denn nicht kalt?" Langsam ließ ich die Hand an seinem warmen Arm herabgleiten.

Er nahm meine kalte Hand zwischen seine und sah mich so durchdringend an, dass mir ganz warm ums Herz wurde. „Nein." Er umfasste meine Taille. Behutsam zog er mich näher. Seine Augen wanderten von meinen Augen über meine Nase zu meinem Mund. Sein Mund näherte sich meinem, als er sich zu mir hinunter beugte. Ich schloss die Augen und dann küsste er mich. Und so schnell wie der Kuss gekommen war, war er auch vorbei, denn ein Auto hielt neben uns. Tom blickte mir in die Augen und lächelte.

189

Ich lächelte zurück. Er presste die Lippen aufeinander, wandte sich um und öffnete die Autotür, um mir den Vortritt zu lassen.

Im Taxi sprachen wir kaum ein Wort. Ich wippte nervös mit dem Fuß im Schuh. Mein Herz pochte wie verrückt unter Toms Blicken, die mich zu verschlingen schienen. Dennoch machte er keine Anstalten, mich ein zweites Mal zu küssen. Er sah mich bloß an und in seinen Augen lag ein Funkeln.

Das Taxi hielt vor meinem Haus. Ich schaute aus dem Fenster. „Das war ein sehr schöner Abend." Ich wandte den Kopf und blickte zu Tom.

„Finde ich auch." Er öffnete die Autotür auf seiner Seite und ich fragte mich schon, was er vorhatte. Aber er lief um das Auto herum und öffnete meine Tür, reichte mir seine Hand. „Ich begleite dich noch zur Tür."

Ich zupfte an seinem Jackett, das ich auf den Schultern trug, während wir auf den Eingang zugingen. Im Schein der Außenbeleuchtung blieben wir stehen. Er nahm meine Hand und hauchte mir einen Kuss auf den Handrücken. „Schlaf gut." Er ließ meine Hand sinken und malte mit dem Daumen kleine Kreise darauf.

Ich trat einen Schritt auf ihn zu. In dem Moment, als ich meine Hand um seinen Nacken legte, legte er seine Hände um mich und unsere Lippen trafen in einem leidenschaftlichen Kuss aufeinander. Seine Küsse wurden drängender, als ich ihn näher an mich zog. Ich öffnete den Mund. Unsere Zungenspitzen berührten sich. Er schmeckte bitter, nach Alkohol und Pfefferminze. Sanft stieß ich mit der Zunge gegen seine. Seine Hand strich über meinen Po. Jeder Zentimeter meiner Haut prickelte unter seiner Berührung. Ich verzehrte mich nach ihm. Als sich meine Lippen seinem Ohr näherten, flüsterte ich: „Komm mit rein."

Tom hielt kurz inne, schaute mir in die Augen. Schließlich hob er mein Gesicht mit beiden Händen und sah mich überlegend an. „Warte kurz." Er gab mir einen Kuss, der nach mehr schmeckte, und ging zurück zum Taxi.

Mit pochendem Herzen schloss ich die Tür auf, während er das Taxi bezahlte. Auf der Türschwelle blieb ich stehen, um sie mit einem Fuß aufzuhalten. „Was mache ich nur?", schoss es mir durch den Kopf, doch bevor ich noch lange nachdenken konnte, kam Tom mir entgegen und verdrängte somit meine Zweifel. Mit einem verführerischen Gesichtsausdruck betrat er den Eingangsbereich. Ich legte den Zeigefinger auf die Lippen und grinste.

Auf dem Weg nach oben suchte ich meinen Schlüssel aus der Handtasche. Ich ließ ihn ins Schloss gleiten und nahm Toms Jackett von meinen Schultern. Er nahm es entgegen, drehte mich zu sich herum und drückte mich küssend gegen die Tür, sodass wir fast in den Wohnungsflur gestürzt wären. Lachend zog ich den Schlüssel aus dem Schloss. Kokett blickte ich Tom an, legte meine Hände auf seine Brust und drückte ihn ein Stück von mir, um die Tür hinter uns zu schließen und die Lampe auf der Kommode anzuknipsen. Gleich darauf nahm ich sein Gesicht in beide Hände, die Bartstoppeln kratzten an meine Handinnenflächen. Voller Ekstase krachten wir gegen die Kommode. Ein Schubladenknauf drückte sich mir in die Lendenwirbel, als Tom sein Gesicht zu mir herab senkte und mich impulsiv küsste. „Ich sollte das nicht tun", schoss es mir durch den Kopf.

Tom vertrieb meine Bedenken, indem er meine Halsbeuge küsste und schließlich an meinem Ohrläppchen saugte. Ich seufzte ungehemmt, als seine Hand durch den Schlitz meines Kleids über meinen Oberschenkel nach oben glitt.

Mit beiden Händen packte ich seinen Po und drückte ihn noch näher an mich. Ich spürte, dass er mich ebenso sehr wollte, wie ich ihn wollte. Meine Hände wanderten unter sein Shirt, den Rücken hinauf, schoben den Stoff nach oben. Wir unterbrachen unser Zungenspiel nur für den Bruchteil einer Sekunde, den es dauerte, ihm sein Oberteil über den Kopf zu ziehen. Der Anblick seines nackten Oberkörpers sorgte dafür, dass mein Herzschlag einen Atemzug lang aussetzte. Wenn ich schon gedacht hatte, dass er definierte Arme hatte, hatte ich keine Vorstellung von diesem Oberkörper gehabt! Meine Hände fuhren über seinen Nacken, zu seinem Hals, seine heiße Brust entlang und berührten seine harten Bauchmuskeln. Mit den Fingerspitzen erkundete ich die weichen Härchen, die vom Bauchnabel abwärts führten.

Ich hielt inne. Lächelnd biss ich mir auf die untere Lippe und blickte ihn von unten herauf an. Er erwiderte mein Lächeln mit einem erwartungsvollen Funkeln in den Augen. Mit dem Zeigefinger hob ich den schwarzen Gummibund seiner Boxershorts an, ließ ihn aber mit einem schnappenden Geräusch sofort wieder los und wandte mich grinsend um.

In der Wohnzimmertür blieb ich stehen, um ihm einen Blick über die Schulter zuzuwerfen. Ich ließ den Blazer zu Boden fallen und streifte die Pumps ab. Mit dem Zeigefinger winkte ich ihn zu mir.

Tom kam zu mir, umarmte mich von hinten und küsste meinen Nacken. „Du bist so verdammt sexy!"

Ich drehte mich zu ihm um, küsste seinen Mund, seinen Hals und nahm ihn bei der Hand, um ins Schlafzimmer zu gehen. Im Türrahmen hielt er mich zurück und berieselte meinen Mund mit heißen Küssen. Ich konnte nicht genug davon bekommen. Seine Küsse steckten voller Magie. Ich war wie elektrisiert von Toms Küssen, Toms Augen, Tom...

Als ich die Hand nach dem Schalter neben der Tür ausstreckte, tauchten die Nachttischlampen den Raum in warmes, dämmriges Licht. Ich hakte zwei Finger in die Gürtelschlaufe seiner Hose und zog ihn rücklings mit mir ins Schlafzimmer. Seine Lippen umfingen meine. Er knabberte und saugte an meiner Unterlippe und ich wurde nicht müde, seine Küsse ebenso feurig zu erwidern.

Während er seine Schuhe abstreifte, schlüpfte ich aus der Nylon-Strumpfhose. Er öffnete den Reißverschluss meines Kleides und ließ die Träger an meiner Schulter hinab gleiten. Gänsehaut breitete sich auf meinen Schultern aus.

Das Kleid fiel zu Boden und ich trug lediglich ein Hauch von dunkler Spitze. Tom war nur noch mit der schwarzen eng anliegenden Boxershorts bekleidet, die sein Verlangen nach mir deutlich erkennen ließ. Er nahm meine Hand und führte sie genau dorthin.

Mein Puls setzte aus, als er mich eng an sich zog. Seine warmen Hände berührten meinen Rücken, fuhren sanft meine Wirbelsäule entlang und packten meinen Po, dass ich erschauderte. Ich schlang Arme und Beine um ihn.

Er trug mich zum Bett. Nachtblauer Satin unter mir, Tom auf mir. Unter seinem harten, erhitzten Körper begann ich regelrecht zu glühen. Mit einem Handgriff hakte er meinen BH auf, umfasste meine Brüste mit seinen großen Händen, knetete und streichelte und ich bäumte ihm meinen Oberkörper entgegen. Mit den Zähnen zog er mir den letzten Rest Stoff vom Leib. Nach Luft schnappend beobachtete ich, wie er seine Boxershorts abstreifte.

Verführerisch drehte ich mich auf den Bauch, griff in die Schublade meiner Nachtkommode. Als ich mich zurück auf den Rücken rollte, war er direkt über mir und sah auf mich hinab. Er griff nach dem Kondom, riss die Verpackung auf und zog es über.

Seine rauchgrauen Augen musterten mich, während er seine muskulösen Arme neben meinen Schultern abstützte. Sein heißer Atem streifte mein Ohr, als er in mich eindrang.

Mein Herz schien mir aus der Brust springen zu wollen, als ich mich schließlich in das Bettlaken wickelte. „Wow", war alles, was ich herausbrachte.

Tom atmete schwer und blickte mich lächelnd an. „Ebenfalls wow", flüsterte er in mein Ohr, legte seinen Arm um mich und wir schmiegten uns aneinander. Er streichelte solange über meinen Arm, bis ich wohlig an seiner bebenden Brust einschlief und nur noch einen zärtlichen Kuss auf der Schläfe verspürte.

21
Honey Honey

*„...I feel like I wanna sing
when you do your thing...“*
−   *ABBA*

Wenige Stunden später wurde ich wach. Jemand befreite sich aus den Laken. Ich blinzelte, fuhr mir mit einer Hand über die Augenlider und beobachtete, wie Tom in seine Hosen stieg. Ein Blick auf die Uhr verriet, dass es kurz vor fünf war. Als er sah, dass ich wach war, kniete er sich auf die Matratze und beugte sich zu mir herab. „Entschuldige, ich wollte dich nicht wecken." Er strich mir eine Haarsträhne hinters Ohr und küsste mich auf die Stirn. „Ich muss zur Frühschicht."

Ich lächelte ihn an. „Verbessere die Welt ein bisschen."

Seine Augenwinkel umspielte ein Lächeln. „Ich gebe mein Bestes." Er küsste meinen Mund. „Es war wunderschön mit dir."

Statt einer Erwiderung strich ich ihm mit der Handflächen über die Wange und zog sein Gesicht noch einmal zu mir hinunter, um ihn zu küssen. Zum Reden war es viel zu früh.

„Träum süß."

Nachdem die Wohnungstür ins Schloss gefallen war, lag ich noch eine Weile wach. Über die Frage, was und wie es passiert war, schlief ich ein.

Das Klingeln des Telefons riss mich aus meinen Träumen. Eilig wickelte ich mir den Bademantel, der über einer Stuhllehne hing, um. „Laurent?", meldete ich mich mit krächzender Stimme.

„Wie war's?" Jenny.

Ich räusperte mich. „Wie spät ist es?"

„Es ist also spät geworden!" Sie ignorierte meine Frage.

Ich wuschelte mir durch die Haare. „Geht."

„Nun erzähl schon!"

„Bin gerade erst wach geworden", brummte ich.

„Ich habe eine großartige Idee! In einer halben Stunde bin ich bei dir. Wir trinken Tee und du erzählst mir, wo ihr tanzen wart – in allen Einzelheiten! Ich will alles wissen! Ich besorge was vom Bäcker."

„Ich springe jetzt erst einmal unter die Dusche."

„Okay, Süße. Bis nachher!"

In einer bequemen Baumwollhose und Sweat-Jacke öffnete ich Jenny die Tür. In der Hand hielt sie eine betörend duftende Tüte vom Bäcker, die meinen Bauch zum Knurren brachte. Mit breitem Grinsen drängte Jennifer sich an mir vorbei in die Wohnung. „Ich habe ein paar Croissants geholt."

Ich machte uns Tee, während meine Freundin fröhlich den Tisch mit Tellern, Besteck und Vorräten aus meinem Kühlschrank eindeckte, als hätte sie nie etwas anderes getan. Währenddessen plapperte sie aufgeregt vor sich hin. „Ihr wart also tanzen?"

Ich nickte bloß, aber mein Herz überschlug sich förmlich.

„Wo denn?"

„In so einem lateinamerikanischen Club." Ich gab Teebeutel in die Tassen.

196

„Aha!", machte sie und stellte die Marmelade auf den Tisch. „Ich wusste nicht, dass du lateinamerikanisch tanze kannst."

„Tu ich nicht, aber er." Ich ließ mich auf einen Stuhl sinken und konnte nicht anders: Ich grinste.

Jenny musterte mich. „Oh Gott, sag mir nicht, du bist in ihn verliebt!"

Ich grinste immer noch. „Nein." Ich dachte an das Gewicht seines Körpers auf mir, seine starken Schultern und konnte nicht vermeiden, dass mir heiß wurde.

Sie machte große Augen und nahm mir gegenüber Platz. „Du hast mit ihm geschlafen!"

Ich sagte nichts, dennoch konnte ich nicht aufhören zu lächeln. Ich spürte die Röte auf meinen Wangen. „Oh Gott, ich wünschte, ich könnte es wiederholen", dachte ich und mich schüttelte es innerlich. Seufzend blickte ich Jenny an.

„Hast du, oder?", stocherte sie weiter.

Ich legte beide Hände um die Tasse. Gänsehaut breitete sich auf meinen Armen aus. Das Kribbeln von Kopf bis Fuß schien die Welle von Endorphinen in meine Bauchgegend zu spülen. Was hatte ich nur getan? Es war ein wunderschöner Abend gewesen. Die gemeinsame Nacht hatte dem Ganzen noch ein i-Tüpfelchen oben drauf gesetzt. Ich mochte Tom, die Leichtigkeit, die er versprühte, seine spontane Art, sein Lächeln, seine Augen, seine Hände...

„Ich fasse es nicht!", kreischte Jenny und schlug mit der flachen Hand auf den Tisch, sodass ihre Tasse überschwappte und die Messer auf den Tellern klirrten. „Ich wette, es ist eine Wiederholung wert!" Mit einem kehligen Lachen zog sie eine Serviette aus dem Serviettenhalter, um die Überschwemmung zu trocknen.

Ich nahm einen Schluck Tee und spürte die Wärme in mir. Dann nahm ich ein Croissant, um es mit Nutella zu beschmieren.

„Der Kerl ist doch bestimmt göttlich, oder? Ich meine, wenn er schon so aussieht..." Jenny wischte den Tee vom Tisch. „Adrienne, hörst du mir überhaupt zu?"

„Klar." Ich nickte und biss schweigend in mein Croissant.

„Und ob du Sex hattest! Deine Augen leuchten, deine Wangen glühen und irgendwie strahlst du auch von innen heraus, habe ich das Gefühl." Sie musterte mich. „Willst du nicht mit mir darüber reden?"

Ich zuckte die Schultern, kaute und sagte schließlich mit leiser Stimme: „Ich schätze, ich bin eine Schlampe." Es versetzte mir einen Stich. Ich vermisste ihn jetzt schon und das war nicht gut.

Eine Weile starrte Jenny mich reglos an. „Wieso? Weil du mit einem heißen Typen eine noch heißere Nacht verbracht hast? Hätte er eine Frau, würde ich das bejahen, aber..."

„Es war ein One-Night-Stand! Ich bin keine Frau, die so etwas macht, Jenny!"

„Die was macht?"

„Mit einem fremden Kerl in die Kiste steigen!"

Jenny zählte an ihren Fingern ab: „Erstens, bist du keine Schlampe. Zweitens, ist er kein fremder Kerl und drittens, könnt ihr das nach Belieben wiederholen."

Ich zog eine Grimasse. Netter Gedanke, aber...

„Sei nicht immer so streng mit dir! Du hast auch mal ein bisschen Spaß verdient."

„Eine Sex-Beziehung? Du kennst mich, ich bin nicht der Typ..." Ich verdrehte die Augen ohne den Satz zu beenden. „Außerdem ist Tom mein Kollege." Ich schüttelte den Kopf.

„Es war eine einmalige Sache, die ich nicht wiederholen werde."

„Nicht? Ich dachte, es wäre gut gewesen?" Jenny führte ihre Tasse lächelnd zum Mund.

„Es war unglaublich!" Ich blickte stöhnend zur Decke. „Ich hatte schon fast vergessen, wie es sich anfühlt." Bei dem Gedanken musste ich mich schütteln. „Er ist so... leidenschaftlich!"

Jenny lachte und strich sich schmunzelnd über den fransigen Pony. „So gut also!"

„Aber wir werden es nicht wiederholen. Es ist verantwortungslos."

Jennys Augenbrauen zogen sich zusammen. „Adrienne, du bist die verantwortungsbewussteste Frau, die ich kenne. Manchmal bist du sogar zu verantwortungsbewusst. Dass du dich mal außer Kontrolle zeigst und deinen Gefühlen freien Lauf lässt, ist selten..."

„Jenny, wir hatten Sex! Das hatte mit Gefühlen rein gar nichts zu tun. Du weißt doch, was über ihn erzählt wird…"

„Dich als Gynäkologin brauche ich womöglich nicht zu fragen, ob ihr verhütet habt?!" Besorgt sah sie mich an.

„Natürlich, aber... Ich weiß gar nicht, wie ich das formulieren soll... Sex will ich nur in Verbindung mit einer Beziehung. Es muss ja nur irgendetwas schief laufen..."

„Vertraust du ihm?"

„Ja, obwohl das völlig verrückt ist, immerhin kennen wir uns kaum."

„Ändere das."

Ich seufzte. „Jennifer, ich brauche nicht nur Vertrauen, ich brauche Sicherheit."

Meine Freundin legte den Kopf schief. „Süße, du wirst nur erfahren, ob er dir das geben kann, wenn du dich darauf einlässt. Ich muss dich leider enttäuschen, aber bei dieser Sache gibt es keine Kontrolle. Vertraue einfach auf dein Schicksal."

Stöhnend verdrehte ich die Augen und lehnte mich zurück auf meinen Stuhl. „Es war eine einmalige Sache."

Beim Yoga konnte ich mich weder auf die Atmung noch auf die Übungen konzentrieren. In meinem Kopf schwirrten Bilder des gestrigen Abends, der gestrigen Nacht...

Als das Telefon klingelte, gab ich die Bemühung nach Einklang endgültig auf. Ich löste mich aus dem Kranich, indem ich meine Knie von den Oberarmen hob und langsam mit den Zehenspitzen zurück auf den Boden kam. Beim dritten Klingeln nahm ich den Hörer ab.

Es war Aurelie. „Hallo, große Schwester!"

„Hallo, kleine Schwester!"

„Schwestern, Michèle ist auch dran", verbesserte sie mich. „Ich dachte, ich probiere das mit der Konferenzschaltung aus und siehe da: Ich habe es eigenständig geschafft! Ihr könnt stolz auf mich sein."

„Sind wir", sagten Michèle und ich im Chor. Wir mussten lachen.

„Hey, Mischa." Ich drehte die Musik leise.

„Hallo, Adrienne!"

„Also, was gibt es Neues bei euch?" Im Schneidersitz nahm ich auf der Couch Platz.

„Mischa ist total aufgeregt wegen der Hochzeit. Kannst du dir vorstellen, wie sie abgegangen ist, weil sie sich nicht zwischen einer Creme-Torte und einer aus Marzipan entscheiden konnte?!"

„Du solltest besser nur über mich herziehen, wenn ich nicht dabei bin oder hast du schon vergessen, dass ich auch in der Leitung hänge?"

„Ich will dich nur ein bisschen ärgern." Aurelie kicherte.

„Auf welchen Kuchen darf ich mich denn nun freuen?", erkundigte ich mich.

„Es gibt eine Himbeer-Creme-Torte. Hoffentlich spielt das Wetter mit!"

„Ach", meinte Aurelie. „Letztes Jahr war es um die Zeit nachts so warm, dass ich nackt am Strand war."

„Aha", machte ich nur. Ich wollte gar nicht wissen, wieso ihr das noch so sehr in Erinnerung war.

„Ich hoffe das Beste. Was gibt es Neues von dir, Adrienne?"

Ich überlegte einen Augenblick. Sollte ich meinen Schwestern von Tom erzählen? Ich war unschlüssig.

„Adrienne, bist du noch da?", hakte Aurelie nach.

„Du hast jemanden kennen gelernt!", mutmaßte Mischa.

Aurelie kreischte. „Dein Handy-Typ?" Mit verruchter Stimme hauchte sie in den Hörer: „Er ist heiß, oder?"

„Nein, nein!", ging ich dazwischen. „Es ist nicht mein Handy-Bekannter. Es ist... ein Kollege."

Aurelie pfiff in den Hörer, dass mein Ohr klingelte.

„Lass mal deine Kommentare, Aurelie!" Michèle schien auf die Informationen zu brennen.

Ich begann zu erzählen. Von Tom, dem sexy Kardiologen, hinter dem fast alle Frauen her waren und über den heiße Gerüchte durch die Etagen getragen wurden. Ich erzählte, dass wir uns näher kennen gelernt hatten, den Heiligabend gemeinsam in einer Bar verbracht hatten, hin und wieder nach der Arbeit noch etwas essen oder trinken gegangen waren und er mir am Valentinstag – ob zufällig an diesem

Tag oder auch nicht – eine Blume an die Windschutzscheibe gesteckt hatte. Nebenbei erwähnte ich, dass ihm Aurelies Aufnahmen aus Indien gefielen. Als ich ihnen erzählte, dass wir gestern Abend in einem lateinamerikanischen Club gewesen waren und er mich geküsst hatte, fiel Aurelie mir schließlich doch ins Wort: „Nur damit ich das richtig verstehe: Du hast deinen hammerscharfen Kollegen geküsst, obwohl du nur mit ihm befreundet sein willst und er als Playboy gehandelt wird?"

„So ungefähr." Jetzt kam ich mir doch ein wenig blöd vor. „Tom weiß, dass er gut aussieht und jede Frau haben könnte, aber privat ist er ein echt netter Kerl." Ich ließ meine Schwestern wissen, dass er bereits einmal verheiratet gewesen war und dass er mir von dem Tod seines Vaters erzählt hatte.

„Also", begann Michèle. „Wenn du mich fragst, ist er in seinem Inneren ein sensibler Kerl."

„…oder er will nur mit dir ins Bett und macht deshalb einen auf Sensibelchen. Aber wen interessiert das schon?", fragte Aurelie. „Solange er nicht heult, wenn er kommt!"

Mischa flüsterte in den Hörer hinein: „Um ehrlich zu sein, passiert mir das hin und wieder."

Ich lächelte in mich hinein. „Ist bei mir auch schon vorgekommen."

„Hm", machte Aurelie. „Bei mir ist das noch nie passiert."

„Du schläfst auch nur aus Triebgründen mit den Männern, nicht aus Liebe!"

„Ist ja jetzt auch egal!", sagte Aurelie lapidar. „Du willst mit diesem Tom in die Kiste, oder?"

Wollte ich? War ich. Wollte ich wieder? Und wie ich wollte… Aber es war falsch.

„Adrienne?", fragte nun Mischa.

„Wir...", setzte ich an.

„Ihr habt schon … ?"

„Mischa, jetzt mach der Süßen mal kein schlechtes Gewissen", meinte Aurelie. „Adrienne brauchte dringend guten Sex mit einem echten Kerl! Überleg mal, wie lange sie nun unter klösterlichen Umständen gelebt hat!"

Ich ließ das einmal unkommentiert.

„War's gut?"

Ich musste lachen.

„Aurelie, du bist unmög...", setzte Mischa an.

„Was denn? Hab ich mit ihm geschlafen oder Adrienne?" Im Hintergrund vernahm ich ein Schnurren. Aurelie kuschelte scheinbar mit ihrer Katze.

„Sex unter Kollegen könnte einige Probleme mit sich bringen", bemerkte Michèle.

„Oder eine Revanche."

„Ich weiß auch nicht, wie es wird, wenn wir uns im Krankenhaus begegnen. Ob er mich nun abschreibt und als Trophäe betrachtet?"

„Also dann ist er ein Arschloch!"

„Wenn es doch für euch beide nur um Sex ging?!"

„Nein", sagte ich entschieden. „Ich glaube nicht, dass er ein Arschloch ist. Sicherlich hat er sich nicht das Ziel gesetzt, mich ins Bett zu kriegen. Schließlich war ich Diejenige, die... Ist ja auch egal. Ich denke, wir werden weiterhin gut miteinander reden und vernünftig arbeiten können." Ich war doch Diejenige gewesen, die ihn zum Bleiben überredet hatte, oder?

***

Jenny grinste mich breit an, als wir uns auf dem Flur begegneten, und erkundigte sich, ob ich noch etwas von ihm gehört hatte.

Hatte ich nicht. Wie auch? Er hatte schließlich nicht meine Nummer.

Ich entschied, meinem unbekannten Freund zu schreiben: *Na, du! Wie läuft es mit IHR? Mein Date sollte nur freundschaftlich sein, muss dennoch zugeben, dass er ein echt guter Küsser ist!*

Während ich in meine Jacke schlüpfte, begann mein Handy einen Songtext zu dudeln: „Hallo wie geht's dir?" Ich rief die Nachricht sofort auf. *Da scheint ja jemand gute Laune zu haben :) Aber wieso datest und küsst du ihn, wenn ihr nur befreundet seid? SIE ist unglaublich!*

Da schien ihn Amors Pfeil ja mächtig getroffen zu haben.

Ich stieg in den Aufzug, drückte den Knopf nach unten und gab ihm den Ratschlag, dass er es ihr eventuell sagen sollte. Ich ließ das Handy in meine Tasche sinken, wühlte blind in den Tiefen meiner Tasche nach meinem Kulli und dem Terminkalender und verließ den Aufzug ohne aufzuschauen. Erst als ich den Kulli mit den Fingerspitzen ertastete, hob ich den Blick und entdeckte Tom, der mir mit einem gut gelaunten Lächeln entgegen kam. Urplötzlich zogen sich meine Mundwinkel nach oben. „Hi."

„Na, du?! Feierabend?" Seine Augen strahlten.

Nickend zog ich meine Hand aus der Tasche und wippte mit dem Kugelschreiber zwischen Zeige- und Mittelfinger.

„Hast du es gut!"

Gerade wollte ich den Kulli in die Tasche stecken, da nahm er ihn mir aus der Hand und legte meine Hand in seine. Einen Moment blickte er mich aus grauen Augen an, im nächsten malte er mir ein winziges Herz auf die Fläche zwischen Daumen und Zeigefinger. Mein Herz pochte unaufhörlich. Zum Glück war in der Empfangshalle außer uns nur ein älterer Herr mit einem Rollator unterwegs.

Tom gab mir den Stift zurück, beugte sich zu mir herab und flüsterte mir ins Ohr: „Ich muss immerzu an dich denken."

In meiner Bauchgegend schien etwas zu rebellieren. Es fühlte sich an, als hätte mein Magen einen Salto geschlagen. Was war los mit mir?

Ich drehte mich zu Tom um, der rücklings in den Aufzug stieg. Er zwinkerte mir zu. Dann schlossen sich die Türen.

Wie versteinert stand ich da, spürte, dass meine Wangen glühten, und blickte auf das Herzchen, das meinen Handrücken zierte. „Ich muss immerzu an dich denken."

22

Starving

„... I didn't know that I was starving 'til I tasted you. Don't need no butterflies when you give me the whole damn zoo "

– Hailee Steinfeld & Grey

Während ich das Bad schrubbte, dachte ich an Tom. Bei meiner Nachtschicht war ich ihm nicht über den Weg gelaufen. Stattdessen hatte ich im Aufzug das Gespräch zweier Krankenschwestern mitgehört, die sich über einen Liebesfilm unterhielten. „Bei der Szene musste ich so heulen! Wie glücklich die beiden aussahen!", erzählte die eine.

„Weißt du, wer gestern wirklich glücklich aussah?", hatte die andere daraufhin erwidert und ihre Stimme bei den nächsten Worten gesenkt, doch das unterdrückte Kichern hatte ihre Worte zu mir herüber geschoben. „Wenn du mich fragst, hatte Dr. Lucas eine heiße Nacht!"

„Wie konnte ich nur...?" Das Kribbeln auf der Haut verriet mir, dass ich es wieder tun wollte. „Aber das sollte ich nicht."

Das Telefon riss mich aus den verruchten Gedanken. Eilig schmiss ich den Lappen ins Waschbecken und streifte die gelben Gummihandschuhe ab. Im Wohnzimmer angekommen, ging bereits der Anrufbeantworter seiner Berufung nach. „Hallo Adrienne, ich bin's..."

Tom! Mein Herz machte einen Hüpfer. Lächelnd biss ich mir auf die Unterlippe. Sollte ich rangehen oder ihn zappeln lassen?

„Denk jetzt bitte nicht, dass ich dir hinterher spioniere oder so, aber du stehst im Telefonbuch." Er lachte ein raues Lachen und ich sah seine grauen Augen vor mir. Wie sie mich in dieser Nacht angesehen hatten... „Das ist jetzt vielleicht etwas kurzfristig, aber ich war eben einkaufen und da kam mir die Idee, dass ich heute Abend für dich kochen könnte?!"

Wie ein ausflippender Teenager machte ich einen Luftsprung und klatschte die Hände zusammen. Aber stopp! Ich schob mit den Fingerspitzen die Haare hinter die Ohren. Tom wollte für mich kochen? Playboy-Tom konnte kochen?

„Nicht, dass ich ein guter Koch wäre, aber meine Spaghetti Napoli sind wirklich gut. Falls du Hunger hast und deinen AB..."

Ich griff nach dem Hörer. „Hallo Tom!" Meine Stimme überschlug sich fast.

„Oh... hey!", er klang überrascht. „Ich dachte schon, du wärst nicht zu Hause."

„Jetzt schon." Ich klang ein wenig außer Atem.

„Gut, ich wollte dich nämlich heute Abend zu mir zum Essen einladen. Vorausgesetzt du hast noch nichts Besseres vor."

„Ich komme gern." Ich presste lächelnd die Lippen aufeinander. Spaghetti klang gut, Tom klang noch besser. Klang das nach einer Wiederholung unserer letzten Nacht?

„Dann erwarte ich dich um sieben bei mir zu Hause?"

„Sieben klingt gut."

„Ich freue mich."

„Ich mich auch." Ich legte auf. Das würde sicherlich eine Revanche geben.

Ich schlüpfte in meine cremefarbenen Peeptoes, die perfekt zu dem knielangen Bleistiftrock und dem schwarzen Seiden-Oberteil mit den cremefarbenen Blüten passte. Eine silberne Kette mit einem schlichten Stein lenkte den Blick in mein Dekolleté. Die Haare fielen in weichen Wellen über meine Schultern. Ich nahm den Trenchcoat vom Kleiderbügel, wickelte den hellen Chiffon-Schal um meinen Hals und nahm die Handtasche vom Stuhl. Mein Spiegelbild zwinkerte mir grinsend zu, als ich nach der Flasche Wein griff und mit ihr die Wohnung verließ.

Sobald ich den Motor startete und in Richtung Tom fuhr, begannen meine Beine zu zittern. Oh Gott, ich war nervös! Zum Einen, weil ich aus einem speziellen Grund sehr knappe Unterwäsche trug, zum Anderen, weil ich genau aus diesem Grund beunruhigt war. War ich doch die Sorte Frau?

Nie zuvor hatte ich mich auf ein One-Night-Stand eingelassen. Und nun war genau das am Wochenende passiert. Wenn wir das Ganze wiederholen würden, würde das bedeuten, dass ich eine Affäre hatte? Nichts Festes, einfach nach Lust und Laune Spaß haben. Oder nicht?

Aber was hatte ich schon großartig zu verlieren? Es war nun einmal passiert und ich konnte und wollte es nicht ungeschehen .

Ich atmete tief durch, sagte mir, dass ich zu viel über alles nachdachte und es auf mich zukommen lassen sollte. „Einfach mal nicht planen." Mit diesem Vorsatz parkte ich das Auto vor dem mehrstöckigen Haus.

Meine Hände zitterten ein wenig, als ich die Türklingel drückte. Fest presste ich die Fingerkuppen aufeinander, atmete tief und versuchte ein Grinsen zu unterdrücken. Der Summer ertönte. Das Zittern meiner Hände hatte ein wenig nachgelassen. Ich drückte die Tür auf und stieg die Treppe in den dritten Stock hoch.

Dort war eine Haustür nur angelehnt. Unsicher steckte ich den Kopf zur Tür herein. Der Wohnungsflur war bis auf eine riesige Topfpflanze und einen Garderobenschrank aus dunklem Holz leer. Zwei Türen waren fest geschlossen, eine weitere ebenfalls nur angelehnt. Mir stieg ein würziger Duft in die Nase. „Hallo?"

Tom riss die angelehnte Tür auf. Nie hätte ich es für möglich gehalten, dass ein Mann in einer roten Schürze so gut und männlich aussehen könnte. Die Ärmel seines Hemds hatte er bis zu den Ellbogen hoch gerollt. „Guten Abend!"

„Guten Abend", lachte ich und drückte die Haustür hinter mir zu.

Tom ließ die Hände sinken. „Ich umarme dich besser nicht, sonst ruiniere ich noch deinen Mantel mit Sauce." Er küsste mich flüchtig auf die Wange und verschwand, noch bevor ich ihm die Weinflasche überreichen konnte. „Zieh dich schon mal aus und geh rüber ins Wohnzimmer, das Essen ist gleich fertig!"

„Ich soll mich ausziehen?", kichernd schlüpfte ich aus meinem Mantel, den ich an einen freien Haken an der Garderobe hängte. Ich strich meinen Rock über dem Po glatt.

„Du weißt schon, wie ich das meine." Mit einem Kochlöffel stand Tom in der Tür zur Küche und sah mich verführerisch an.

Ich grinste, hängte meine Handtasche über die Schulter und machte einen Schritt auf ihn zu. „Ich dachte, ich wäre zum Essen hier?!"

Tom wandte sich grinsend von mir ab. „Probier doch mal die Sauce! Meinst du da muss noch was Pfeffer dran?"

Ich folgte ihm an den Herd und stellte die Flasche auf der hölzernen Anrichte ab. Tom hielt mir den Kochlöffel an die Lippen. Vorsichtig pustete ich, bis ich eine Kostprobe nahm. „Die ist perfekt." Ich blickte von unten zu ihm herauf.

Er blickte mir direkt in die Augen. „Perfekt." Er legte den Löffel zur Seite und nahm mein Gesicht in beide Hände. Zärtlich küsste er meinen Mund. Dann hielt er kurz inne und löste sich von mir. Er nahm mich bei der Hand und führte mich ins warm beleuchtete Wohnzimmer. Aus den hüfthohen Lautsprecherboxen erklang leise Musik. Den Tisch hatte er für zwei eingedeckt. Er rückte einen der schwarzen Lederstühle vom Tisch und deutete mir, Platz zu nehmen. „Wein?"

„Gern." Während er mir einen italienischen Weißwein eingoss, ließ ich den Blick durch den Raum schweifen. In der Nähe der Couch hatte er ein buntes Meer aus Stumpenkerzen angezündet, auf dem Tisch vor mir leuchtete eine Kerze in einem glänzenden Kerzenständer. Ich strich über das Platzdeckchen aus Bambus. „Schön hast du es hier."

Er schüttelte den Kopf. „Ich habe dir von meinem Haus auf dem Land erzählt?" Ich nickte.

„Das ist schön!" Er verschwand in der Küche und kehrte einige Minuten später mit zwei hübsch angerichteten Tellern wieder. Ein Blatt Basilikum zierte die rote Sauce.

„Das sieht wirklich gut aus", lobte ich ihn.

Er zog die rote Schürze über den Kopf und sein Hemd rutschte hoch, sodass ich einen flüchtigen Blick auf seinen Bauch erhaschte. „Na, ich hoffe, dass es auch so schmeckt!" Er nahm mir gegenüber Platz, griff nach seinem Glas und prostete mir zu.

„Der Wein ist schon mal sehr gut." Ich griff nach der Serviette – sogar daran hatte er gedacht! - und breitete sie auf

210

meinem Schoß aus, bevor ich das Besteck nahm. Spaghetti zu essen ohne sich dabei zu bekleckern ist eine Sache für sich. Natürlich rutschte mir die aufgerollte Portion Spaghetti von der Gabel. Rote Soße spritze neben den Teller. Eilig griff ich nach meiner Serviette, um die Schweinerei zu vertuschen. Leider hatte Tom es sofort gesehen.

Er nahm es mit Humor und lachte herzhaft. „Spaghetti sind ziemlich schwierig, was?" Er trank einen Schluck.

Ich grinste beschämt.

„Das bleibt unter uns." Tom zwinkerte. „Aber wenn es dich beruhigt, ich habe auch ein Geheimnis."

„Ach ja?" Interessiert zog ich eine Augenbraue hoch und faltete die Serviette erneut auf meinen Schoß.

„Ich wusste bis heute nicht, wie Basilikum aussieht."

Ich musste lachen. „Nicht dein Ernst!"

„Ich musste es googlen. Meine Kochkünste beschränken sich auf Pizza, Pasta und sonstige Gerichte, die einfach zu handhaben sind – ohne jegliche Dekoration, versteht sich."

Ich lachte. „Na, so ein furchtbar geheimes Geheimnis war das nun nicht. Da kann ich durchaus mithalten. Außerdem bin ich auch keine große Köchin."

„Erzähl!"

„Was denn?"

„Na, dein geheimeres Geheimnis, das durchaus mit meinem hier mithalten kann." Er deutete auf seinen Teller.

Ich errötete, was er hoffentlich im schummrigen Licht nicht bemerkte. „Solche Geheimnisse erzähle ich nicht bei Tisch."

„Wo möchtest du sie mir denn erzählen?", neckte er.

Grinsend ignorierte ich seine Frage und versuchte es stattdessen noch einmal mit den Spaghetti. Ohne Zwischenfälle schob ich die Gabel in den Mund.

„Komm schon, erzähl mir dein unappetitliches Geheimnis."

Ich blickte ihn direkt an. „Lass mir doch meine Geheimnisse." Ich versteckte ein Grinsen hinter dem Weinglas.

Tom ergriff meine linke Hand, ließ sie aber gleich wieder los, als ich das Glas abstellte. Er erhob sich, um die Teller in die Küche zu tragen. Ich tat es ihm gleich. „Bleib sitzen!", befahl er.

Also blieb ich sitzen. Während er nebenan mit dem Geschirr klapperte, fragte ich mich, wieso er meine Hand gleich wieder losgelassen hatte.

Tom stellte einen Teller Vanilleeis mit roter Fruchtsauce vor mir ab. „Das Dessert." Er beugte sich zu mir hinunter und sah mir dabei tief in die Augen. Sein Blick wanderte zu meinem Mund. Er grinste. „Du hast da noch Tomatensauce", flüsterte er.

Schnell fischte ich nach der Serviette und wischte mir den Mund ab.

Bevor Tom wieder in der Küche verschwinden konnte, hielt ich ihn fest. Belustigt grinsend beugte er sich nochmal zu mir herunter. „Jetzt bist du wieder vorzeigbar."

Lachend zog ich ihn an seinem Hemdkragen zu mir hinunter, blickte ihm in die Augen und küsste ihn auf den Mund. Nicht zu lange, nicht zu kurz, gerade noch so, dass ich anschließend mein Eis in festem Zustand essen konnte.

Nachdem Tom das restliche Geschirr in die Küche gebracht hatte, setzte ich mich auf die schwarze Ledercouch. Er setzte sich zu mir und verkündete: „Du musst mir unbedingt mal deine Handynummer geben."

„Ach ja?", fragte ich belustigt. „Wieso?"

Er zuckte die Schultern und lächelte zuckersüß. „Für Notfälle."

Ich nickte grinsend. „Falls du Wehen bekommst."

Gerade wollte ich das silberne Handy vom Couchtisch nehmen, als er mich aufhielt: „Nicht das alte Ding."

Stirn runzelnd blickte ich ihn an. „Bist du auch von der Sorte, die zwei Handys hat?"

Er verschwand in der Küche und kehrte bald zurück. „Nein, ich habe ein Handy und ein iPhone." Er legte Letzteres in meine Hand.

Ich tippte auf dem Touchpad hin und her. „Wo ist denn deine Tastatur?" Schmunzelnd nahm er mir das Teil ab und ich diktierte ihm meine Nummer. „Ein iPhone und ein Handy also."

„Ich bekenne mich schuldig, ich habe meine Bekannten in zwei Gruppen unterteilt."

„Unterteilt?", lachte ich. „Die alten Bekanntschaften auf das alte Ding und die Neuen aufs Neue?"

„So ähnlich." Er funkelte mich aus grauen Augen an. „Demnach kommst du auf das Neue."

Ich hob eine Augenbraue. So war das also! Da blieb ja kein Zweifel an seinem Aufreißer-Image. Prüfend betrachtete ich ihn von der Seite, während er seine Mobiltelefone nebeneinander auf den Tisch legte. Er wollte mein Weinglas auffüllen, aber ich hielt ihn zurück. „Ich bin mit dem Auto hier."

Er blickte mich an. „Musst du morgen Früh arbeiten?" Ich schüttelte den Kopf, was er scheinbar zum Anlass nahm, mir doch noch nachzuschenken. „Erzähl mir, warum du Medizin studiert hast." Er lehnte sich in die Polster zurück und nippte an seinem Wein.

Ich tat es ihm gleich. „Mein Abitur war ziemlich gut und da wollte ich das Beste herausholen. Ich wollte gerne Menschen helfen."

„Und warum Frauenheilkunde und Geburtshilfe?"

„Ich wette, du verstehst es falsch, wenn ich dir erzähle, dass ich in der Pubertät ganz versessen darauf war, mehr über meinen Körper und die Veränderungen zu erfahren."

Tom grinste. „Das könnte ich durchaus falsch verstehen."

„Ich fand Sexualkunde total spannend."

„Ich fand es ziemlich peinlich."

„Siehst du, ich nicht. Ich fand das Frau-werden interessant, wollte wissen, wieso eine Eizelle reift und wie Babys entstehen."

Irgendwas schien er in meinem Gesicht zu suchen. „Liege ich richtig, wenn ich vermute, dass du noch ziemlich jung für eine ausgebildete Ärztin bist?"

„Ich war etwas früher mit der Schule fertig."

„Das heißt?"

„Mit siebzehn bin ich zur Uni gegangen."

„Mit siebzehn?" Tom machte große Augen. „Du Streber!"

„Gar nicht!", protestierte ich. „War ich wirklich nicht! Mir lag die Schule einfach. Wieso hast du Medizin studiert?"

Tom zuckte die Schultern. „Das hat sich irgendwie ergeben. Ich habe nach dem Abi ein freiwilliges, soziales Jahr im Seniorenheim gemacht und mich anschließend für ein Medizinstudium eingeschrieben."

„Interessant."

„Hast du noch weitere Leichen im Keller, außer dem Streber-Image?"

Ich ignorierte seine Frage mit einer Gegenfrage. „Du denn?"

„Die Leiche mit der Exfrau habe ich dir gebeichtet. Wie lange ist deine letzte Beziehung her?"

Die Frage kam so unerwartet, dass es mir einen Stich versetzte und ich erst einmal nachrechnen musste.

„Entschuldige, wenn du nicht darüber...", setzte Tom schon zu einer Entschuldigung an.

„Ach, du darfst mich alles fragen", lehnte ich ab. „An meinem dreißigsten Geburtstag ging es in die Brüche. Das ist fünf Monate her."

„Das heißt, du hast im Dezember Geburtstag?"

Ich nickte. „Und du?"

„Ich bin im Januar fünfunddreißig geworden."

„Gut zu wissen." Ich fixierte seine Augen. Graue Augen. Ich wandte den Blick ab und lauschte der Musik. „Du stehst auf RnB?"

Tom zuckte mit den Schultern. „Ich höre fast alles."

Ich blickte ihn an. „Ich mag Ed Sheeran gern."

„Typisch. Den mag scheinbar jede."

Ich schüttelte den Kopf und deutete mit dem Zeigefinger auf seine Brust. „Falsch! Den mag jede mit gutem Geschmack." Mein Blick wanderte von seinen Augen zu seinem stoppeligen Kinn und zu seinem Mund. Ich biss mir auf die Unterlippe und im selben Moment, als ich es bemerkte, ließ ich es sein und schenkte Tom stattdessen ein Lächeln.

Langsam führte ich das Weinglas zum Mund. Das Wievielte war das nun? Ich würde mir ein Taxi rufen müssen. Behutsam stellte ich das Glas auf dem Tisch ab und schüttelte in Gedanken den Kopf über mich selbst, während ich den fruchtigen Geschmack auf der Zunge spürte. Fahren konnte ich heute sicherlich nicht mehr.

Würde er mich fragen, ob ich über Nacht bliebe? Würde es sich einfach ergeben?

Ich strich eine Haarsträhne hinters Ohr und als ich meine Hand zurück in meinen Schoß legen wollte, griff Tom nach ihr.

Ich blickte ihm geradewegs in die Augen, die mein Gesicht musterten.

Er rückte näher und senkte langsam sein Gesicht zu mir herab. Sanft küsste er meinen Mund und verschränkte seine Finger mit meinen. Ein angenehmes Kribbeln flackerte in mir auf. Ich schloss die Augen. Fühlte die zarten Härchen auf seinen starken Armen, seine Lippen, Bartstoppeln, die Wärme seines Körpers, als ich die Arme um seinen Nacken schlang und ihn auf mich zog.

Meine Füße glitten aus den Peeptoes, als ich das rechte Bein aufs Sofa schob und Tom meinen linken Oberschenkel packte. Seine Berührung verursachte ein Prickeln, das vom Oberschenkel hinauf wanderte. Ich schlang den Unterschenkel um seine Hüfte. Seine Hand glitt über meinen Rock, streifte meinen Po, fuhr über meine Taille, an der Außenseite meiner linken Brust vorbei und verschränkte sich erneut mit meinen Fingern. Er hielt meine Hand fest und führte sie energisch über meinen Kopf. Gänsehaut breitete sich über meinem Körper aus und entlockte mir ein leises Stöhnen. Seine heißen Lippen glitten meinen Hals hinab. Zärtlich liebkosten sie mein Schlüsselbein und schienen plötzlich überall zu sein. Ich ließ es einfach zu. Neckend biss er in mein Ohrläppchen. Mir entwich ein kehliges Stöhnen. „Tom..."

Er ließ seine Hand unter mein Oberteil gleiten. „Du bist wunderschön", gurrte er an meinem Ohr. „Soll ich lieber aufhören?"

Ich nahm sein Gesicht in beide Hände. Wir blickten einander in die Augen. Seine Augen suchten eine Antwort in meinen. Ich lächelte ihn an. Als er zurück lächelte, traten seine Grübchen in Erscheinung. „Ein Mann mit Grübchen gehört verboten", dachte ich, als ich ihn küsste und an seinem Gürtel nestelte.

Er knöpfte sein Hemd auf. Ich zog mein Oberteil über den Kopf. Mit anzüglichem Blick betrachtete er mein Dekolleté. Er senkte sein Gesicht, küsste meinen Busen und öffnete unterdessen mit geschicktem Griff meinen BH. Meine Hände glitten über seinen Rücken, während seine Lippen meine Brustwarzen umfingen und ihren Weg weiter abwärts fortsetzten. Tom zog mir mit samtweichen Berührungen den Rock und die Strumpfhose aus und strich mit warmen Händen an den Innenseiten meiner Oberschenkel hinauf, um mich aus meinem Höschen zu befreien. Er küsste meinen Bauch und erkundete südlicheres Gebiet. Stöhnend reckte ich den Kopf nach hinten, vergrub die Hände in seinen Haaren und streifte eines seiner Beine mit dem Fuß. Als ich kaum noch an mich halten konnte, packte ich Tom unter den Armen und zog ihn zu mir hoch. Es war an der Zeit für eine Revanche.

Wir verbrachten den restlichen Abend und die Nacht nackt auf der Couch, dem Fußboden, seinem Bett und seiften uns schließlich in den frühen Morgenstunden gegenseitig unter der Dusche ein. Tom lehnte sich mit dem Rücken gegen die gefliese Duschwand und sank zu Boden. Er zog mich auf seinen Schoß, streichelte meinen Rücken und küsste meine Halsbeuge. Das Wasser rann über meinen Kopf, meine Haare klebten mir im Gesicht. Mein Herz pochte schneller, als er mich noch näher an sich zog, mich fest umarmte.

Ich legte meine Arme um ihn und fühlte mich in diesem Moment unsagbar glücklich. „So etwas habe ich lange nicht gemacht", murmelte ich und hatte unweigerlich das Gefühl, dass meine Stimme viel zu laut für diesen Moment war. Wieso hatte ich es überhaupt ausgesprochen?

Er strich mir eine Haarsträhne hinters Ohr. „Ich kann dir nicht einmal sagen, wann ich so etwas das letzte Mal erlebt habe."

Ich hob den Kopf und blickte ihn an. Er blinzelte unter den stetigen Tropfen des Duschkopfs. Langsam senkte ich den Kopf und küsste ihn. Mein Herz flatterte, als hätte sich ein Schwarm Schmetterlinge in meiner Bauchgegend verirrt.

In Toms Bademantel eingewickelt machte ich Teewasser. Mich mit den Tassen in den Händen umdrehend, bemerkte ich, dass Tom mich die ganze Zeit über von seinem Stuhl aus beobachtet hatte. Ich schenkte ihm ein Lächeln und stellte die dampfenden Tassen auf dem Tisch ab. „Alles in Ordnung?"

Er umfasste meine Hüfte und zog mich auf seinen Schoß. „Es könnte nicht besser sein." Zärtlich trafen seine Lippen auf meinen Mund, öffneten meine Lippen und seine Zunge neckte meine.

„Doch", lachte ich plötzlich.

Erstaunt blickte Tom mich an. „Ja?" Er runzelte die Stirn.

Ich nickte. „Wenn wir beide nicht in einer Stunde im Krankenhaus antanzen müssten." Ich gab ihm einen schnellen Kuss und wollte mich erheben, aber er hielt mich fest. „Was denn?", erwartungsvoll blickte ich ihn an. Ich strich mit der flachen Hand über seine nackte Brust.

218

Er nahm meine Hand in seine. „Willst du vor fahren?"

Ich blickte ihn fragend an. „Da ich mich umziehen muss, werde ich noch einmal nach Hause..."

Er schüttelte leicht den Kopf. „Stimmt, aber..."

„Du meinst, sie werden im Krankenhaus über uns reden." Ich blickte in seine grauen Augen. „Ich denke nicht, dass es jemand erfahren wird. Es sei denn, wir lassen es zu."

„Ich bin froh, dass du das auch so siehst."

Nun war es an mir, die Stirn zu runzeln. Wie meinte er das?

„Mir ist ziemlich egal, was die Leute über mich sagen", sagte er. „Aber wenn es dir unangenehm ist..."

Ich schüttelte den Kopf. Das war es nicht, was ich hatte sagen sollen. „Wir sind zwei erwachsene Menschen..."

„Oh ja, das sind wir…" Er lächelte und da waren wieder diese Grübchen! Er küsste mich und öffnete den Gürtel um meine Taille.

23
Love story

„...Romeo, take me somewhere
we can be alone..."
–   Taylor Swift

In den nächsten Tagen knisterte die Atmosphäre zwischen Tom und mir unaufhörlich. Wenn wir uns auf dem Flur begegneten, schossen mir augenblicklich Bilder unserer gemeinsamen Nächte durch den Kopf und ich konnte ein Lächeln nicht unterdrücken. Hin und wieder hinterließ er mir kurze Nachrichten auf dem Anrufbeantworter, aber unsere Dienstpläne ließen ein nächstes Treffen vorerst nicht zu.

Jenny gegenüber hatte ich nur winzige Andeutungen gemacht, doch sie merkte, dass ich ungewöhnlich gut gelaunt war. „Dein Lächeln scheint dir ins Gesicht gevö..."
„Jenny!", ermahnte ich sie und versetzte ihr unter dem Café-Tisch einen Tritt.
„Entschuldige." Sie grinste.
„Es ist nicht so, wie du denkst."
„Nicht?" Sie zog die Augenbrauen hoch. „Schade, es tut nämlich gut, dich so zu sehen."
Ich lächelte und überlegte, wie ich es beschreiben sollte, doch mir fehlten die Worte dafür. Ich konnte die Sache zwischen Tom und mir nicht benennen, geschweige denn erklären, was sie zu bedeuten hatte.

***

Die Türen des Fahrstuhls öffneten sich. Er war gerappelt voll. Ich grüßte eine Kollegin und ließ mir nicht anmerken, dass ich Tom im hinteren Bereich bemerkt hatte. Stattdessen drückte ich den entsprechenden Knopf und wandte mich den sich schließenden Türen zu. Der Fahrstuhl glitt höher. Plötzlich verspürte ich, dass etwas meine Hand streifte. Automatisch versteifte ich mich. War das Toms Ernst? Er tätschelte meine Hand? Wollte er die Sache nicht geheim halten?

Die Fahrstuhltüren glitten zur Seite, eine Dame stieg aus, und dann spürte ich, dass mir ein Stück Papier in die Handfläche gedrückt wurde. Ich verstärkte den Griff. Hatte Tom mir etwa gerade ein Zettelchen zugesteckt? Ich schmunzelte.

Sobald der Fahrstuhl auf der dritten Etage hielt, drängte Tom sich von hinten an mir vorbei. „Entschuldigung." Der Blick seiner Augen löste ein Feuer in mir aus.

„Kein Problem."

Ich lächelte immer noch, als ich in der nächsten Etage ausstieg. Mit schnellen Schritten verschwand ich auf der Toilette, faltete das aus einem Kalender herausgerissene Stück Papier auseinander und fand Toms Nachricht: *Ich muss dich sehen! In 30min 301.* Ich schüttelte den Kopf, denn ich konnte nur mutmaßen, welcher Raum das war, doch diese Vermutung war die Ursache für eine aufkommende Hitze.

Kaum war ich bei dem verabredeten Raum angekommen, öffnete sich die Tür. Ich blickte zu beiden Seiten den Gang hinunter, erblickte niemanden und huschte   hinein. Zwischen den Regalen, in denen sich Bettwäsche und Handtücher stapelten, wartete Tom. Er trat auf mich zu, stieß die

Tür hinter mir zu und drückte mich mit seinem Körper dagegen. „Hey", flüsterte er und blickte mich aus grauen Augen an, während sich die Grübchen auf seinen Wangen abmalten. Ich reckte ihm mein Gesicht entgegen und er küsste mich stürmisch.

Eilig schob ich ihn von mir weg. „Tom, ich muss in zehn Minuten im Kreißsaal stehen."

Er legte mir eine Hand an die Wange. „Zehn Minuten sind besser als nichts." Seine Lippen senkten sich auf die meinen.

Ich war wie betäubt, konnte nicht anders, musste ihn einfach zurück küssen. Als ich meinen Verstand wieder einschaltete und auf meine Armbanduhr blickte, war es höchste Zeit zu gehen. „Ich muss los."

„Ich auch." Tom küsste mich auf die Stirn. „Geh du vor!"

Ich strich ihm den Kittel glatt, lächelte ihn an und griff nach der Türklinke. Tom nahm meine Hand, bevor ich sie erreicht hatte, zog mich noch einmal fest an sich und gab mir noch einen letzten heißen Kuss, bevor ich auf den Flur hinaus huschte. Als ich mich umdrehte, stieß ich mit jemandem zusammen. „Entschuldi..." Ich blickte in Jennys amüsierte Augen, die zur Tür schielten. „Es ist..."

„...nicht so wie ich denke." Jennifer zwinkerte mir zu. „Von mir erfährt es keiner."

Ich lächelte sie an und steckte die Hände in die Taschen meines Kittels. „Ich muss in den Kreißsaal."

Jenny grinste. „Das ging ja schnell, ich dachte, das dauert vierzig Wochen?"

Es war nicht so, wie sie dachte. Lachend schritt ich den Gang hinunter Richtung Fahrstuhl.

***

Tief ein und aus atmend hielt ich die Stellung des herabschauenden Hundes auf meiner Yogamatte, als es an der Tür klingelte. Laut seufzend kam ich auf die Füße, drehte die Klangmusik etwas runter und lief schimpfend zur Haustür. „Wer stört nun schon wieder?"

Einige Minuten zuvor hatte ich mein Programm wegen eines Anrufs von Michèle unterbrechen müssen. Ich hoffte, dass es jemand war, der mir einen Perser-Teppich anbieten wollte, den würde ich nämlich in weniger als einer Sekunde abschütteln. „Hallo?", fragte ich in die Sprechanlage.

„Ich bin's", sagte eine männliche Stimme. „Tom."

Einen Moment stand ich wie unter Strom. Mir schossen tausend Dinge gleichzeitig durch den Kopf: Ich wollte ihn sehen! Aber eigentlich störte er meine Übungen. Ich würde ihn weder abwimmeln können noch wollen, vor allem weil wir uns seit der Knutscherei in der Wäschekammer nicht gesehen hatten und – oh mein Gott! - ich steckte in meiner bequemsten grauen Yoga-Pants und einem enganliegenden mintgrünen Tank-Top. Einige Haare waren aus dem Pferdeschwanz gefallen und fielen wild um meinen Kopf.

„Komm hoch!", hörte ich mich in das Gerät flöten, während ich den Knopf betätigte und einen hektischen Blick in den Spiegel warf, um gleich darauf ins Bad zu verschwinden und mir die Haare zu einem ordentlicheren Pferdeschwanz zusammen zu binden.

Es klingelte zum zweiten Mal. Hastig steckte ich ein Pfefferminz-Bonbon in den Mund, warf das Papierchen gekonnt in den Mülleimer und lief leichtfüßig zur Tür. Schwungvoll öffnete ich sie. „Hallo!"

Tom musterte mich von oben bis unten. „Ich hoffe, ich störe dich nicht bei irgendwas."

„Ich weiß, ich sehe furchtbar aus, aber..."

„Ganz im Gegenteil." Tom trat ein und strich mir eine herausgefallene Strähne hinters Ohr. Diese Babyhärchen waren einfach zu kurz für einen Zopf. „Wobei habe ich dich unterbrochen?"

Ich schloss die Tür. „Yoga."

„Lass dich von mir nicht stören, ich sehe dir gern zu." Er zwinkerte.

Ich ging voran ins Wohnzimmer, wo ich die Klangmusik abstellte und meine Matte zusammen rollte. „Als ob ich vor dir diese Verrenkungen machen würde!"

Tom grinste mich anzüglich an. Was hatte dieser Blick nun zu bedeuten? Er nahm mich in seine Arme, blickte mir tief in die Augen und küsste mich. Mein Herz raste. Ich nahm sein Gesicht in beide Hände und erwiderte seinen drängenden Kuss. Sanft drückte er meine Pobacke. Mein Körper reagierte sofort mit einer Ganzkörpergänsehaut. Ich wollte ihn. Schon wieder.

Erst als ich mich von ihm löste, fiel mir auf, dass er eine schwarze Motorrad-Jacke trug. „Bist du auf deinem Motorrad hier?"

Er nickte. „Wenn du magst, fahren wir eine Runde."

„Jetzt?", prüfend sah ich ihn an.

Tom schlüpfte aus seiner Jacke, hängte sie über die Lehne des Sofas und setzte sich. „Wir können auch etwas anderes machen, wenn du magst. Worauf hast du Lust?" Er packte mich bei den Hüften und zog mich auf seinen Schoß. Mit kreisenden Bewegungen glitt sein Daumen über meinen Handrücken. „Es sei denn, ich komme dir ungelegen, dann sag es."

Ich schüttelte leicht den Kopf. „Hast du morgen Dienst?"

„Erst übermorgen wieder."

„Okay." Ich überlegte kurz. „Hast du etwas dagegen, wenn wir was Gemütliches machen würden? Ich bin etwas erschlagen nach meiner heutigen Schicht."

„Gemütlich klingt gut." Er lächelte und strich mir über den Rücken. „Was war denn los heute? So viel zu tun?"

„Mein Kollege ist ausgefallen und ich musste sozusagen an zwei Orten gleichzeitig sein. Es war sehr stressig und ich bin seitdem etwas verspannt. Deswegen wollte ich mich beim Yoga etwas locker machen, aber egal..."

Tom sah mich prüfend an. „Wenn du dich locker machen willst..." Grinsend sah ich ihn an, aber er schüttelte gleich darauf den Kopf. „Was denkst du nur schon wieder?" Er tippte mir leicht mit der Fingerspitze auf die Nase.

Ein Prickeln breitete sich über meiner Haut aus. „Ich dachte da an etwas, bei dem ich nicht sehr viel anhaben muss."

Tom verzog das Gesicht zu einem spitzbübischen Lächeln, das kleine Grübchen in seine Wangen malte. „Ein bisschen freimachen darfst du dich gerne, aber ich dachte eher an eine Massage."

„Das wäre wundervoll!" Seufzend blickte ich in seine grauen Augen.

„Gut." Tom hob mich von seinem Schoß und stand auf. „Du machst es dir bequem, ich hole das nötige Equipment. Ich nehme an, du hast irgendwo etwas Öl."

„Zweites Fach im Spiegelschrank." Schon zog ich mir mein Top über den Kopf. Zufrieden stellte ich fest, dass Tom mir auf die Brüste starrte. „Im Bad", fügte ich lachend hinzu.

Tom hob den Blick, wandte sich zum Gehen, drehte sich aber noch einmal zu mir um, während ich den Verschluss meines BHs öffnete, meine Brüste mit den Händen festhielt und ins Schlafzimmer huschte. Kichernd schlüpfte ich aus

225

der Sporthose und legte mich bäuchlings und nur mit einer Panty aus fliederfarbenem Stoff bekleidet aufs Bett. Ich stützte die Hände aufs Kinn und wartete darauf, dass Tom zurückkam.

„Kannst du bitte aufhören, so auszusehen?" Tom biss sich auf die Unterlippe.

„Wie sehe ich denn aus?", säuselte ich und strich mit dem linken Fuß am rechten Unterschenkel entlang.

„So, dass ich mich nur schwer beherrschen kann."

Lachend rollte ich mich auf den Rücken, griff nach dem Badetuch, das Tom aus dem Bad mitgebracht hatte und breitete es auf dem Laken aus. „Das findest du sexy?" Ich rollte mich zurück auf den Bauch und legte den Kopf auf die Hände.

„Und wie!", flüsterte Tom an meinem Ohr, dass meine Haut prickelte. Er zog seine Schuhe aus und öffnete den Knopf seiner Jeans. Grinsend krabbelte er in Boxershorts und T-Shirt aufs Bett und setzte sich auf meinen Po. Das Gewicht seines Körpers, die Wärme und der Atem in meinem Nacken, sobald er mich küsste, ließen erneut eine Gänsehaut über meinen Körper passieren.

Ich strich die Haare aus dem Nacken und spürte, dass er mir das kalte Öl in kleinen Tropfen über die Wirbelsäule träufelte. Mit leicht kreisenden Bewegungen bahnten sich seine Hände einen Weg über mein Rückgrat. Seufzend schloss ich die Augen und genoss jede seiner zarten, fließenden Berührungen. Er knetete meine Schultern, strich an den Seiten meines Rückens und der Kante meines Slips entlang.

„Das tut gut", murmelte ich und gab ein leises Gurren von mir.

Ich war völlig entspannt und hatte das Gefühl, langsam weg zu dösen, doch plötzlich war ich wieder hellwach, denn Tom küsste das Stück Haut, das seitlich an meiner Panty ausgespart wurde. Mich durchzuckte es, als seine Hände meine Oberschenkel massierten und ein kehliges Stöhnen entglitt mir, als seine Hand unter mein Höschen wanderte.

„Tom?"

„Hm."

„Du... wolltest mich eigentlich massieren... oder?" Ich schaffte es nicht, die Augen zu öffnen.

„Ich bin noch nicht damit fertig", flüsterte er, hauchte einen Kuss auf mein Schulterblatt und streifte mir langsam den letzten Fetzen Stoff vom Körper.

Ich stützte mich auf die Ellbogen und blickte ihn über die Schulter hinweg an. Er lächelte. Ich setzte mich auf und zog ihm das T-Shirt über den Kopf. An seine heiße Brust angelehnt, strich ich über seine Muskeln, die sich daraufhin anspannten und übersäte ihn mit Küssen. Eng aneinander geschmiegt kuschelten wir, bis wir plötzlich eins waren und uns in den Laken liebten, die uns wie ein weißes Zelt umhüllten.

Der Vollmond fiel durch die Vorhänge auf Toms Gesicht. Mein Kopf lag an seiner Schulter, einen Arm hatte er in den Nacken gestützt, mit der anderen Hand kraulte er meinen Rücken. Er starrte an die Decke. Seine Augen glitzerten.

„Was denkst du gerade?", wisperte ich und strich mit der Hand über die Härchen um seinen Bauchnabel.

Er wandte mir sein Gesicht zu. „Dass du mir in den letzten Tagen gefehlt hast."

Ich hatte ihm gefehlt?! „Du hast mir auch gefehlt." Ich lächelte. „Unser kleines Treffen in der Wäschekammer war allerdings schon ein wenig heikel, findest du nicht?"

„Ach ja?", murmelte er, da er den Mund an meinem Schlüsselbein vergrub.

„Man hätte uns erwischen können."

„Wobei?"

„Tom!" Ich drückte ihn von mir weg. „Du weißt, was ich meine. Im Krankenhaus wird viel geredet."

„Wenn das Privatleben der anderen so langweilig ist, dass sie über meines reden..."

„Du hast zwar recht, aber wir sollten unser Privatleben vielleicht nicht mit auf die Arbeit nehmen."

Tom nickte zustimmend und formte mit den Fingern das Victory-Zeichen. „Wird nicht wieder vorkommen, aber ich musste dich einfach sehen."

„Es sei dir verziehen." Ich verschränkte die Finger mit seinen. Mein Blick fiel auf die Narbe an seinem Unterarm. „Woher hast du die eigentlich?"

„Mit sieben bin ich einmal von einem Baum gefallen und direkt in eine Scherbe."

„Au!" Ich verzog das Gesicht.

Tom zuckte die Schultern. „Es gibt keinen Mensch, der frei von Narben ist."

Ich hob mein Bein von Toms Oberschenkel und deutete auf mein Knie. „Siehst du das? Ein kleiner Unfall mit einem Tretroller. Ist ziemlich gut verheilt, dafür dass es so eine hässliche Wunde war."

Tom küsste meine Stirn. „Nobody is perfect."

„Dich kann wohl nichts schocken."

Tom lachte. „So eine kleine Narbe sicherlich nicht. Also, erzähl mir, welche Leichen du noch in deinem Keller versteckst!"

„Wenn ich ehrlich bin", flüsterte ich und setzte ein verschwörerisches Gesicht auf. „Dort versteckt sich nur noch ein wirklich großes Geheimnis."

„Das, von dem du mir bei unserem Essen nicht erzählen wolltest." Tom blickte mich mit ernster Miene an.

Ich presste die Lippen aufeinander, bevor ich flüsterte: „Ich schlafe im Sommer gerne nackt." Ein Lächeln huschte über meine Lippen.

Tom lachte. „Das trifft sich gut." Er zog mich auf sich.

„...I know this love seems real,
but I don't know how to feel..."
–   Hurts

Am darauffolgenden Wochenende holte Tom mich mit seinem Motorrad ab. Er sagte, er wolle mir etwas zeigen. Also ließ ich mir einen Nierengurt umlegen, setzte den Helm auf und schwang mich hinter ihn auf die vibrierende Maschine.

Wir fuhren aus der Stadt heraus über geschwungene Straßen, die sich an Bergen entlang schlängelten, durch Waldgebiete führten, vorbei an blühenden Feldern und Wiesen. Die Sonne lugte zwischen vereinzelten Wolken hervor. Sobald wir die ländliche Kleinstadt erreichten und Tom das Tempo in einer langen Auffahrt drosselte, die von Kastanienbäumen gesäumt war, ging mir ein Licht auf, was er mir zeigen wollte. Am Ende der Auffahrt wartete ein wunderschöner Altbau. Eine Seite war mit Planen und Gerüsten bedeckt. Die Front jedoch lud mit den weiß gestrichenen Fenstern und der rundbogigen, von sandfarbenen Steinen umringten Tür zum Betreten ein.

Tom stellte den Motor ab. Ich stieg hinter ihm vom Sitz und nahm den Helm ab. Fassungslos starrte ich das Haus an. Es sah aus, wie einem Bilderbuch entsprungen. Wenn man den umliegenden Garten in Schuss brachte und... „Sag bloß, das ist deins!"

Tom strich sich über das zerzauste Haar und hängte seinen Helm an einen der Lenker. „Komm mit", war alles, was er sagte.

Ich legte meinen Helm ab und folgte ihm die Treppenstufen hinauf. Während er einen Schlüssel ins Schloss gleiten ließ, betrachtete ich das verschnörkelte Relief über der Tür.

Tom ließ mir den Vortritt. Der Boden im Eingangsbereich war mit Sandstein ausgelegt und harmonierte perfekt mit der hellen Holztreppe. Ich nahm meine Jacke ab und hängte sie über das Treppengeländer.

Drei hohe Türen führten nach links, eine nach rechts. Wir gingen durch die Doppelflügeltür gegenüber des Eingangs. Die großzügige Fensterfront zur Rückseite des Hauses durchflutete den Raum mit Licht. Braunes Parkett schmückte den Fußboden. Mittig stand ein Karton, aus dem Bücher hervorlugten. Rechts prangerte ein offener Kamin. Ich schritt auf ihn zu und befühlte die säuberliche Einarbeitung der Strukturen, die ihn rundherum säumten. „Wow!"

Tom nahm meine Hände in seine und führte mich weiter. „Da geht es zur Küche."

Der Wohnbereich wurde nur von einem Bogen getrennt, der zu beiden Seiten in Richtung Wohnzimmer von Einbauregalen umgeben war.

„Eine Bücherwand! Traumhaft!"

Noch mehr staunte ich über die Küchenausstattung. Die Mitte füllte eine Kücheninsel. Mit der flachen Hand fuhr ich über die hölzerne Anrichte, bestaunte den Hightech-Ofen und den riesigen Kühlschrank. Vor dem Haus sah ich graue Wolken am Himmel aufziehen, aber ich wollte noch nicht von hier fort. Es war einfach zu schön, um wahr zu sein. „Bei dieser Ausstattung wirst du dein Koch-Repertoire aber erweitern müssen."

231

Tom öffnete die Tür zu seiner Rechten und wir gelangten zurück in den Flur. Gegenüber lag ein kleines Gäste-WC, in dem wir nicht lange verweilten, sondern die Treppe in den ersten Stock empor stiegen. Zwei Zimmer waren mit hellem Parkett, ein Größeres mit sehr dunklem Boden ausgelegt. Nachdem Tom die Tür zum Badezimmer aufgestoßen hatte, fielen mir fast die Augen aus dem Kopf. Schieferähnliche Steinplatten bedeckten den Boden und die Wände, an denen Toilette, Waschbecken und eine Dusche angebracht waren. Der Duschbereich war ebenfalls gefliest und nur an zwei Seiten durch eine Glaswand vom restlichen Raum getrennt. Die gegenüberliegende Wand war nur zur Hälfte mit Steinplatten bedeckt und lieferte eine große Ablagefläche hinter der abgerundeten Badewanne. „Hier fehlt wie überall noch die Elektronik." Tom deutete auf die Lampen, die auf der Fensterbank in Plastikfolie gewickelt lagen.

Seufzend setzte ich mich auf dem Badewannenrand und ließ den Blick noch einmal schweifen. „Unglaublich!", dachte ich. Auf den zweiten Blick bemerkte ich den riesigen Spiegel. „Es ist perfekt."

Tom schmunzelte. „Das sollte es sein."

Nickend stand ich auf und ging auf ihn zu. „Und das hast du alles alleine gemacht?"

„Nein, ich hatte ein paar fleißige Helfer", lachend schüttelte er den Kopf. „Die Anstreich-Arbeiten unten sind soweit fertig, außen fehlt noch die eine Seite und die Steinböden konnte ich auch nicht selbst verlegen. Es muss noch hier und da etwas getan werden, aber das Grobe ist erledigt."

„Jetzt geht es ans Einrichten."

„Die restlichen Möbel werden nächsten Monat geliefert." Er nahm meine Hände in seine.

Ein Donnern ließ mich zusammenzucken. Mein Blick wanderte zum Fenster. Draußen hatte sich der Himmel mit grauen Wolken bedeckt. Es würde jeden Moment zu regnen beginnen.

„Schau dich ruhig um, ich stelle das Motorrad eben unter."

Mein Weg führte mich zu den nebeneinander liegenden Zimmern mit den hellen Böden, die ungefähr die gleiche Größe hatten. Die Fenster gingen zum hinteren Garten hinaus. „Kinderzimmer", schoss es mir durch den Kopf. Mein Herz machte einen Hüpfer und schien sich gleich darauf zu verkrampfen. Ohne dem Gefühl nachzugehen, stieg ich die Treppe hinunter.

Was wohl hinter der massiven Tür neben dem Gäste-WC lag? Eine Art Empfangstheke füllte den ersten Raum. Eine zweite Haustür führte in den mit Folie und Gerüst abgedeckten Seitenteil des Hauses. Ein Zimmer war vollkommen leer. Die Tür gegenüber der Theke führte in ein weiteres WC. Drei aneinander angrenzende Zimmer waren jeweils mit einem Waschbecken ausgestattet. Eine Praxis.

Ich ging zurück in den Flur, ließ mich auf der unteren Treppenstufe nieder und zupfte am Ärmel meiner Jacke. Tom würde sich auf dem Land selbstständig machen. Mir wurde flau im Bauch. Was war das für ein Gefühl?

In nasser Motorradkluft kam er die Haustür herein. „Es schüttet wie aus Eimern!" Er nahm die Jacke ab und blickte mich an. „Alles in Ordnung?" Er strich sich über den Kopf.

Ich nickte bloß und folgte ihm ins Wohnzimmer, wo er sich gleich daran machte, die mickrigen Holzscheite im Kamin anzuzünden. Das Holz knackte unter den Flammen. Tom richtete sich auf und umfasste meine Taille. Eine Weile standen wir da, blickten uns in die Augen.

Ich war Diejenige, die das Schweigen brach. „Du machst dich hier selbstständig?"

Toms Augen strahlten. „Das war mein Plan. Zu Beginn meines Studiums wäre mir so etwas niemals in den Sinn gekommen – vor allem nicht in so ländlicher Gegend. Aber je öfter ich darüber nachgedacht habe, umso reizvoller wurde das Ganze. Weißt du, wie viel Vorteile eine eigene Praxis mit sich bringt?"

„Keine Schichten, mehr Freizeit und somit mehr Privatleben und der Familienplanung steht auch nichts mehr im Weg."

Verblüfft sah er mich einen Augenblick lang an. „Sag nicht, du..."

Ich strich mir eine Haarsträhne hinters Ohr. „Um ehrlich zu sein, war das immer mein Plan für später. Um eine eigene Praxis an Land zu ziehen, fehlt mir momentan noch das nötige Kleingeld."

„Die Investitionen bekommt man wieder raus."

Ich zuckte die Schultern, denn ein Donnern ertönte. Blitze flackerten über den Himmel.

Toms Griff um meine Hüfte wurde fester. „Könntest du dir vorstellen, hier eine eigene Praxis zu eröffnen?"

Einen Moment lang sah ich ihn sprachlos an. War das sein Ernst? „Hier?"

Er nickte. „Nebenan bei den Garagen habe ich den Dachboden ausbauen lassen."

„Das ist ein Scherz, oder?" Ich musste blinzeln. Wie stellte er sich das vor? Ich könnte nicht jeden Tag von Köln hier her fahren. Zwar wäre es machbar, aber...

„Überleg's dir." Er küsste mich auf die Stirn und breitete seine Jacke vor dem Kamin aus, um sich darauf zu setzen.

Ich ließ mich neben ihm nieder. Eine Weile starrte ich ihn an, während er den Blick durch den Raum schweifen ließ und vermutlich darüber nachdachte, was noch getan werden musste. „Du überraschst mich."

„Nicht zu übersehen. Aber mach dir keinen Stress, ich wollte dich nicht überrumpeln. Es war bloß eine Idee. Ansonsten kann ich sicherlich irgendwelche Männerspielzeuge wie Bohrmaschinen und so was über der Garage verstauen." Er lachte und legte einen Arm um meine Schultern. „Ist dir kalt?"

Ich blickte Tom an. „Darüber müssen wir reden, Tom."

Er lachte erneut.

„Das kann ich nicht einfach so stehen lassen. Du machst mir hier so ein unglaubliches Angebot und fragst mich im nächsten Moment, ob mir kalt ist... Da kommst du doch nicht von jetzt auf gleich drauf, oder? Ich meine, wie stellst du dir das vor? Es sind nicht allein die Mietkosten..."

„Habe ich dir schon erzählt, wie viel ich von dir verlangen werde?" Immer noch grinsend legte er eine Hand auf meine.

„Ich würde in diesem Dorf eine Wohnung suchen müssen und..."

Er unterbrach mich: „Also erstens: Es ist eine Kleinstadt und bei dem morgendlichen Verkehr ungefähr eine Stunde von Köln zu fahren. Zweitens: Die Mieten sind hier wesentlich günstiger und drittens..." Er blickte auf unsere Hände. „...drittens musst du nichts überstürzen. Lass dir die Sache einfach durch den Kopf gehen."

„Bis wann?"

„Solange du brauchst, um dir sicher zu sein." Der Mann war der Wahnsinn!

***

235

Toms Angebot ließ mir die nächsten Wochen keine Ruhe. Mir schwebten Ideen von der Inneneinrichtung meiner eigenen Praxis vor Augen und ich machte mir Gedanken über Wandfarben. Mein Bauchgefühl freundete sich mit dem Wunsch nach Verselbstständigung rasch an. Mein Kopf stellte sich allerdings die Frage, was geschehen würde, wenn die Sache zwischen Tom und mir in die Brüche ginge.

„Ich meine, wo stehen wir überhaupt?", fragte ich Jenny bei einer Tasse Tee.

Jenny presste nur die Lippen aufeinander und machte große Augen. Erst nachdem sie noch einen Schluck genommen hatte, riet sie mir, das Thema einfach einmal anzuschneiden.

„Wie stellst du dir das vor? Soll ich ihn fragen, wie lange er vorhat, noch mit mir zu schlafen?"

Jenny starrte mich wieder eine halbe Ewigkeit an, bevor sie antwortete: „Süße, ist das wirklich alles, was euch verbindet?"

Mein Herz flatterte. Mein Blick wanderte von ihr zu meiner Tasse und während ich in die schwankende Flüssigkeit starrte, spiegelte sich darin ein Bild von ineinander gefalteten Händen. „Wenn ich das wüsste..."

„Was sagt denn dein Bauchgefühl?"

Ich hob den Blick und sah sie an. Langsam hob ich die Schultern und ließ sie wieder sinken. „Ach Jenny, ich hab so Angst, irgendetwas kaputt zu machen."

„Süße..." Sie legte beruhigend eine Hand auf meinen Oberschenkel.

„Ich will nicht wieder eine Beziehung aufbauen, in die ich meine ganze Energie stecke und die letztendlich doch zu nichts führt." Ich blinzelte die Tränen schnell weg und schüttelte den Kopf. „Ich bin momentan so glücklich wie lange nicht mehr."

Jenny legte den Kopf schief. „In der Liebe ist es wie im Spiel: Wer nicht wagt, der nicht gewinnt."

War es wirklich so? Sollte ich vielleicht all meine Bedenken über Bord werfen und mich einmal treiben lassen, auf mein Schicksal vertrauen?

**

Das Gefühl aus unendlicher Höhe zu fallen, ließ mich mitten in der Nacht aus dem Schlaf hochschrecken.

Lange lag ich wach und versuchte wieder einzuschlafen, doch der Schlaf wollte nicht zurückkehren. Meine Gedanken kreisten um Toms Angebot. Wie kam er auf die Idee, mich zu fragen? Ging er davon aus, dass wir unsere Beziehung vertiefen würden? Was würde passieren, wenn wir uns irgendwann auf die Nerven gingen, wenn wir das, was zwischen uns war, beenden würden? Möglicherweise war das Leben zu kurz, um es immer mit einem Plan B zu versehen.

Ich entschied, jemand Außenstehenden zu dem Thema zu befragen: *Ich habe ein neues Jobangebot bekommen. Eigentlich fühle ich mich da, wo ich bin, sehr wohl, andererseits wäre es eine einmalige Chance und wenn ich es nicht jetzt mache, dann wahrscheinlich nie...*

Ich war verblüfft, denn mein Handy begann um kurz nach halb drei „Hallo, wie geht's dir..." zu singen. *Kannst wohl nicht schlafen? Ist natürlich schwierig, aber für mich hört es sich so an, als hättest du dich schon entschieden. Bist du nicht Romantikerin? Hör auf dein Herz ;)*

237

Das trifft nicht immer die klügsten Entscheidungen, antwortete ich.

Vielleicht nicht immer die Klügsten, aber vermutlich die Richti-
gen.

Seufzend ließ ich mich in die Kissen fallen. Über die Frage, ob mein Herz wirklich die richtigen Entscheidungen traf,
schlief ich ein.

***

Tom erteilte mir die nächsten Wochen ein absolutes Rede-
verbot bezüglich des Praxisthemas, denn er merkte, dass ich
unter Druck stand. Wir gingen ins Kino ohne dass ich ein
Wort darüber verlor. Beim Bowling machten wir uns über
die hässlichen Schuhe lustig, die so glatt waren, dass ich fast
auf der Bahn ausgerutscht wäre, wenn Tom mich nicht in
letzter Sekunde aufgefangen hätte. Wir besuchten eine Dis-
kothek ohne über uns und die Zukunft zu reden. Hand in
Hand spazierten wir am Rheinufer entlang und redeten
über alles, nur darüber nicht. Wir schliefen miteinander. Wir
redeten nur nicht darüber.

***

Es war am Wochenende vor meiner Reise nach Frankreich, als ich mit zwischen Schulter und Ohr eingeklemmten
Hörer mit Michèle telefonierte und gleichzeitig meinen Koffer packte.

Sie analysierte mein Zögern bezüglich des Praxisangebots
dahingehend, dass ich Angst hatte, er würde mich fallen
lassen. „Du hast Angst, dein Herz zu öffnen, denn als du es
das letzte Mal zugelassen hast, dass dir jemand so nahe

238

kam, wurdest du verletzt. Es ist nachvollziehbar, dass du dich schützen willst. Aber wenn wir ganz ehrlich sind, müssen wir uns doch beide eingestehen, dass es kaum einen Grund gibt, weswegen du diesem Tom nicht vertrauen solltest. Wenn er dir schon so ein riesiges Angebot macht, wird er dich mögen und zwar so sehr, dass er dich für geraume Zeit nicht aus seinem Leben wegdenken kann…"

Es klingelte an der Tür. „Warte kurz!" Mit dem Telefon am Ohr huschte ich zur Tür. Vor mir stand eine Person, deren Gesicht mit einem riesigen Bund weißer Rosen verdeckt war. „Seit wann kommen Rosenverkäufer nun sogar bis ins Treppenhaus? Tut mir leid, aber ich möchte wirklich keine…"

„Für die Dame!" Der Strauß sank tiefer und Toms Gesicht ragte dahinter vor. „Hast du wirklich gedacht, ich wäre ein Rosenverkäufer?" Er lachte. „Lässt du mich rein?"

„Mischa, ich muss Schluss machen, wir sehen uns übermorgen."

„Er ma-h-a-a-g dich!", trällerte sie mir ins Ohr.

Ich betätigte den roten Knopf des Telefons und legte es auf das Sideboard, um die wunderschönen Rosen entgegenzunehmen. „Tom, du bist völlig verrückt! Wieso schenkst du mir Rosen?"

Er gab mir einen flüchtigen Kuss. „Um dir eine Freude zu bereiten. Es sind keine Gerbera, aber…"

„Sie sind perfekt!"

Ich schmolz fast dahin, während ich die Blumen in die größte Vase stellte, die ich finden konnte. Beim Zählen kam ich nicht weiter als sechsundzwanzig, weil Tom mir von hinten die Hände auf den Bauch legte und mir ins Ohr flüsterte, ob ich bereits etwas für den Abend geplant hätte.

„Packen."

„Packen?", echote er.

„Frankreich, Hoch..."

„...-zeit deiner Schwester. Ist das schon diese Woche, ich dachte es wäre nächstes Wochenende?"

Ich drehte mich zu ihm um. „Am Dienstag ist Michèles Junggesellinnenabschied. Die Hochzeit findet am Samstag statt." Ich gab ihm einen langen, intensiven Kuss. „Endlich habe ich ein paar Tage frei."

„Dito, ab Dienstag."

„Und, was fängst du mit deiner gewonnen Freiheit an?"

„Entspannen." Er küsste mich. „Ich weiß noch nicht genau. Hier und da etwas am Haus arbeiten, wobei da außer den Möbeln nicht mehr viel fehlt..."

„Komm mit!", platzte es aus mir heraus.

„Wohin?"

„Nach Frankreich!"

„Zur Hochzeit deiner Schwester?" Auf seiner Stirn bildeten sich Denkfalten.

„Wieso nicht?" Ich strich seine Arme hinab und faltete meine Hände in seine. „Das würde lustig werden, glaub mir, bei uns kommt niemals Langeweile auf!"

„Das glaube ich dir gern." Lachfältchen umspielten seine Augen. „Aber unangekündigt auf einer Hochzeit zu erscheinen, halte ich für unklug. Meinst du nicht, die Braut würde ausflippen, wenn plötzlich ein Gast keinen Sitzplatz hat?"

Ich zuckte die Schultern. „War nur eine spontane Idee. Wein?" Während ich den Wein aussuchte, holte Tom Gläser. Wie war ich nur auf die Idee gekommen, er würde mitkommen wollen?

„Soll ich?" Tom nahm mir die Flasche ab, um sie zu öffnen. Ich zündete die beiden Kerzen auf dem Couchtisch an.

„Freust du dich auf deine Familie? Von deinen Schwestern habe ich ja schon ein bisschen was gehört. Michèle ist die, die heiratet, und Aurelie, die Jüngere, und dein Bruder ist Anwalt und hat zwei Kinder?"

„Ein Kind. Das Zweite wird voraussichtlich in zwei Wochen zur Welt kommen."

„Und was machen deine Eltern?"

„Sie sind beide nicht mehr berufstätig. Mein Vater ist letztes Jahr in Rente gegangen, meine Mutter hat ihren Job vor Jahren an den Nagel gehängt."

„Aber deine Mutter kommt ursprünglich aus Frankreich und dein Vater aus Deutschland, oder?"

Ich nickte. „Mein Vater arbeitete bei einem größeren Konzern und wurde nach Frankreich versetzt, wo er meine Mutter kennenlernte."

„Aber du bist hier aufgewachsen?" Tom legte einen Arm auf die Rückenlehne, ich kuschelte mich zustimmend mit dem Rücken an seine Brust. „Falls ich deine Familie irgendwann einmal kennen lernen sollte und sie so ist, wie du, werde ich sie sicher mögen." Er drehte mich zu sich um und ich musterte ihn. Seine Lachfältchen, die seine grauen Augen zum Strahlen brachten, die Grübchen, die von einem leichten Dreitagebart versteckt wurden…

Eine Hand auf seine Brust gelegt, schaute ich von unten zu ihm auf, blickte in seine wunderschönen grauen Augen. „Ich schreibe dir die Adresse auf."

„Adresse?", fragte er Stirn runzelnd.

Stöhnend boxte ich ihm in den Bauch. „Für den Fall, dass du mir einen Brief schreiben willst, natürlich!"

***

241

Ohne dass ich Tom darum gebeten hatte, fuhr er mich zum Flughafen. Ich überließ ihm meine Schlüssel und bekam nicht einmal Panik, als er meinen Audi rückwärts in eine sehr enge Parklücke lenkte. Von der Seite blickte ich Tom an.

Er nahm den Schlüssel aus dem Zündstecker. „Alles klar?"

„Alles bestens", antwortete ich lächelnd.

Tom nahm mein Gesicht in seine Hände und küsste mich sanft. „Gut, wollen wir dich mal abchecken lassen."

Lachend stieg ich aus dem Auto und genoss den Luxus, mein Gepäck nicht selbst ziehen zu müssen. Arm in Arm betraten wir die Eingangshalle des Flughafens. Wir reihten uns in die Schlange zur Gepäckaufgabe ein und als wir das erledigt hatten, standen wir händchenhaltend vor der Anzeigetafel und suchten nach meinem Gate.

Tom hob meine Hand und küsste sie. Dann griff er in seine Jackentasche und zog seinen iPod heraus. „Den leihe ich dir für da unten." Er bettete ihn in meine Hand und faltete meine Finger darum. „Das Lied, das du immer so schön schief singst, ist auch darauf."

„Oh!", quietschte ich und fiel ihm um den Hals.

„Und das restliche Album von *Hurts* auch", flüsterte er an meinem Ohr.

Ich legte den Kopf schief und blickte ihn an. „Danke!"

Er drückte mich an sich, hielt mich ganz fest und sah mir dann tief in die Augen. Ich hatte das Gefühl, er könnte meine Gedanken lesen – dass ich ihn vermissen würde. Er zog mich näher zu sich, seine Lippen trafen erst sanft auf meine, dann knabberte er an meiner Unterlippe, saugte sie ein und schob schließlich seine Zunge an meine Zungenspitze. Ich seufzte. Das konnte er doch nicht hier, am Flughafen tun, nicht, wenn ich nun tagelang ohne ihn verbringen musste. Ich schob ihn leicht von mir, aber er zog mich erneut zu sich und küsste mich innig. Mein Herz sah vielleicht mehr in diesem Kuss und all den Dingen, die er in den letzten Wochen für mich getan hatte, in der schönen Zeit, die wir miteinander verbracht hatten, als mein Kopf. Aber das war mir in diesem Moment völlig egal. Ich zog ihn ebenfalls fest an mich und wusste schon, dass ich ihn unendlich vermissen würde.

Ich verstaute den iPod in meiner Handtasche und machte mich mit pochendem Herzen auf den Weg zum Sicherheits-Check. Tom winkte mir noch einmal zu. Ich warf ihm eine Kusshand zu. Lächelnd steckte er die Hände in die Hosentaschen, wandte sich um und verschwand durch die gläsernen Türen aus dem Flughafengebäude. Ich hatte das Gefühl, mein Herz würde zerspringen.

Gerade als mein Handgepäck durchleuchtet war und ich mein Handy aus der grauen Box nahm, trällerte es los: „Hallo wie geht's dir? Denkst du manchmal an mich? - Manchmal. Wie sieht der Himmel aus, der jetzt über dir steht?" Eine Nachricht von meinem Ballonfinger. *Hallo wie geht's dir :) Hast du den Job angenommen?*

Lächelnd schüttelte ich den Kopf, verstaute Handcreme, Handdesinfektionsmittel und Lippenstift zurück in der Tasche und schrieb, dass ich noch etwas Bedenkzeit bräuchte. *Wie läuft es bei dir in der Liebe?*

Wer hätte gedacht, dass ich mich jemals wieder auf die Liebe einlassen würde... aber sie macht mich einfach glücklich :), kam es zurück.

Dann solltest du sie nicht mehr loslassen :)

Seufzend ließ ich mich vor dem Gate auf einer Bank nieder. „Süß", dachte ich und mein Herz flatterte. Tom machte

243

mich auch glücklich, aber zwischen uns war es... kompliziert.

Im Flugzeug stöpselte ich mir die Kopfhörer in die Ohren und blätterte in einer Zeitschrift. Ich begann einen Artikel über die besten Haut-Pflegetipps für den Sommer zu lesen. Nachdem ich dreimal vergebens ein und denselben Absatz gelesen hatte ohne mehr als die Formen der Buchstaben wahrzunehmen, ließ ich die Zeitschrift sinken und blickte aus dem Fenster. Mein Herz machte einen Hüpfer. Nicht, weil das Flugzeug Turbulenzen ausgesetzt war. Tom machte mich überaus glücklich. Er brachte mich zum Lachen und er war der beste Freund, den ich je hatte. Er würde mir in Frankreich so fehlen! Und was würde sein, wenn ich zurückkäme? Irgendwann musste ich eine Entscheidung treffen.

25
Realize

„..if you just realize what I just realized ..."
— *Colbie Caillat*

Das Hotelzimmer war perfekt: Ein helles Bad mit Dusche, einem riesigem Spiegel und genügend Stauraum für mein Gepäck. Das kirschrote Ballonkleid auf die Kleiderstange hängend, fiel mein Blick auf das mit vielen geblümten Kissen ausgestattete Bett. Augenblicklich musste ich an unseren Abschiedskuss denken. „Wenn Tom jetzt hier wäre..." Ich schritt zum Fenster und sah hinaus auf die Küste. Das Wetter war herrlich. Die Sonne schenkte dem Tag die letzten Sonnenstrahlen und tauchte bald darauf am Horizont unter. Währenddessen bereitete ich mich auf ein Treffen mit meinen Schwestern vor.

Mischa hatte ein kleines Restaurant ausgesucht und wir bekamen einen Platz an der großen Fensterfront, sodass wir zum Hafen hinaus schauen konnten. Der Mond schien nun vom sternklaren Himmel.

Der Kellner reichte uns die Speisekarten und zündete das Windlicht in der Mitte des Tisches an. Aus dem Augenwinkel bemerkte ich, dass Aurelie ihn musterte. Sie schien jeden Zentimeter seines Körpers unter die Lupe zu nehmen. Er bemerkte, dass sie ihn beobachtete, und schenkte ihr ein Lächeln. „Darf ich schon etwas zu trinken bringen?"

Über Aurelies Flirt grinsend versteckte ich mich hinter meiner Menü-Karte.

„Teilen wir uns eine Flasche Wein?", fragte Mischa. „Der Weißwein ist besonders gut..."

„Können Sie den empfehlen?" Aurelie stützte die Unterarme auf dem Tisch auf, drückte den Rücken durch und die Brust raus.

„Der Blanc Côtes de Provence ist sehr beliebt."

Aurelie schürzte die Lippen und blickte ihn anzüglich an. Mit gurrender Stimme fragte sie: „Und... wie schmeckt er?"

Unter dem Tisch versetzte ich ihr einen leichten Tritt, doch sie ignorierte die Geste und hing dem Kellner an den Lippen, während er von zitronigen Aromen und einer speziellen Würze philosophierte und dann vorschlug, dass Aurelie ihn gerne probieren könne.

Michèle ließ ihre Karte geräuschvoll zu schnappen. „Wir nehmen ihn. Dazu noch eine große Flasche Mineralwasser, bitte."

„Still oder mit Kohlensäure?"

„Sie glauben doch nicht, dass ich von der stillen Sorte bin?" Mit einem anzüglichen Lächeln ließ auch Aurelie ihre Karte sinken.

„Ein Mineralwasser mit Kohlensäure. Gern. " Der Kellner schenkte Aurelie noch einen intensiven Blick und wandte sich rasch um.

Aurelie leckte sich die Lippen. „Ich weiß schon, was ich zum Dessert nehme."

Mischa und ich tauschten nur einen verlegenen Blick aus.

„Übrigens musst du dich nicht wundern, wenn sich deine Brüste nachher zum Hauptgericht auf den Teller gesellen", bemerkte Mischa an Aurelie gewandt, die sich daraufhin ins Dekolleté starrte und an ihrem Oberteil zu zupfen begann.

Mein Handy klingelte. Ich blickte auf das Display. „Entschuldigt, das ist Tom", flüsterte ich. Ich nahm ab. „Hey, ich hatte eben bereits versucht, dich zu erreichen, um dir zu sagen, dass ich gut angekommen bin." Der Kellner balancierte das Tablett mit unseren Getränken auf einer Hand und hatte gleich wieder Aurelies ungeteilte Aufmerksamkeit.

„Schön zu hören, dass es dir gut geht. Entschuldige, dass ich eben nicht dran gegangen bin, aber ich habe das Klingeln nicht gehört."

„Warst du mit dem Motorrad unterwegs?"

„Ja, ich hab die Maler beaufsichtigt", lachte er. „Bist du schon bei eurem Essen?"

„Wir sitzen gerade im Restaurant."

„Dann will ich dich nicht länger stören. Richte deinen Schwestern unbekannterweise viele Grüße aus."

„Das mache ich."

„Viel Spaß noch."

„Danke."

„Und, Adrienne?", warf er noch ein, bevor ich auflegen konnte. „Ich..."

„Ja?" Es entstand eine Pause. Ich dachte schon fast, er hätte aufgelegt. „Ja?", wiederholte ich.

„Ach, nichts."

Ich runzelte die Stirn, woraufhin der Kellner mich fragend ansah, weil er mir den Wein einschenkte. Durch Kopfnicken, bestätigte ich ihm jedoch, dass mit dem Wein alles in Ordnung war. „Ist mit dem Auto alles okay?"
Tom lachte. „Natürlich! Es ist wirklich nichts."

„Okay."

„Okay, Chérie, trink ein Gläschen für mich mit."

„Bien sûr! Au revoir!"

„Au revoir!"

Lächelnd ließ ich das Handy in die Tasche sinken. Ich blickte auf. Zwei braune Augenpaare starrten mich neugierig an. „Ist was?"

„Also erstens", begann Aurelie. „Seid ihr zusammen? Zweitens: Warum kommt er nicht zur Hochzeit? Und drittens: Er spricht auch noch Französisch?!"

Ich schüttelte den Kopf. „Wir gehen seit einiger Zeit zusammen aus..."

„...und ins Bett."

„Was auch immer es sein mag...", warf Mischa dazwischen, zwinkerte mir verschwörerisch zu und erhob ihr Weinglas. „Lasst uns anstoßen!"

„Auf Tom und mich?", fragte ich Stirn runzelnd.

Mischa schüttelte den Kopf, zuckte dann die Schultern und grinste. „Stoßen wir doch einfach auf die Liebe an."

Wir erhoben unsere Gläser, ließen sie leicht aneinander klirren und riefen im Chor: „Auf die Liebe!"

***

Mischa hatte drei ihrer engsten Freundinnen zum Junggesellinnenabschied eingeladen. Zwei von ihnen kannte sie aus Unizeiten. Die andere war eine Kollegin.

Henry hatte auf Aurelies Betteln hin eine Limousine spendiert, die uns zu dem geheimnisumwobenen Club bringen sollte. Ich wettete, dass Aurelie nur einmal mit den Wimpern geklimpert und mit piepsiger Stimme beteuert hatte: „Weißt du, Mischa träumt seit sie ganz klein war davon, mit einer Limousine an ihrem Junggesellinnenabschied gefahren zu werden. Wie ich höre hast du da Verbindungen zu einer Leihfirma..."

Wir schlürften prickelndes Gold aus Sektflöten und sangen lauthals den passendsten Klassiker „Girls just wanna have fun". Kichernd stiegen wir nacheinander aus der Limousine und folgten Aurelie, die es scheinbar nicht für nötig hielt, sich in die Warteschlange einzureihen. Stattdessen becirkte sie die Kante von einem Türsteher. Es war erstaunlich zu sehen, wie butterweich dieser schrankartige Klotz von einem Augenaufschlag zum nächsten wurde. Er öffnete die rote Absperrschnur und gewährte uns Eintritt.

Mischa hakte sich bei mir unter und rückte ihren rosafarbenen Schleier zurecht, der sich farblich mit den roten Blüten ihres Kleides biss. Als Aurelie ihr das rosafarbene Teil aufgesetzt hatte, war für einen Kleiderwechsel keine Zeit mehr gewesen. Abgesehen davon hatten Mischa und ich den halben Tag beim Shopping damit verbracht, das passende Kleid für diesen Abend zu finden. Die Suche hatte sich gelohnt. Meine Schwester sah nicht nur hübsch aus, sondern wirkte überglücklich.

Aurelie steuerte durch die tanzende Meute den für uns reservierten Tisch an einer Seite der Tanzfläche an. Wir ließen uns auf den weißen Möbeln nieder, in denen man eher eine waagerechte anstatt eine senkrechte Position annehmen musste, wenn man nicht gerade auf der äußersten Kante hocken wollte. Uns wurden gleich zwei Sektflaschen serviert, die wir im Nu runter spülten, um anschließend eine Runde Kurze zu kippen und im Anschluss kreischend auf die Tanzfläche zu stürmen.

Außer Puste ließ ich mich neben Mischa nieder und fasste die Haare im Nacken zusammen. Ich war froh, dass ich entschieden hatte, das kurze, schwarz glitzernde Kleid mit den dünnen Trägern zu tragen. Kichernd wedelte sie mir mit der Getränkekarte Luft zu. „Ganz schön heiß, was?"

Aurelie ließ die Augenbrauen auf und ab hüpfen. „Und es wird noch heißer!"

In dem Moment setzte die Musik aus und der Raum wurde abgedunkelt. Lediglich ein gelber Scheinwerferkegel erleuchtete den Eingang. Augenblicklich wurde es leise.

„Was ist denn los?", wisperte eine von Michèles Freundinnen.

Eine rhythmische Musik wurde angespielt und herein kam ein Feuerwehrmann. „Uuuh", gurrte er. „Hat jemand die Feuerwehr gerufen?"

Aurelie stand hinter Mischa auf und winkte mit beiden Armen. Dann deutete sie mit den Zeigefingern auf Michèle. Ich warf Aurelie einen ungläubigen Blick zu. Sie grinste nur breit.

„Scheint, als hätte jemand Feuer gefangen. Es ist ganz schön heiß hier!" Der Feuerwehrmann riss sich die Jacke vom Körper und schleuderte sie über die umher stehenden Leute, woraufhin ein Gekreische und Pfeifen durch den Club ging. Er bahnte sich gefolgt von dem Scheinwerferlicht und vom Takt der Musik getragen einen Weg zu unserer Sitznische.

„Oh mein Gott!", quietschte Mischa mit weit aufgerissenen Augen und schlug die Hände vor den Mund.

Der Kerl machte vor unserer Sitzgruppe halt und ließ die Hüfte kreisen, während er mit den Daumen an den Innenseiten seiner Hosenträger entlang fuhr, die bis auf ein Tattoo das Einzige waren, das seinen muskulösen Oberkörper noch bedeckten. Um uns herum scharrte sich gefühlt der ganze Club. Mein Gesicht brannte. Ich war heilfroh, dass ich nicht Mischa war. Der Stripper schnappte sich einen Stuhl vom Nebentisch, stellte einen Fuß auf die Sitzfläche und machte ein paar anzügliche Bewegungen. Mit dem Zeigefinger deutete er auf Mischa, die daraufhin mit erschrockenem Gesicht auf sich selbst deutete. Der Stripper nickte und rollte den Zeigefinger ein.

„Geh schon!", kreischte eine ihrer Freundinnen.

Mischa erhob sich zögernd und sah noch einmal zu Aurelie zurück: „Wenn ich nicht schon so viel getrunken hätte, würde ich dir den Hals umdrehen!"

Aurelie gab unserer Schwester einen Klaps auf den Hintern und sah kichernd zu, wie sie mit hochrotem Kopf die ausgestreckte Hand des Strippers ergriff, der sie nah an sich zog und ihr einen lasziven Blick schenkte. Er setzte Mischa seinen Helm auf, lief um sie herum und drückte sie an den Schultern hinunter, sodass sie auf dem Stuhl Platz nahm. Er massierte ihre Schultern und ließ seine Hände an ihren Oberarmen hinunter gleiten. Dann stellte er sich vor sie, nahm ihre Hände und legte sie auf seinen knackigen Po, während er die Hüften kreiste und seine Hosenträger löste. Auch wenn das Ganze mehr als peinlich war, war Mischas Gesichtsausdruck zu köstlich!

„Wuhuuu!", machte Aurelie, die wahrscheinlich zu gern mit unserer Schwester den Platz getauscht hätte.

Der Feuerwehrmann forderte Mischa auf, sich hinter ihn zu stellen, nahm eine ihrer Hände und ließ sie von seiner Brust über den Bauch bis hin zum Hosenbund gleiten. Seine braungebrannten Muskeln spannten sich unter ihrer Berührung an. Mischa biss sich lachend auf die Unterlippe. Der Stripper drehte sich zu ihr um, setzte ein Bein neben sie, drückte sie zurück auf ihren Stuhl, stellte das andere Bein neben sie und setzte sich dann auf ihren Schoß. Er strich ihr über die Haare, ließ die Hüften kreisen, während Mischa gar nicht wusste, wohin sie gucken, geschwiege denn, was sie machen sollte. Plötzlich sprang er in einer fließenden

251

Bewegung von meiner Schwester auf und fokussierte unsere Damenrunde. Langsam ließ er die Hose herunter, streckte Mischa dabei seinen Hintern entgegen, der nur noch in einem winzigen String-Tanga steckte. Sie hielt sich lachend beide Hände vor das Gesicht. Er animierte sie dazu, ihm auf den Hintern zu hauen. Lachend gab sie ihm einen Klaps auf die knackige Rückseite. Alles klatschte, pfiff oder kreischte. Schließlich verebbte die Musik und er brachte Mischa zurück zu unserem Tisch.

„Das war heiß!", rief Aurelie ihm zu, den Helm von Mischa entgegen nehmend. Sie setzte ihn dem Stripper auf den Kopf.

Er beglückte sie mit einem Lächeln. Dann verschwand er zu einem weiteren „Einsatz".

Mischa legte beide Hände auf ihre Brust und lachte lauthals. „Das war verrückt!"

Aurelie kicherte. „Willst du immer noch heiraten?"

Mischas Augen leuchteten und sie nickte heftig.

Ich orderte eine Flasche Sekt. Es war weder die Erste noch die Letzte in dieser Nacht.

Durch die zugezogenen Vorhänge konnte ich die Sonne in voller Größe am Himmel sehen, als ich am nächsten Tag bäuchlings durch das Klingeln meines Handys geweckt wurde. Ich tastete auf der Nachttischkommode danach, erwischte natürlich zuerst das falsche Handy und schaffte es erst beim vierten Klingeln abzuheben. „Hallo?", brummte ich.

Jemand gluckste amüsiert in den Hörer. „Sag bloß, du liegst noch in den Federn?!"

„Wie spät ist es?" Mein Hals fühlte sich an, als hätte ich Sand gegessen.

„Gleich drei."

Ich brachte nur ein gequältes Stöhnen heraus, strich mir die Haare aus dem Gesicht und drehte mich auf die Seite.

„Weswegen ich anrufe: Wie ich vorhergesagt hatte, muss unsere liebe Schwester sich erst einmal von ihrem Junggesellinnenabschied erholen, sodass das Familienessen um zwei Stunden nach hinten verschoben wurde."

„Ist mir sehr recht." Ich hielt mir die Stirn.

„Nimm eine Aspirin, spring unter die Dusche und du wirst sehen, danach bist du wieder fit wie ein Turnschuh!"

Das bezweifelte ich schwer. „Wieso bist du so gut drauf?" Ich räusperte mich und versuchte zu schlucken. Ich brauchte dringend Flüssigkeit.

„Macht der Gewohnheit", flötete Aurelie.

Ich legte auf, drehte mich noch einmal um und schlief, bis mich der Durst nach Wasser aufweckte. Ich öffnete die Minibar und stürzte die Wasserflasche mit einer Kopfschmerztablette herunter. Ich schnappte mir die Zahnbürste und stand so lange unter dem rinnenden Wasser, bis das Schmerzmittel meine Kopfschmerzen beseitigt hatte und in meinem Gesicht keine Spuren vom gestrigen Abend mehr zu lesen waren. Zufrieden wickelte ich mir ein Badetuch um, da klopfte es an der Tür.

Auf Zehenspitzen öffnete ich die Tür zwischen Bad und Schlafzimmer. „Qui est-ce?"

„C'est moi...", sagte eine vertraute Stimme vor der Hotelzimmertür.

„Tom!" Mein Herz überschlug sich mehrmals. „Tom? Hier? In Frankreich? Vor meinem Hotelzimmer? Wieso ist er hier?" Tausend Fragen und nur eine Vermutung.

„Lässt du mich rein?", fragte er und kratzte an der Tür. „Ich habe eine exquisite Lieferung für Mademoiselle Adrienne Laurent."

„Einen Moment!", rief ich. Schnell versuchte ich, meine nassen Haare ein wenig zu ordnen, bevor ich die Tür entriegelte.

Da stand er. Tom. Mit einer dunklen Sonnenbrille auf der Nase, einem kleinen, schwarzen Trolley neben sich und einer einzelnen roten Rose in der Hand. Durch die Sonnenbrille bemerkte ich, dass er mich von oben bis unten musterte. Er grinste anzüglich.

Ich schob eine nasse Strähne hinters Ohr, küsste ihn flüchtig auf die Wange. „Komm rein!"

Er überreichte mir die Rose, drängte sich an mir vorbei und stellte den Koffer ab. „Sag nicht, du hast bis gerade geschlafen!"

„Es war eine lange Nacht." Ich ging ins Bad, um die Rose in das Zahnputzglas zu stellen.

Als ich die provisorische Vase auf die Nachtkommode stellte und mich umdrehte, zog Tom mich stürmisch in seine Arme. „Hallo erst mal." Seine Lippen umfingen meine. Mit dem Daumen strich er über meinen Hals, als sich seine Zunge zwischen meine Lippen schob.

Ein Schauer lief über meine Brüste, meinen Bauch hinab und bahnte sich einen Weg weiter südlich. „Hey", hauchte ich und griff nach dem Badetuch, dass sich unter meiner Achsel gelöst hatte.

„Hey", brummte er. Tom nahm seine Sonnenbrille von der Nase und schmiss sie auf die Nachttischkommode. Er wandte den Blick von meinem Dekolletee, ließ ihn kurz durch den Raum schweifen und verharrte schließlich auf mir.

„Du bist in Frankreich?", fragte ich. „Sag bloß, du hast mich vermisst?!" Ich versuchte, das Badetuch neu zu drapieren, ohne mich zu entblößen.

Tom schürzte die Lippen und zog eine Augenbraue hoch. Schnell packte er meine Hüfte, rutschte rücklings auf das Bett und zog mich auf sich. „Willst du wissen, wie sehr?"

Kniend beugte ich mich zu seinem Ohr. „Wie sehr?" Ich liebkoste seinen Hals, befreite ihn aus seinem T-Shirt und arbeitete mich nach unten vor, während seine Hände an meinen hinteren Oberschenkel empor strichen. Dass sich das Badetuch dabei komplett löste und von meinem Rücken hinunter rutschte, machte die Sache leichter.

Mir blieb nur noch knapp eine Stunde bis zum Abendessen. „Ich sollte noch mal unter die Dusche steigen."

Tom stützte den Kopf auf einen Ellbogen. „Nimmst du mich mit unter die Dusche?"

Ich kuschelte mich noch einmal an ihn und strich über seinen nackten Oberschenkel. „Nur, wenn wir uns beeilen."

Tom blickte mich aus grauen Augen an. „Ich kann auch mit dir unter die Dusche steigen und duschen."

Ich grinste. „Wer's glaubt..."

„Ich schwöre!", beteuerte er.

„Warum bist du wirklich hier, Tom?", fragte ich mit plötzlicher Ernsthaftigkeit in der Stimme. „Ich meine, du wirst wohl weniger auf einen Quickie hergekommen sein und gleich wieder aufbrechen, oder?" Ich wagte einen flüchtigen Blick zu seinem Handgebäck.

Tom strich mir sanft über den Oberarm und mich erfasste eine Gänsehaut. „Süße, du hast mir wirklich gefehlt. Und wenn du mich nicht rauswirfst, bleibe ich die Tage gemeinsam mit dir hier. Ich dachte, du wolltest mir Frankreich zeigen?"

Ich atmete tief ein und sah in seine Augen. Konnten diese Augen lügen? „Okay." Ich atmete aus.

Er kräuselte die Stirn. „Eigentlich dachte ich, dass du dich freust, mich zu sehen?"

„Das tue ich, nur ist gleich das letzte große Familienessen vor der Hochzeit. Alle werden da sein." Und ich war nicht darauf vorbereitet, ihnen meinen... Ihnen Tom vorzustellen. „Meine Eltern, Geschwister, Henry und seine Eltern..."

Er legte den Zeigefinger auf meinen Mund. „Mach dir keinen Stress, ich werde hier bleiben und ein bisschen Fernsehen."

Mit dem Daumen deutete ich in Richtung Fernseher. „Das Ding hat nur drei deutsche Sender."

Tom zuckte die Schultern. „Ich werde es überleben."

„Okay." Ich gab ihm einen Kuss und kroch aus dem Bett, um gleich darauf dicht gefolgt von Tom unter die Dusche zu springen.

26
Don't talk about this love

„...My heart is fragile ...“
– Cheryl Cole

„Du strahlst so“, flüsterte Maman mir zu, als ich nach dem vielen Händeschütteln, Umarmen und Küsschen-geben neben ihr Platz nahm.

Ich konnte nicht anders, als sie anzulächeln. „Es ist alles so perfekt.“

Sie seufzte. „Und ich hatte schon die Hoffnung, ein Mann würde dahinter stecken.“

Das Essen verlief größtenteils ruhig. Nur Etienne jammerte herum, kauerte sich nach dem Dessert jedoch auf den Schoß seines Vaters und schlief bald darauf an seiner Schulter ein.

Gérard und Cécile waren in Aufbruchsstimmung. „Wir werden jetzt fahren“, erklärte Gérard. „Tut uns leid, dass wir so früh weg sind, aber der Kleine.“ Er deutete auf den schlafenden Etienne.

Cécile erklärte, Gérard könnte Etienne schon ins Auto bringen, sie müsste noch eben zur Toilette.

„Ich komme mit“, rief ich und schlenderte plaudernd mit meiner Schwägerin zur Damentoilette. „Fieberst du der Geburt schon entgegen?“ Ich verschwand in einer der Kabinen.

„Ich freue mich auf die Kleine, aber dieses Mal soll es eine Hausgeburt werden. Krankenhäuser machen mir Angst.“

Lachend trat ich ans Waschbecken und seifte mir die Hände ein. „Wirst du denn gut betreut?“

„Meine Hebamme ist hervorragend..." Ich hörte sie aufstöhnen.

„Alles in Ordnung, Cécile?" Ich griff nach einem Handtuch und wandte mich zu der geschlossenen Kabinentür um.

Cécile öffnete die Kabinentür und sah mich weit aufgerissenen Augen an. Zu ihren Füßen ergoss sich eine Pfütze. „Ich glaube es nicht: Die Fruchtblase ist geplatzt! Meine Hebamme ist zwei Stunden entfernt in Marseille und... und... Damit habe ich noch nicht gerechnet…"

„Nur keine Panik!" Ich nahm ihren Arm und führte sie aus der Toilette heraus. „Wenn du eine Hausgeburt haben willst, bekommst du sie."

Ungläubig sah sie mich an. „Das würdest du tun?"

„Sicher!" Ich strich ihr beruhigend über den Rücken. „Jetzt bringen wir dich erst einmal ins Auto."

Die Familie schien aufgeregter zu sein, als die werdende Mutter selbst. Gemeinsam mit Aurelie brachte ich sie zum Auto. Gérard war voller Vorfreude, machte sich jedoch Sorgen, weil sich der Nachwuchs zehn Tage vor Errechnungstermin ankündigte.

Während Aurelie, die neben Cécile auf den Rücksitz geklettert war, beruhigend auf diese einredete, erklärte ich meinem Bruder, dass seine Frau und Tochter bei mir in guten Händen waren, und wählte gleichzeitig Toms Nummer. Er hob ab. Ich gab ihm direkt eine Wegbeschreibung zu meinem Elternhaus, das nur wenige Kilometer vom Hotel entfernt lag. „Ich brauche meinen Arztkoffer. Er steht neben dem Schrank. Meine Schwägerin bekommt das Baby."

Mit quietschenden Reifen hielten wir in der Einfahrt. Aurelie schloss die Haustür auf und versprach, sich um Etienne zu kümmern, der friedlich in seinem Autositz schlummerte und von all der Hektik um ihn herum nichts mitbekam.

Wir brachten Cécile ins Gästezimmer, wo sie über die Feierlichkeiten mit Gérard und Etienne untergebracht war. Aus einem Koffer zog sie ein langes, weites T-Shirt und Gérard half ihr beim Umziehen.

Nachdem ich einen Stapel saubere Handtücher besorgt hatte, halfen wir Cécile dabei, es sich auf dem Doppelbett bequem zu machen. Ich hob ihr T-Shirt an, um den Muttermund abzutasten. „Es wird nicht mehr lange dauern", sagte ich lächelnd.

„Das Baby kommt!" Cécile hielt sich den Bauch und blickte erwartungsvoll zu Gérard. „Ich liebe d...", begann sie, wurde aber von einer Wehe erfasst und krallte ihre Fingernägel in seinen Unterarm.

Ich ging ins Badezimmer, um mir die Hände gründlich zu waschen.

„Ich musste irgendwas tun, deswegen sind wir euch hinterher gefahren und das hier habe ich in der Apotheke besorgt!" Maman platzte ins Bad und hielt mir eine riesige Packung medizinische Handschuhe entgegen.

Aurelie lehnte im Türrahmen. „Die pinkfarbenen Gummihandschuhe zum Gemüseschälen wären doch auch gut gekommen", scherzte sie.

Dankend griff ich nach der Packung. „Was ist mit Etienne?"

„Schläft wie ein Stein."

Ich zog die Handschuhe über, drückte die Türklinke mit dem Ellbogen runter und schenkte meiner Schwägerin ein aufmunterndes Lächeln. Sie lehnte den Kopf zurück und stöhnte unter einer Wehe. „Setzt dich hinter sie", wies ich meinen Bruder an.

Gérard folgte meiner Aufforderung. Mit dem Rücken gegen die Wand küsste er seine Frau auf den Scheitel und hielt ihre Hände in seinen.

„Kann ich etwas tun?", flüsterte Maman durch einen Türspalt.

Fragend blickte ich Cécile an, die bloß fleißig atmend nickte.

„Komm rein, Maman." Ich drückte ihr ein Handtuch in die Hände. „Vielleicht kannst du Cécile den Schweiß von der Stirn wischen." Ich kniete mich vor das Bett und war froh, dass ich ein weit fallendes Kleid angezogen hatte, das mir genügend Bewegungsfreiheit ließ. „Scheint, als wollte die Kleine wirklich nicht länger warten."

Wenige Minuten später stürzte Tom in grauer Baumwollshorts und zerknautschtem T-Shirt ins Zimmer. Dann ging alles ganz schnell. Gérard hielt Cécile Händchen und verzog bei jedem Pressen ebenso wie seine Frau das Gesicht. Maman wischte Cécile mit dem Tuch über die Stirn und ich gab Anweisungen. „Das Köpfchen ist schon da. Noch einmal pressen!"

Cécile schüttelte mit offenem Mund den Kopf. „Ich kann nicht", japste sie.

„Du kannst, Cécile!"

„Du kannst, Liebling!"

Cécile blickte mich mit hochrotem Kopf an. Ihre Hochsteckfrisur hatte sich aufgelöst. Blonde Strähnen klebten an ihren verschwitzten Schläfen.

„Pressen!"

„Ah!", schrie Cécile und drückte Gérards Hände und da lag mir das schreiende Neugeborene in den Armen. Ich streckte wie aus Gewohnheit die Hand aus und Tom reichte mir die Utensilien. Lächelnd blickte ich ihn an. „Cécile, du hast es geschafft!" Ich durchtrennte die Nabelschnur, hörte die Kleine ab und wickelte sie schließlich in Tücher, um sie ihrer vor Glück und Erleichterung weinenden Mutter in die Arme zu legen. „Sag `hallo´ zu deinen Eltern."

Vor lauter Freude sprang meine Mutter auf und warf sich dem Ersten in die Arme, den sie erreichen konnte: „Kinder, es ist tatsächlich ein Mädchen!" Schmunzelnd betrachtete ich die Szene. Tom legte eine Hand auf Mamans Rücken. Er wusste scheinbar nicht, wie ihm geschah. Plötzlich hielt sie inne, hielt Tom auf Abstand an den Unterarmen und sagte: „Wer sind Sie eigentlich?"

Erwartungsvoll sah ich zu ihm hoch. Er warf mir einen kurzen Blick zu. Wie sollte er sich vorstellen? „Dr. Lucas, ein Kollege von Adrienne"? „Tom, ein Freund von Adrienne"? Oder „Ich vögele mit ihrer Tochter"? Lächelnd wandte er sich meiner Mutter zu. „Tom Lucas. Adrienne und ich sind zusammen."

Maman schaute so überrascht auf mich herab, wie ich mich fühlte. Hatte er tatsächlich „zusammen" gesagt? Vielleicht fehlte ihm das Vokabular, um es anders auszudrücken? Oder waren wir wirklich ein Paar? Ich nahm mir vor, ihn zu einem späteren Zeitpunkt nach seinen Französisch-Kenntnissen zu fragen. Doch zuerst kümmerte ich mich um die frisch gebackene Mutter und das Neugeborene. Beide waren wohl auf. Der Kreislauf des Babys war stabil. Cécile war sehr erschöpft, aber ein wenig Schlaf würde ihr helfen, sich zu erholen.

Maman machte sich sofort daran, die blutverschmierten Handtücher und Laken durch saubere zu ersetzen und knüpfte mir gleich mein Kleid ab. „Falls du die Flecken wieder rausbekommen willst, würde ich nicht bis zum Ende deines Urlaubs mit dem Waschen warten. Borge dir etwas aus meinem Schrank."

Aurelie stieß zu mir, als ich eines von Mamans T-Shirts übergezogen hatte und in eine Leinenhose stieg. „Falls ich irgendwann einmal Kinder kriegen sollte – was nur in ganz ganz ganz ganz weiter Zukunft denkbar wäre – will ich dich dabei haben." Sie legte einen Arm um meine Schultern.

Gemeinsam stiegen wir die Treppenstufen hinunter. Auf der unteren Stufe angekommen, erblickten wir Tom, der im Wohnzimmer ein Glas Wasser in der Hand hielt und scheinbar den Worten meines Vaters lauschte. Er hob den Blick und lächelte mich an.

„Hallöchen, wer bist du denn?", gurrte meine Schwester.

Lächelnd befreite ich mich aus Aurelies Armen, streckte die Arme nach Tom aus, der mich in eine Umarmung zog. „Gute Arbeit!"

Ich war dankbar über Papas Angebot, uns zum Hotel zu fahren. Maman sah noch einmal nach Gérard und Cécile und ich wollte nichts anderes, als zum dritten Mal an diesem Tag duschen.

„Adrienne", murmelte Tom, der sich unter der Dusche von hinten an mich schmiegte, während ich mich einseifte.

„Hm?"

„Ich..." Seine Lippen verharrten an meiner Ohrmuschel. „Du... warst großartig."

„Danke für deine Hilfe." Ich drehte mich zu ihm um. „Sag mal, wie viel Französisch sprichst du eigentlich?"

Er schien überrascht von dem plötzlichen Themenwechsel, ging aber darauf ein. „Ich kann mich verständigen."

Ich fuhr ihm mit den Fingerspitzen durch das nasse Haar. Also hatte er zufällig das Wort „zusammen" benutzt?!

Er gab mir einen Kuss und sagte dann: „Damals, nach der Hochzeits-Baby-Sache war ich ein Jahr in Kanada."

Damit brachte er mein Herz zum Hüpfen, dass ich das Gefühl hatte, es würde mir aus der Brust springen. Er konnte fließend Französisch!

27

Paperweight

„…been up all night staring at you, wondering what's
on your mind…"
–   Joshua Radin

Den nächsten Tag verbrachten Tom und ich mit Sightseeing in St. Tropez. Am Hafen trafen wir auf Michèle, die mit einer Freundin in einem Café saß und Café au lait schlürfte. Sie erzählte, dass unser Bruder mit seiner Frau und den Kindern nach Hause gefahren war, damit sie dort bis zum Wochenende erst einmal das Familienglück genießen konnten.

„Bevor ich es vergesse…" Mischa fasste Tom am Oberarm. „Du musst morgen mit zu unserem Segelausflug kommen!"

„Ein Segeltörn also", sagte Tom. Wir setzten unseren Spaziergang fort.

Ich nickte. „Henry, Mischas Verlobter, hat ein kleines Boot. Wir segeln den ganzen Tag übers Meer, lassen uns die Sonne auf den Bauch scheinen und gehen abends gemütlich essen."

„Hört sich cool an."

„Ja und weißt du, was wir jetzt noch Cooles machen?" Ich verschränkte meine Finger in seine. „Eis essen!"

Mit den Eiswaffeln in der Hand spazierten wir zum Strand. Kurz bevor der Sand die Promenade erreichte, verschlang ich das letzte Stück Waffel, stieg aus meinen Sandalen und rannte zum Meer. Die Sonne ging gerade unter und tauchte den Ozean in ein schimmerndes Dunkelblau. Der Strand war fast menschenleer. Eine Welle spülte Sand zwischen meine Zehen, Salzwasser spritzte bis zu meinen Knien. Ich atmete tief ein und aus, schloss die Augen und genoss die letzten Sonnenstrahlen. Toms Hände legten sich von hinten um meinen Bauch. Während ich meine Hände auf seine legte und auf das Meer hinaus blinzelte, ließ ich mich rücklings gegen ihn fallen. Eine leichte Windböe strich mir die Haare aus dem Gesicht. Ich hätte ewig nur so dort stehen können, das Meer, die Sonne beobachten und Toms Wärme spüren können, wenn eine große Welle mir nicht wortwörtlich den Boden unter den Füßen weggezogen hätte. Doch Tom zog mich zurück. Er hielt mich fest. Eine Gänsehaut breitete sich über meinen Armen aus, als er seine Lippen fest auf meine drückte und er schließlich an meiner Unterlippe saugte.

„Ist dir kalt?", flüsterte er.

Ich schüttelte den Kopf, nahm seine Hand in meine und wir spazierten den Strand entlang, dort wo das Meer weiße Wellen über den Sand spülte und das Wasser langsam wieder zurück wich. Das Meer hatte etwas Magisches an sich und war dennoch so natürlich. Mit jedem Wellenstoß verwischte es unsere Fußspuren und hinterließ ein unberührtes Stückchen Erde. Das Rauschen des Meeres, die laue Abendluft und Toms Hand in meiner. Es gibt nur wenige solcher Momente im Leben, aber dieser Moment war es: Perfekt.

Die Sonne schien vom wolkenlosen Himmel. Der Wind spannte die Segel. Möwen flogen kreischend über unsere Köpfe hinweg. Gemeinsam mit meinen Schwestern lag ich im Bikini mit Sonnenbrille auf der Nase an Deck. Aus den Augenwinkeln beobachtete ich Tom, der lässig mit Henry und einem seiner Freunde weiter hinten saß und sich in die goldenen Regeln des Segelns einweisen ließ.

„Er ist heiß." Aurelie ließ den Kopf nach hinten fallen und stützte sich auf den Ellbogen ab. „Aber warum du ihn mitgebracht hast, obwohl ihr angeblich gar nicht so eng miteinander seid, hast du uns noch nicht erzählt." Mischa versetzte ihr einen Tritt. „Was denn? Interessiert dich das etwa nicht?" Aurelie schob ihre Sonnenbrille auf den Kopf und blickte mich auffordernd an.

Nicht wissend, was ich antworten sollte, zuckte ich die Schultern. „Ich hatte ihm angeboten, mitzukommen, aber ich hatte das Gefühl, eine Hochzeit wäre ihm zu... familiär. So, als würde das mehr bedeuten, als es eigentlich bedeutet."

Aurelie seufzte. „Du wirst wieder kompliziert!"

Mischa sah mich direkt an. „Und wieso ist er dann hier, Adrienne?"

Erneut zuckte ich die Schultern. „Er sagt, er hat mich vermisst."

„Woraufhin ihr unglaublichen Wiedervereinigungssex hattet..." Aurelie ließ die Sonnenbrille zurück auf ihre Nase sinken.

Ich ließ das mal unkommentiert. „Maman gegenüber hat er erklärt, dass wir zusammen sind."

„Du hast immer noch nicht mit ihm geredet." Es war mehr eine Feststellung als eine Frage. Mischa besah mich mit einem tadelnden Blick.

„Was soll ich sagen?" Meine Stimme wurde schrill.

„Dass du ihn liebst?!" Flüsternd runzelte Mischa die Stirn und ich hatte das Gefühl, in Tränen ausbrechen zu müssen.

Ich hatte Angst. Angst, ihn mit einer Offenbarung meiner Gefühle zu vertreiben. „Wir kennen uns doch noch gar nicht lange..."

„Welche Rolle spielt schon die Zeit, wenn die Gefühle dir sagen, dass es für den Rest deines Lebens sein könnte?"

Aurelie bedachte Mischa mit einem verwunderten Blick. „Kurz vor der Hochzeit lässt sie noch einmal so richtig die Romantikerin raus!"

Mischa versetzte der Kleinen einen Schupser.

„Dieser Mann ist das Beste, was mir je passiert ist. Aber ich weiß genauso gut, dass es sich auch zum Schlimmsten wenden könnte." Meine Stimme war nur ein Flüstern.

Mischa lehnte ihren Kopf an meine Schulter. „Vertraue deinem Herzen, es klopfte schon bevor dein Kopf denken konnte."

Wenn es nur immer so einfach wäre, wie es sich anhörte.

Als wir vom Abendessen zurück ins Hotel kamen, und ich Seite an Seite mit Tom vor dem Badezimmerspiegel stand und meine Haare kämmte, hatte ich mir fest vorgenommen, mit ihm zu reden. Es fühlte sich an wie eine feste Beziehung, aber war es das auch?

Er legte einen Arm um meine Taille und murmelte: „Du bist verdammt sexy, weißt du das?"

Ich blickte in seine grauen Augen und wusste, dass ich hoffnungslos verliebt in ihn war. Mit Haut und Haaren wollte ich diesen Mann! Reden ließ sich später auch noch. Also legte ich die Bürste zur Seite und machte mich von ihm los. Rücklings machte ich ein paar Schritte, bis ich im Türrahmen stand. Einen Arm am Türrahmen empor gestreckt, den anderen in die Taille gestützt, legte ich den Kopf schief, sodass meine Haare meine Schulter umspielten. Verführerisch zog ich eine Augenbraue hoch.

Tom kräuselte die Lippen. „Sexy ist gar kein Ausdruck!" Langsam kam er auf mich zu, strich mir eine Haarsträhne hinters Ohr und senkte seinen Mund auf meine Lippen.

„Ich kann nicht genug von dir bekommen." Mit dem Finger zeichnete ich die Furche entlang seiner Hüftknochen nach, liebkoste seine Brust und genoss das Streicheln seiner warmen Hände auf meinen Rücken, meinen Armen, meinen Brüsten...

Rückwärts machte ich ein paar Schritte auf das Bett zu, ließ mich auf der Bettkante nieder und senkte meinen Körper über die ausgestreckten Arme nach hinten ab. Als ich mich auf den Bauch rollte, das Kinn auf eine Hand stützte, mit der Fingerspitze über meine Unterlippe strich und ihm über die Schulter einen lasziven Blick zu warf, stürzte er sich auf mich. „Madame, vous êtes une..." Er knabberte an meinem Nacken und fuhr mit einer Hand über meinen Po. „`Verführung´ auf Französisch?"

„Séduction", hauchte ich.

„Uuuuh, Adrienne", flüsterte er mit heiserer Stimme. „Du bist die Meisterin der Verführung."

Ich rollte mich unter ihm auf den Rücken und blickte in seine glänzenden Augen. Mein Herz hüpfte. Ich zog sein Gesicht zu mir herab. Ja, ich liebte diesen Mann.

„Tom, bist du noch wach?" Viel zu lange starrte ich schon grübelnd an die Zimmerdecke, an der sich ein immer wiederkehrendes Schattenspiel abmalte. Mir ging zu viel durch den Kopf, sodass ich unmöglich schlafen konnte.

„Hm", brummte er.

„Tom?"

Er robbte sich enger an mich und legte eine Hand auf meinen Bauch. „Chérie?"

Ich sah auf ihn hinab, wie er da mit geschlossenen Augen versunken in sein Kopfkissen lag. Zärtlich strich ich ihm mit der Fingerspitze über die Schläfe. Seine Wange zuckte und ein Grübchen malte sich ab. Unwillkürlich musste auch ich lächeln. „Mischa möchte, dass du morgen mit zur Hochzeit kommst." Das auch, aber das andere brachte ich einfach nicht über meine Lippen.

Tom öffnete kurz ein Auge und schloss es dann wieder. „Zufällig habe ich einen Anzug im Gepäck."

„Gut."

Er antwortete nicht.

Sollte ich ihn einfach schlafen lassen? In Gedanken zählte ich bis hundert. „Tom?" Mit dem Zeigefinger klopfte ich auf seinen Unterarm.

„Hm."

Mit der Hand strich ich über die Härchen, die seinen Unterarm zierten. „Ich kann nicht schlafen", flüsterte ich.

Seine Lider flackerten und Hände krabbelten unter mein Top. Dann küsste er meine Schulter und schien von der einen auf die andere Sekunde wieder hellwach zu sein. „Worauf hast du denn Lust?" Mit den Zähnen zog er den Träger meines Tops hinunter.

Kichernd drehte ich mich auf die Seite und strich über die kleine Einbuchtung zwischen seinen Rippen und Hüftknochen. Ich küsste ihn leidenschaftlich auf den Mund und setzte den Weg über seinen Hals, Oberkörper und Bauch fort, bis ich unter der Bettdecke verschwand.

Neben mir schlief Tom mit dem Gesicht eines friedlich schlummernden Babys. Die Bettdecke war herunter gerutscht und gab den Blick auf seinen Bauch frei. Dort, wo sich die Härchen unterhalb des Nabels ausbreiteten, verdeckte das Laken seine Männlichkeit.

Seufzend hob ich eine Hand, um ihm mit dem Daumen über die Wange zu streichen. Sein linker Mundwinkel zuckte und brachte erneut das Grübchen zum Vorschein. Als er die Augen öffnete, sah er mich aus seinen grauen Augen an. Ein Lächeln zauberte das zweite Grübchen auf seine rechte Wange.

„Guten Morgen."

„Morgen", flüsterte ich zurück. Den linken Arm unter seine Seite schiebend, kuschelte ich mich an ihn.

Er strich mit den Fingerspitzen meine Wirbelsäule entlang.

Wohlig ausatmend legte ich mein Kinn auf seinem Schlüsselbein ab. Sein Dreitagebart schmiegte sich an meine Wange. Ich spürte seinen Herzschlag an meiner Brust. Einen Moment ging er im Gleichschritt mit meinem.

„Ich liebe dich."

Mein Herz setzte aus, ich traute mich kaum, zu atmen. Sein Fuß strich über meinen Unterschenkel. Ich schloss die Augen und atmete tief ein. Langsam entfernte ich mich einige Zentimeter von ihm, nur so viel, um in seine Augen sehen zu können. Sie musterten meine.

Mein Brustkorb fühlte sich an, als säße darin ein mit Edelgas gefüllter Luftballon. „Ich liebe dich auch." Mit meiner Antwort schien der Ballon zu platzen und ich spürte eine Wärme, die sich in alle Richtungen auszudehnen schien.

Um seine Augen bildeten sich kleine Furchen, als er lächelte und mich küsste. Er zog mich fest zurück in seine Arme. Blinzelnd sah ich der Sonne entgegen, deren Strahlen sich einen Weg durch den Vorhang bahnten.

Meine Laune hatte ihren Höchstpunkt erreicht. Doch ich war nicht die Einzige, die den ganzen Tag über strahlte. Mischa sah in ihrem Kleid einfach unglaublich aus. Es war haargenau, wie sie es beschrieben hatte. Ihre mit echten Blüten verzierten Haare fielen in vollen Locken über die schmalen Träger, die das Dekolleté mit Hilfe des Bandes unter der Brust zu einem verführerischen Blickfang machten. Durch die asymmetrische Form und den Absatz ihrer an den Fesseln geschnürten Sandaletten wirkten ihre Beine besonders grazil. Sie sah von Kopf bis Fuß wunderschön aus.

Scherzhaft hob ich ihren Rock hoch. „Dein Höschen sitzt richtig herum." Lachend gab ich ihr einen Kuss auf die Wange und verschwand mit Aurelie und Maman nach draußen.

Vor der Meereskulisse stand der Priester mit gefalteten Händen. Neben Henry wartete sein unverkennbarer Bruder, den meine jüngste Schwester natürlich längst ins Auge gefasst hatte.

„Sie ist wunderschön", flüsterte ich, mich neben meinem Bruder und Tom niederlassend.

„Du bist wunderschön." Tom drückte meine Hand.

Die Musik ertönte. Ein Rascheln ging durch die Reihen. Die Gäste erhoben sich von ihren Plätzen und schauten erwartungsvoll zu den Flügeltüren. Da kam die Braut.

Nach der Trauung versammelten sich die Gäste in einem weißen Stoffzelt. Sträuße aus weißen Rosen mit rosafarbenen Blütenspitzen schmückten die Tischmitte. Die Menükarte war in Schmetterlingsform gehalten, ebenso die Tischkarten, die an jedem Glas befestigt waren. Neben meinem Schildchen erblickte ich einen Schmetterling mit der ge-

271

schwungenen Aufschrift „Tom". Ob Michèle gewusst hatte, dass ich ihn mitbringen würde?

Tom hielt meine Hand, während Reden geschwungen und Toasts ausgesprochen wurden. Mein Blick war auf das Brautpaar gerichtet, das die mehrstöckige Himbeer-Creme-Torte anschnitt, doch ich spürte seinen Blick auf mir. Lächelnd sah ich ihn an, den Mann an meiner Seite, der voller Wärme zurück lächelte.

Beim Hochzeitstanz malte er kleine Kreise auf die Stelle zwischen Daumen und Zeigefinger, auf die er mir in der Eingangshalle des Krankenhauses ein Herz gemalt hatte, und forderte mich, nachdem auch Aurelie Henrys Bruder auf die Tanzfläche geschleppt hatte, zu einem Tanz auf.

Die Dämmerung brach ein und es wurde verkündet, dass das Brautpaar nun zum Flughafen aufbrechen würde, um zwei Wochen auf den Seychellen zu verbringen. Doch vorher wollte die Braut noch ihren Brautstrauß werfen.

„Komm schon!" Aurelie ergriff meinen Arm und zog mich hinter sich her in einen Kreis unverheirateter Frauen, die aufgeregt auf den Brautstraußwurf warteten.

Mischa zwinkerte, bevor sie sich umwandte. Hatte sie *mir* zugezwinkert? Sie ging leicht in die Knie und sobald sie sich aufrichtete, flog der Strauß in einem weiten Bogen durch die Luft. Das weiße Seidenband flatterte im Wind. Frauen kreischten, drängten sich enger zusammen und reckten die Arme in die Luft. Der Strauß aus weißen Rosen und Hortensien landete in meinen Armen. Mein Herz setzte für einen Augenblick aus und als ich bemerkte, dass sich meine Kehle zuschnürte und mir Tränen in die Augen stiegen, blinzelte ich sie eilig weg. Ich hob den Kopf und blickte über die enttäuschten und erschrockenen Frauengesichter hinweg in die Augen meiner Schwester. Sie lächelte.

28
I won't let you go

„If your sky is falling just take my hand and hold it..."
– James Morrison

Falls Tom meine Verwunderung über den Fang des Brautstraußes gemerkt hatte, hatte er nichts dazu gesagt. Stattdessen hatte er mich liebevoll auf die Stirn geküsst und mir zugeflüstert, dass er mich liebte.

Wir verbrachten noch ein paar Tage unter der französischen Sonne, die leider viel zu schnell verstrichen. Bevor wir uns versahen, saßen wir schon wieder im Flieger.

Nachdem ich Tom vor seiner Wohnung abgesetzt hatte, fuhr ich nach Hause. Es war ein komisches Gefühl, in die leere Wohnung zu kommen. Ich hatte mich schon fast daran gewöhnt, nicht mehr alleine zu sein. Die Tage mit Tom waren wunderschön gewesen und ich hätte die Zeit gern verlängert, aber die Pflicht rief.

Um nicht ganz allein in dieser Stille zu sein, betätigte ich den Anrufbeantworter. Jenny hatte mir eine Nachricht hinterlassen. Ich rief sie an, während ich den Koffer auspackte und erzählte ihr von der Hochzeit – ausgenommen davon, dass ich den Brautstrauß gefangen und Tom und ich bereits die drei Worte ausgesprochen hatten.

Das alles kam mir noch zu surreal vor. So, als hätten wir ein kleines Geheimnis. Insgeheim hatte ich auch ein wenig Angst, dass, wenn ich es jemandem erzählen würde, alles kaputt gehen könnte. Unsere Beziehung war wie ein Luftballon, der sich einen Weg aus einem Nadelwald suchte.

Tom gab mir halt, aber ich wusste, dass bereits ein winziger Nadelstich dafür verantwortlich sein konnte, dass dieser Traum platzte.

***

Zwar hatten Tom und ich nicht mehr über sein Angebot gesprochen, dass ich eine Praxis bei ihm eröffnen könnte, dennoch stand die Frage im Raum. Natürlich sprach vieles dagegen. Erstens, dass wir nun ein Paar waren und im Fall einer Trennung eventuell nicht mehr alles so traumhaft aussehen würde, wie wir es uns vielleicht vorstellten. Zweitens würde ich einige meiner Kollegen aus dem Krankenhaus sehr vermissen. Drittens würde mein Arbeitsweg ein wenig verlängert werden...

Aber es gab auch so viel Positives: Die Schichten würden wegfallen, ich würde es schaffen, mich selbstständig zu machen.

Mir war in letzter Zeit Einiges klar geworden. Nicht erst, seitdem Tom mir in Frankreich gesagt hatte, dass er mich liebte. Nein. Denn bereits bevor die ganze Sache zwischen uns begonnen hatte, hatte ich rückblickend eine Menge über mich selbst gelernt. Mir war klar geworden, dass sich etwas in meinem Leben verändern sollte und dass ich selbst für diese Veränderungen sorgen musste.

Aber manchmal fühlte ich mich hilflos, fast schon hilfsbedürftig. Beispielsweise wenn es darum ging, mit Tom zu reden. Ich wusste, dass ich mit ihm reden konnte. Wir konnten stundenlang über alles Mögliche oder Unmögliche reden, aber mir fiel es schwer, über die wirklich wichtigen Dinge zu sprechen, weil ich Angst hatte, ich könnte damit etwas kaputt machen. Ihn vergraulen.

Worauf ich wartete? Auf den richtigen Zeitpunkt, mit Tom zu reden, um ihm zu sagen, wie ich mich bezüglich seines Angebots entschieden hatte. Aber der Zeitpunkt wollte einfach nicht kommen. Unsere Schichten lagen ungünstig, sodass wir uns seit der Rückkehr aus Frankreich vor zwei Wochen nur einmal getroffen hatten und ich wollte nicht gleich mit der Tür ins Haus fallen.

Es kam mir mittlerweile vor, als ob Tom einen Bogen um das Thema machen würde. Einmal telefonierten wir. Er räumte ein paar Regale aus, um deren Inhalte in Kartons zu verpacken. Als ich ihm meine Hilfe anbot, meinte er, dass er nur ein paar Kleinigkeiten verstauen wollte und schlug vor, mich eine Stunde später zu einem Picknick abzuholen. Ob er seine Meinung geändert hatte? Wir sprachen nicht darüber.

***

Gegen Mittag klopfte es hektisch an der Behandlungszimmertür. Ich legte das Untersuchungsbesteck zur Seite und deutete der Patientin, dass sie sich wieder anziehen konnte. „Ich mache Ihnen ein Rezept fertig."

Louisa kam mit erschrockenem Gesichtsausdruck durch die Tür. „Adrienne, wir brauchen dich dringend!"

„Bin sofort da!" Schnell warf ich die medizinischen Handschuhe in den Mülleimer, drückte zweimal auf den Seifenspender und wusch mir eilig die Hände. Unterdessen forderte ich Schwester Gerda auf, sich um die Patientin in der Umkleide zu kümmern.

Ich lief neben Louisa her, die mir in Kürze ein paar Fakten nannte. „Patientin mit Drillingen. Fünfunddreißigste Schwangerschafts-woche. Starke Blutungen."

Als ich das Behandlungszimmer betrat, erkannte ich die Patientin wieder. „Frau Baumert, ich werde Sie jetzt untersuchen. Wie lange haben Sie die Blutungen schon?" Während sie mir erzählte, dass die Blutungen vor etwa einer halben Stunde eingesetzt hatten und sie daraufhin sofort mit ihrem Mann zum Krankenhaus gefahren sei, musste ich feststellen, dass bei einem Fötus kein Herzschlag zu vernehmen war. Ich bekam eine Gänsehaut. „Haben Sie irgendwelche Veränderungen festgestellt?"

Frau Baumert schüttelte bloß den Kopf und drückte die Hand ihres Mannes, der mit angespanntem Gesichtsausdruck neben ihr stand.

Louisa warf mir einen flüchtigen Blick zu. Es bestand kein Zweifel. „Bei einem Fötus ist kein Herzschlag festzustellen."

„Was soll das heißen?" Erschrocken sah Herr Baumert mich an.

Frau Baumert schluchzte. „...tot?"

Louisa legte ihr behutsam eine Hand auf die Schulter.

„Was ist mit den anderen Babys, geht es ihnen gut?"

„Wir müssen die beiden sofort holen."

„Das ist doch viel zu früh, ich bin erst in der fünfunddreißigsten..." Frau Baumert schlug schluchzend die Hände vors Gesicht und schüttelte den Kopf. Ihr Puls beschleunigte sich.

„Frau Baumert, es ist sehr wichtig, dass Sie Ruhe bewahren." Ich gab Louisa ein Zeichen, dass alles für einen Kaiserschnitt vorbereitet werden sollte. Da ich nicht sicher sagen konnte, wann das Herz des Babys aufgehört hatte, zu schlagen, und Blutungen eingesetzt hatten, wurde es höchste Zeit zu handeln.

Ich trat aus dem Operationssaal auf den Flur. Herr Baumert saß den Kopf in beide Hände gestützt auf einem Stuhl. Er hob den Blick. Die Tür hinter mir fiel zu. Er stand abrupt auf. „Warum hat denn das so lange gedauert? Das heißt nichts Gutes, oder?"

Ich ging auf ihn zu. „Das ist ganz normal für einen Kaiserschnitt. Ihre Frau ist wohl auf." Behutsam legte ich ihm eine Hand auf den Oberarm und deutete ihm, sich zu setzen. „Die beiden Babys liegen nun im Inkubator, es geht ihnen den Umständen entsprechend gut." Ich spürte, wie die Anspannung aus seinen Gesichtszügen wich. „Sie müssen vermutlich noch einige Tage oder Wochen an die Beatmungsgeräte angeschlossen werden, da sie noch zu schwach sind, um selbst zu atmen." Ich blickte in Herrn Baumerts erwartungsvolle Augen. „Für das dritte Kind konnten wir leider nichts mehr tun."

Eine Träne lief an seiner Wange hinab. „Wir hätten gleich hierher fahren sollen, als Marion heute Morgen über ein Ziehen klagte. Aber ich dachte, ..."

„Herr Baumert..." Ich musste schlucken, bevor ich weitersprach. „Sie haben alles richtig gemacht. Auch wenn Sie bereits heute Morgen mit Ihrer Frau hergekommen wären, hätten wir nichts mehr tun können."

„Das heißt, es war schon lange..." An dem letzten Wort schien er zu ersticken.

Ich blinzelte die aufkommenden Tränen weg und räusperte mich. „Vermutlich hat das Herz in dieser Nacht aufgehört zu schlagen."

„Aber bei den Untersuchungen war doch alles in Ordnung?"

„Es gab keine Anzeichen von Komplikationen." Ich nickte. „Eine Mehrlingsgeburt ist jedoch immer eine Risikoschwangerschaft."

Eine Weile starrte er auf seine Schuhe. „Den anderen Babys geht es gut, sagen Sie?"

„Ja." Ich lächelte ihn an. „Möchten Sie die beiden jetzt sehen?"

Er nickte und ich begleitete ihn auf die Frühchen-Station. Mit gekräuselter Stirn betrachtete er die Winzlinge in den Wärmebettchen. „Ein Junge und ein Mädchen", flüsterte er und Vaterstolz lag in seinem Blick. „Ich würde gerne zu Marion. Sie soll nicht alleine sein, wenn sie aufwacht."

Nachdem ich Herrn Baumert zu seiner Frau begleitet hatte, packte ich meine Sachen und machte mich auf den Weg nach draußen. Vor dem Krankenhaus ließ ich mich auf einer Bank nieder. „Was für ein Tag!" Ich stützte die Ellbogen auf die Knie und faltete die Hände zusammen. Tief sog ich Luft ein und schloss die Augen.

Bevor ich die Tränen von der Wange wischen konnte, spürte ich einen Arm um meine Schultern. Ich öffnete die erschöpften Lider und sah in graue Augen, die besorgt auf mich hinunter sahen. Langsam ließ ich meinen Kopf an seine Schulter sinken. „Manchmal mag ich meinen Job absolut nicht."

Tom gab mir einen Kuss auf die Stirn. „Gib mir deine Schlüssel, ich bringe dich nach Hause."

Tom machte mir eine heiße Tasse Tee, während ich mich wie ein Häufchen Elend auf dem Sofa zusammenrollte. Das Geräusch des blubbernden Wassers im Wasserkocher war plötzlich störend laut. Mit dem Zipfel meines T-Shirts wischte ich mir die Tränen von den Wangen.

Tom stellte die Tasse auf den Couchtisch und setzte sich neben mich. Langsam strich er mir über den Rücken. „Was ist passiert?"

Ich blickte ihn an und wieder kamen die Tränen hoch. Tom griff mir unter die Arme und zog mich auf den Schoß wie ein Kleinkind. Er blickte mich an, bis ich zu erzählen begann. Ich erzählte ihm von Frau Baumert, wie sie vor Monaten in die Klinik gekommen war und mir bei jeder weiteren Untersuchung erzählt hatte, dass sie es immer noch nicht glauben konnte, endlich Mutter zu werden. Ich erzählte Tom vermutlich jede Kleinigkeit, sogar davon, wie ich das tote Baby in den Händen gehalten und an eine Schwester weitergegeben hatte. „Sie haben sich so lange ein Baby gewünscht und waren unendlich froh, dass es ge- klappt hat und dann hat einfach ein Herzchen aufgehört zu schlagen."

Tom strich behutsam mit einem Finger über meine inei- nander gefalteten Hände. „Das ist furchtbar... Aber zwei der Babys geht es gut und sie werden durchkommen."

„Hm", schniefte ich. „Aber es ist so traurig."

„Das ist es, aber du hättest nichts ändern können."

Eine Weile schwiegen wir.

„Ich habe Angst", sagte ich plötzlich.

„Angst?"

Ich nickte ohne ihn anzusehen, stattdessen rollte ich den Ärmel seines T-Shirts ein und wieder aus.

„Süße, wovor hast du Angst?" Tom hob mein Kinn behut- sam an, sodass ich ihn ansehen musste.

Ich zuckte mit einer Schulter, was wie ein Auslöser funktio- nierte, denn erneut flossen Tränen. „Davor, dass ich zu lange warte und keine bekommen kann..." Meine Stimme war so leise, dass es ein Wunder war, dass Tom mich verstanden hatte. Dabei wäre es mir fast lieber gewesen, wenn dem nicht so gewesen wäre. Ich presste die Lippen aufeinander.

Tom sah mich an und sprach ohne den Blick von mir zu lassen: „Du bist eine gesunde Frau im besten Fortpflanzungsalter." Sein Lächeln war ansteckend. „Deine Angst ist unbegründet."

Ich wischte eine Träne aus dem Augenwinkel und schwieg. Das war mir klar, aber ich war noch nicht so weit. Tom und ich waren noch nicht so weit, dass wir an gemeinsame Kinder dachten. Dachten wir überhaupt schon an eine gemeinsame Zukunft? War eine gemeinsame Praxis unsere Zukunft?

„Wo ist das Problem?"

Meine Brust spannte. „Mutternatur hat vorgesehen, dass Männlein und Weiblein dafür zusammenkommen müssen." Ich zog eine Grimasse und hatte das Gefühl, mein Kopf müsste gleich vor Anspannung explodieren. Aber was hatte ich zu verlieren? Ihn. Tom.

Meine Angst war völlig unbegründet. Mit einem warmen Lächeln, das seine Grübchen zum Vorschein brachte, sah er mich an. „Reden wir hier übers Baby-Machen, -Kriegen oder das Sich-Binden?" Er gab mir einen Kuss. Meine Lippen fühlten sich vor lauter Heulen an, wie Schlauchboote. „Auch auf die Gefahr hin, dass ich mich für den heutigen Standpunkt vielleicht zu weit aus dem Fenster lehne... Wenn es eine Frau gibt, mit der ich mir vorstellen kann, alt zu werden und Kinder zu kriegen, dann bist du das, Adrienne. Ich habe lange keine Frau kennen gelernt, bei der ich mich so sicher fühle, wie mit dir."

Die Spannung wich aus meiner Brust. Nun brach ich erst recht in Tränen aus. Ich schlang die Arme um seinen Hals und schluchzte hemmungslos.

„Da du dich noch nicht zu der Praxis geäußert hast, weiß ich nicht, wie du dazu stehst. Aber was würdest du davon halten, mit mir zusammenzuziehen? Ich weiß, wir sind noch nicht lange zusammen, aber falls du die Praxis haben willst, wäre es ein enormer Vorteil...“

Ich hörte auf zu schluchzen und unterbrach ihn: „Zusammenziehen?“ Ich runzelte die Stirn und konnte nicht verhindern, dass meine Mundwinkel unter einem unterdrückten Lächeln zuckten. „Meinst du das ernst?“

„Du, da draußen...“ Er deutete mit dem Daumen zum Fenster. „...steht ein kleines Häuschen, das nur darauf wartet, dass es bezogen wird.“

„Ganz ernsthaft? Du willst mit mir zusammenziehen?“

„Ganz ernsthaft.“ Er strich mir über die Wange. „Vorausgesetzt, du willst das auch und hast nicht an einen anderen Mann gedacht, mit dem du deinen Wunsch gerne umsetzen würdest.“

Ich lächelte. „Nein. Das heißt, ja: Ich will mit dir zusammenziehen.“ Ich küsste ihn und war glücklich wie selten zuvor. Wir würden zusammenziehen. Tom und ich. Aufs Land. In ein wunderschönes, großes Haus mit Garten und ich würde eine eigene Praxis haben.

„Du?“, murmelte Tom Lippe an Lippe.

„Hm?“ Ich öffnete die Augen und schielte fast, weil wir uns so nah waren.

„Mit dem Baby-Basteln warten wir aber noch ein Weilchen, oder?“

Ich grinste. „Erst mal muss ich eine Praxis einrichten.“

281

Er lachte. „Das beruhigt mich." Er küsste mich. „Du machst mich unglaublich glücklich, weißt du das?" Er küsste mich erneut, während er mir über den Oberarm strich. „So, jetzt mache ich uns erst einmal etwas zu essen. Irgendwelche Wünsche?"

Nein, ich war wunschlos glücklich.

***

Die nächsten Wochen ging es auf meiner Station etwas ruhiger zu. Tom jedoch hatte bis auf die eine oder andere Pause, die wir gemeinsam verbringen konnten, keine Zeit für mich.

Fast täglich besuchte ich die Baumert-Zwillinge auf der Frühchen-Station. Schon bald konnten sie von den Beatmungsgeräten entfernt werden und eigenständig atmen. Sie entwickelten sich prächtig. Frau Baumert verbrachte fast den ganzen Tag bei ihren Kleinen und Herr Baumert kam jeden Abend auf direktem Weg von der Arbeit hinzu.

Nach knapp drei Wochen, in denen ich von Tom nicht mehr als in den Pausen oder kurzen Telefonaten gehört hatte, konnten die Baumerts ihre Kinder mit nach Hause nehmen.

Am nächsten Morgen, es war mein freier Tag, rief Tom mich an. „Na, Schlafmütze. Ich komme gerade von meiner Schicht, aber nach einem doppelten Espresso bin ich so fit, dass ich dich unbedingt sehen möchte – passt es dir?"

„Natürlich", sagte ich und schlug eilig die Bettdecke zurück. Ich wackelte mit den Zehenspitzen und stand langsam auf. „Wann kommst du her?"

„Ehrlich gesagt, stehe ich schon vor deiner Tür", lachte er.

Erschrocken riss ich die Augen auf. „Oh, okay…"

„Wie schnell kannst du unten sein?"

Ich hatte noch nie so schnell geduscht und mich fertig gemacht. Meine Haare waren zu einem nassen Knoten zusammengebunden, als ich in Toms Auto stieg. „Ich bin so glücklich, dich endlich wieder zu sehen!" Ich nahm sein Gesicht in meine Hände und küsste ihn innig. „Du hast mir so gefehlt."

„Und du mir erst!" Er startete den Motor. „Es war unglaublich viel zu tun und dann ist noch ein Kollege für ganze zwei Wochen ausgefallen…"

„Wohin fahren wir?"

„Ich dachte, es sei langsam mal an der Zeit, ein paar Möbel für unser gemeinsames Zuhause auszusuchen."

**

Nach der Frühschicht sprang ich in meinen Audi, um Tom auf dem Land zu überraschen. Gestern waren die restlichen Möbel für den Wohn- und Essbereich geliefert worden. Unser Zuhause würde eine Mischung aus Alt und Neu sein, wobei „alt" nicht ganz zu traf, denn wir nahmen nichts aus unseren getrennten Wohnungen mit, das nicht mehr gut war. Ausgenommen die Schlafzimmer. Da gehörte alles auf Anfang!

Auf meinem Beifahrersitz stapelten sich Kartons mit diversen Dekorationsartikeln. Der Kofferraum war bis oben hin mit Kissen vollgestopft, die für das neue Sofa gedacht waren.

Nachdem mir ein mit rotem Balken durchgestrichenes gelbes Ortsschild verkündete, dass ich Köln verließ, sprang die Ampel vor mir auf Gelb. Ich schaltete zurück. Als ich in den Leerlauf ging und hielt, sah ich Rot. Durch die verglaste Eingangstür eines Eckhauses, wurde ich kurzzeitig von der Sonne geblendet. Ich wandte den Blick und erkannte Tom unter dem überdachten Eingangsbereich des Einfamilienhauses. Er wandte sich der Frau im Türrahmen zu, die die Arme vor ihrem türkisfarbenen Bademantel verschränkt hielt. Ich erinnerte mich nicht daran, dass Tom mir jemals erzählt hatte, in dieser Gegend jemanden zu kennen. Er machte einen Schritt auf sie zu und umarmte sie. Sie küsste ihn auf die Wange. In diesem Moment riss mich das Hupen eines Autos aus der Szene. Mit quietschenden Reifen fuhr ich los.

Erst am Haus angekommen, hielt ich an. Ich ließ die Stirn auf die Unterarme sinken. War es wirklich Tom gewesen, der aus einem fremden Haus gekommen war und eine nur mit einem Bademantel bekleidete Frau umarmt hatte? Vielleicht sah der Mann ihm einfach nur ähnlich? Nein, es war definitiv Tom gewesen. Konnte ich mich so in ihm getäuscht haben?

Ohne darüber nachzudenken, wählte ich seine Nummer. „Wo bist du?", fragte ich ohne ein Hallo.

„Hey." Seine Stimme klang erschöpft. Oder bildete ich mir das nur ein? „Ich komme quasi gerade aus dem Krankenhaus."

„Quasi?"

„Es gab einen privaten Notfall", fügte er hinzu.

Einen privaten Notfall? Tom hatte doch keine Familie. Wieso log er mich an? Erneut schienen meine Finger nicht mir zu gehören. Sie beendeten den Anruf.

„Ruhig. Ein- und ausatmen", sagte ich zu mir selbst. Scheinbar war es so. Tom war ein Schwein. Tom war DIE Sorte Mann. Wie hatte ich mich so in ihm täuschen können?

„Von wegen `zusammen ziehen´ und `gemeinsam alt werden´!" Mein Magen verkrampfte sich. Mir war todschlecht. Ich schüttelte den Kopf über mich selbst, denn mein Blick fiel auf den Karton neben mir. Was war ich nur für eine dumme, naive Kuh, zu denken, dass alles so einfach sein könnte? Jemand, dem so ein Ruf voraus eilte wie Tom, konnte sich nicht ändern und er würde es sicherlich nicht von heute auf morgen für eine Frau tun.

Das Klingeln meines Handys riss mich aus den Gedanken. Das Display verriet mir, dass es Tom war. „Was soll ich tun?" Mit aufeinander gepressten Lippen starrte ich das Handy in meiner Hand an. Drei Buchstaben blinkten mir entgegen. Ich ließ es klingeln, öffnete die Autotür und schleppte die Kartons heraus. Sollte Tom doch den ganzen Mist behalten!

Ich drehte den Schlüssel im Schloss um und stolperte zur Tür herein. Der Inhalt des oberen Kartons verstreute sich in alle Richtungen. „Scheiße!" Fluchend ließ ich auch den anderen Karton zu Boden fallen. Schwer atmend legte ich eine Hand an die Stirn. Es lief nicht nach Plan.

In der Küche nahm ich eine Tasse aus einem der Kartons, die auf der Kücheninsel standen, ging zum Spülbecken und ließ den Wasserhahn an. „Ein Gutes hat es", murmelte ich beim Abdrehen des Wassers und betrachtete das grau-braun gemusterte Geschirr. „Diese hässlichen Dinger bekomme ich heute das letzte Mal zu Gesicht." Ich nahm einen großen Schluck, stellte die hässliche Tasse auf der Anrichte ab und hatte mich gerade entschlossen, kehrt zu machen, da hörte ich Schritte im Flur.

„Adrienne?" Verwundert steckte Tom den Kopf zur Küche herein.

Ich wandte mich ab.

„Ist was passiert? Du hast aufgelegt, im Flur liegt Zeug in alle Richtungen verteilt..."

Zeug?! „Was willst du?" Abrupt wandte ich mich um.

„Ähm..." Er schien sprachlos. „Wolltest du nicht heute Nachmittag mit Jenny..."

„Planänderung", unterbrach ich ihn erneut.

„Gut für mich." Er besaß doch tatsächlich die Frechheit, zu grinsen! „Ich habe mehrmals versucht, dich zurück zu rufen." Langsam kam er auf mich zu.

Mit verschränkten Armen lehnte ich mich rücklings gegen die Arbeitsplatte. „Ich weiß."

Er beugte sich zu mir, um mich zu küssen, doch ich drehte den Kopf zur Seite. „Was ist los?" Tom legte seine Hände auf meine Oberarme und musterte mein Gesicht mit durchdringendem Blick.

„Nichts." Stur schob ich die Unterlippe vor und wich seinem Blick aus. Sonnenstrahlen fielen durch die Terrassentür auf den Wohnzimmertisch, auf dem sich eine dünne Staubschicht angesammelt hatte.

„`Nichts´ bedeutet nie `nichts´." Tom versuchte, meinen Blick einzufangen, doch ich senkte den Blick zu Boden.

Er trug abgenutzte Sportschuhe. Der rechte Schnürsenkel hatte sich gelöst. „Nein", korrigierte ich mich in Gedanken. „Nach dem `Morgensport´ hat er wohl vergessen, sie zuzubinden." Ich seufzte. Er hatte mir nicht einmal die Zeit gegeben, darüber nachzudenken, wie ich auf sein Hintergehen reagieren sollte. Ein „Nichts" musste vorerst also reichen. Mein Gehirn konnte gar nicht Schritt halten, um diese Informationen zu verarbeiten.

„Verdammt noch mal, Adrienne, rede mit mir!" Sein Griff um meine Arme versteifte sich.

Zögerlich schüttelte ich den Kopf. Ich konnte ihn nicht ansehen. Ein Blick hätte gereicht, um meinen Staudamm zu brechen.

Tom nahm mein Gesicht in seine Hände und für einen Augenblick nahm ich die Besorgnis in seinen grauen Augen wahr. Meine Augen füllten sich mit Tränen, als ich seine Handgelenke umfasste und seine Hände von mir löste. „Fass mich nicht an, Tom!" Meine Stimme war bloß ein Flüstern.

„Okay!" Tom hob entwaffnet die Hände und wich ein paar Zentimeter von mir, um sich mir gegenüber an die Kücheninsel zu lehnen.

Mit scharfer Miene blickte ich ihn an. „Was war das für dich, Tom? War ich nur ein kleiner Zeitvertreib für dich?"

„Wovon redest du?"

Mein Blick verschwamm hinter einem Ansturm von Tränen. Ich wandte mich um und starrte aus dem Fenster. „Es hätte alles so schön werden können", dachte ich im Stillen. „Weißt du, das Ganze wäre wesentlich einfacher für mich zu verkraften, hättest du es bei belanglosem Sex belassen. Anfangs dachte ich auch, dass es dir bloß darum geht. Das zwischen uns war eine reine Sex-Sache, oder?" Bevor Tom antworten konnte, sprach ich weiter. „Wieso fragst du mich, ob ich mit dir zusammen ziehen will..."

„Ich verstehe nur Bahnhof!"

„Wieso sagst du mir, dass du mich liebst?" In der Fensterscheibe erkannte ich eine dunkelhaarige Frau mit verschränkten Armen, ihre Schultern bebten, ihr Gesicht war Tränen nass. Ich konnte den Anblick nicht länger ertragen und blickte über die Schulter zu Tom.

„Weil es so ist. Ich lie..."

„Lüg' mich nicht an!" Ich wandte mich zu ihm um und hob warnend einen Zeigefinger. „Ich bedeute dir scheinbar gar nichts. Nichts!"

„Wie kommst du bitte darauf?" Tom raufte sich die Haare. „Würdest du mir bitte erklären, was los ist?" Seine Augenbrauen rückten so eng zu einander, dass eine steile Furche dazwischen entstand.

„Hör auf, es abzustreiten!" Meine Stimme wurde lauter.

„Ich weiß nicht einmal, wovon du redest!" Er stieß sich von der Arbeitsplatte ab und kam auf mich zu.

„So naiv bin ich nicht, Tom!" Ich wich ihm aus. „Meinst du eigentlich, du hättest hier ein Dummerchen vor dir? Gut, vielleicht war ich wirklich naiv, mich mit dir einzulassen. Du müsstest hören, was die Damenwelt im Krankenhaus über dich auspackt! Und ich war so blöd, zu glauben, du hättest echte Gefühle für mich."

„Das tue ich!" Als ich ihm wieder auswich, machte er kehrt. „Was Leute über mich erzählen, geht mir ziemlich am Arsch vorbei!" Kopf schüttelnd ging Tom um die Kücheninsel herum. „Wenn du dich beruhigt hast, können wir gern weiter reden."

Er wollte doch jetzt nicht etwa verschwinden? Abrupt stieß ich mich von der Arbeitsplatte ab und stützte die Hände auf die Kücheninsel. „Beruhigen? Ich soll mich beruhigen? Wage es ja nicht, jetzt einfach so zu gehen!" Ich ergriff die Tasse und warf sie an die Wand. „Verdammter Scheißkerl!" Scherben prallten an der gegenüberliegenden, apricotfarbenen Wand ab und fielen zu Boden.

Wie in Zeitlupe drehte Tom sich auf dem Absatz zu mir um. Seine Schultern waren bis zu den Ohren gezogen. „Was ist nur in dich gefahren?!", rief er und blickte mich erschro-

288

cken an. „Verdammt noch mal, Adrienne!" Seine Augen verdunkelten sich.

„Du triffst dich mit einer anderen Frau!", schrie ich.

„Was?" Irritiert sah er mich an. „Nein!"

Fluchend griff ich in den Karton und warf einen Teller zu Boden. Porzellansplitter stoben in sämtliche Richtungen. „Du bist nicht einmal Mann genug, mir die Wahrheit ins Gesicht zu sagen, wenn ich dich auf frischer Tat ertappt habe! Du hast eine Affäre! Wir sind nicht einmal zusammengezogen und du hast…"

„Hör auf, mit dem Geschirr um dich zu schmeißen!"

Ich griff wieder in den Karton. „Ich möchte gern wissen, wie du dir in meiner Lage vorkämst!" Eine Erinnerung kam in mir hoch. Tom war selbst einmal betrogen worden. Er musste doch eigentlich am besten wissen, wie es sich anfühlte. „Wer ist diese Frau?"

„Welche Frau?"

Ich zog eine Augenbraue hoch. Da hatten wir es: Er stritt es ab! „Ich bitte dich, Tom! Blond, türkisfarbener Bademantel, sie hat dich geküsst… Vermutlich erinnerst du dich nicht, weil sie nicht die Einzige ist, mit der du es hinter meinem Rücken treibst..."

In Toms Gesicht schien sich etwas zu regen. Ein Lächeln breitete sich auf seinen Lippen aus. „Du meinst Sara."

Ich schmetterte den Teller zu Boden. Mein Kopf kochte vor Wut. „Was interessiert mich denn, wie sie heißt!" Erneut griff ich in den Karton.

„Sara ist eine Bekannte." Tom machte einen Schritt auf die Kücheninsel zu und streckte die Hand aus, bevor ich erneut ausholen konnte. „Leg den Teller zurück!"

„Eine Bekannte?", zischte ich. „Als ob das die Sache besser machen würde…" Spielte er auf Zeit?

„Leg den Teller zurück!" Tom kam um die Kücheninsel herum. „Sara ist die Frau eines Freundes."

„Du vögelst die Frau deines Freundes? Du bist ein mieseres Schwein, als ich dachte."

„Lass es mich erklären, Adrienne." Toms Miene hellte sich auf. Machte er sich etwa lustig über mich? „Jetzt leg den Teller verdammt noch mal zurück und hör auf mit dem Theater!"

Böse funkelte ich ihn an. „Du kannst mich mal! Ich glaube dir kein Wort."

Tom machte einen Satz auf mich zu, ich taumelte zurück und fiel mit dem Rücken gegen die Wand. Er griff meine Handgelenke. Sein Gesicht war nur Zentimeter von meinem entfernt. Ich wollte gerade ansetzen, etwas zu sagen, doch er kam mir zuvor: „Halt die Klappe und hör mir zu!" Seine Augen fixierten mich. Wie konnten diese Augen so lügen? „Saras und Timos Tochter hat einen Herzfehler. Die Kleine bekam heute Morgen kaum Luft und da hat Sara mich sofort angerufen." Ich hörte seine Worte und trotzdem drangen die Informationen noch nicht ganz zu mir durch. „Meine Wohnung liegt näher an ihrem Haus als alle Krankenhäuser und Arztpraxen und ich habe ihnen angeboten, jeder Zeit nach ihr zu gucken, wenn etwas nicht stimmt." Tom sah mir lange in die Augen. Diese Augen konnten unmöglich lügen.

Ich spürte, wie die Anspannung aus meinen Gliedern wich. Ich schluckte. Was hatte ich nur getan? Eine Weile sagte ich gar nichts. Sah nur in diese rauchgrauen Augen, die mich musterten. „Geht es ihr wieder gut?", fragte ich mit belegter Stimme.

„Ja." Tom schmunzelte. „Und dir?"

Vor lauter Scham blickte ich auf seine Brust. „Es tut mir leid. Ich habe mich benommen, wie eine eifersüchtige, dumme Kuh. Wie eine hysterische, wild gewordene Schnepfe. Wie..."

„...eine Frau, die mich ehrlich liebt und mich auf keinen Fall verlieren will." Er lockerte den Griff um meine Handgelenke ohne sie loszulassen. „Aber ein wenig mehr Vertrauen könntest du schon in mich haben. Ich wäre der Letzte, der Jemanden hintergehen würde."

Ich blickte auf und sah Enttäuschung in seinem Blick. Eine Träne rollte über meine Wange. „Ich war so blöd..."

„Vielleicht ein bisschen", flüsterte Tom und fasste meine Hüfte. „Aber das passiert schon mal, wenn man verliebt ist und die Gefühle verrücktspielen..."

„Keine Vorträge über die chemische Erklärung für diese Gefühle, bitte."

Tom umarmte mich. Er hielt mich einfach fest und langsam merkte ich, wie die Anspannung aus meinen Knochen wich. Ich spürte seine Wärme, als er zu erzählen begann. „Ja, es stimmt, dass ich mit zwei, drei Krankenschwestern etwas hatte und ja, es war nichts Ernstes, ganz locker. Mit zweien lief sogar zeitgleich was… Vermutlich sind sie deshalb nicht ganz so gut auf mich zu sprechen, aber ich habe von vorn herein klar gemacht, dass ich keine Beziehung möchte. Wir hatten nicht einmal Dates, sondern…"

„Bitte keine Details", murmelte ich an seiner Schulter.

Er lachte und steckte mich dadurch an. „Ich meine es wirklich ernst mit dir, Adrienne. Ich würde dich doch niemals bitten, mit mir zusammenzuziehen, wenn meine Absichten nicht aufrichtig wären. Vielleicht sollten wir unsere Beziehung auch im Krankenhaus mal publik machen?"

Ich sah in seine Augen. Wie konnte ich nur so dumm gewesen sein, an ihm zu zweifeln? An uns zu zweifeln? „Verzeihst du mir?"

„Verhandlungssache", erwiderte er mit knallhartem Gesichtsausdruck.

Ich zog eine Schnute.

„Natürlich." Er gab mir einen Kuss. „Aber die Scherben sammelst du auf!" Er deutete auf das Chaos hinter sich. „Und den nehme ich." Er nahm mir den Teller aus der Hand.

Ich nickte. „Entschuldige, Tom, ich wollte dich nicht treffen."

„Hast du nicht", lachte er. „Das mit dem Werfen üben wir noch mal."

„Hm."

„Lächle mal!" Er strich mir über die Wange und sein Blick strahlte so viel Wärme aus. „Scherben bringen Glück."

„Immerhin kannst du jetzt gucken, wie robust der Holzboden wirklich ist."

„Den bekommst du so schnell nicht klein." Tom ließ von mir ab. „Übrigens hab ich dich noch nie so in Rage erlebt." Er verpasste mir lachend einen Klaps auf den Po.

29
Just say yes

„...we can't be to and fro like this all our lives..."
–   Snow Patrol

„Mir war es ernst mit dem, was ich gesagt habe. Du bist die Frau, mit der ich mein restliches Leben verbringen möchte." Er ging vor mir auf die Knie und als er eine blaue Samtdose hervorholte, wurde ich von einem schrillen Geräusch aus der Szene gerissen. Ich schlug die Augen auf und mit der flachen Hand auf den Wecker. „Ein schöner Traum", dachte ich lächelnd. Eilig schwang ich die Beine über die Bettkante.

Beim Zähneputzen wurde mir der Grund für diesen Traum bewusst: Vor ein paar Tagen hatte ich meinem Ballonfinder verkündet, dass ich den Job angenommen hatte.
Ich habe es getan: Das Jobangebot angenommen.
Gratuliere! Ich werde es auch tun.
Was tun?
Es wagen.
Es wagen?
Ich werde den nächsten Schritt wagen.
Ich war sprachlos. Sprachlos und glücklich. Mein Ballonfinder war ein Glückspilz.

Es war zur Gewohnheit geworden, dass wir beide uns ohne dabei in die Tiefe zu gehen oder zu wissen, wer wir überhaupt waren, wo wir wohnten, was wir machten, wie alt wir waren, über unsere Leben informierten. Es waren nur kurze, unregelmäßige Nachrichten, die uns wie Freunde miteinander verbanden. Wer war dieser Mensch hinter den Nachrichten? Spielte es eine Rolle, ob er zwanzig oder fünfzig war, ob er als Maurer oder Anwalt seine Brötchen verdiente, ob er in Köln oder Buxtehude wohnte? Nein. Aber ein bisschen neugierig war ich hin und wieder schon, wer er nun war. Allerdings war ich auch zu ängstlich, ihm ein Treffen vorzuschlagen. Was, wenn er in Wahrheit gar kein netter Mensch war? Oder wenn wir gemeinsam irgendwo säßen und uns nichts zu sagen hätten. Das erinnerte mich an einen Freund, den ich in der Schulzeit gehabt hatte. Online hatten wir stundenlang reden können, aber sobald wir uns gegenübersaßen, brachte er kaum mehr als einen Satz am Stück heraus.

In den kommenden Wochen besuchten Tom und ich immer wieder Möbelgeschäfte. Irgendetwas gab es immer noch auszusuchen. Wohn- und Esszimmer, sowie Küche waren im Großen und Ganzen fertig eingerichtet. Schränke wollten gefüllt, Wänden wollte Leben eingehaucht werden. Ich hatte durchgesetzt, dass wir mein Geschirr einräumten und auf seines, das ja nach meinem Gefühlsausbruch unvollständig war, verzichteten. Also hatte das Missverständnis doch etwas Gutes.

Und noch etwas war passiert: Unsere Beziehung schien auf eine neue Ebene gehoben worden zu sein. Es war unser erster Streit gewesen und er hatte uns beiden Einiges über uns gezeigt.

Über Tom hatte ich gelernt, dass er ein sehr geduldiger Mensch war, der auch in Krisensituationen einen kühlen Kopf behielt. Dafür bewunderte ich ihn. Im Beruf brauchten wir das beide. Im Privaten konnte ich mir noch so manches von ihm abgucken.

Über mich selbst hatte ich gelernt, wie sehr ich das alles wollte. Wie sehr ich Tom an meiner Seite wollte, dass ich mit ihm zusammen leben und mir eine Zukunft mit ihm aufbauen wollte. Manchmal weiß man erst, wie sehr man etwas liebt und braucht, wenn es nicht mehr als selbstverständlich gilt.

Im Krankenhaus galten wir spätestens nach einem filmreifen Kuss in der Eingangshalle zum Schichtwechsel als Paar. Auf dem Gang wurde anschließend schon getuschelt, als ich meine Schicht antrat, aber der Gerüchteküche machte ich sofort ein Ende, als ich ins verstummende Schwesternzimmer trat und Louisa, die mich mit großen Augen anblickte vor versammelter Mannschaft verkündete: „Ja, es ist wahr. Tom und ich sind offiziell ein Paar." Danach verebbte das Getuschel schnell. Stattdessen trafen mich von manchen Seiten – ich vermutete, dass es Toms Verflossene waren – zwar hin und wieder Blicke, die einen wie Pfeile trafen, andere gratulierten mit herzlich zu unserer Beziehung und den gemeinsamen Zukunftsplänen.

Während das große Haus immer gemütlicher wurde, ich es mit hübschen Stoffen, wie Gardinen, Sofakissen, Tischläufern, kleineren Accessoires und Pflanzen dekorierte, leerte sich meine Wohnung allmählich. Kartons wurden an zwei verschiedenen Orten eingeladen und an einem Gemeinsamen entladen.

Meine Wohnung wurde mir in der Leere plötzlich fremd. Die Wehmut in meiner Brust, von so vielen Erinnerungen Abschied zu nehmen, wurde von einem vorfreudigen Gefühl verdrängt. Da kam etwas ganz Neues auf mich zu.

Es war ein ähnlich komisches Gefühl wie an meinem letzten Arbeitstag im Krankenhaus. Mit einem lachenden und einem weinenden Auge hatte ich mich von meinen Kollegen verabschiedet. Sie hatten eine kleine Abschiedsparty für mich organisiert. Mir war klar, wem ich diese Überraschung zu verdanken hatte. Louisa und Jenny in die Arme schließend, wusste ich, dass ich auch in Zukunft auf die beiden zählen konnte.

Zum letzten Mal ging ich durch die leeren Räume meiner Wohnung, dachte an die vergangenen Jahre in meinen ersten eigenen Vierwänden zurück. Es hatte lustige Mädelsabende gegeben. Stundenlang hatte ich dort in der Ecke am Schreibtisch gesessen, für Prüfungen gebüffelt, ellenlang an meiner Doktorarbeit geschrieben und dicke Bücher gewälzt, die nun alle darauf warteten, an anderer Stelle in Regale verstaut zu werden.

Diese Wohnung erinnerte mich aber auch an Stunden mit Viktor, deren Erinnerungen mittlerweile so verblasst waren, dass ich mich fragte, ob ich diesen Teil meines Lebens vielleicht nur geträumt hatte. Aber die Erinnerung war kein Traum, wie mir ein Blick an die Zimmerdecke der Küche verriet. Die kleine Einbuchtung in der Nähe des Fensters war einem Jahrestag zu verdanken, an dem der Sektkorken mit voller Wucht unter die Decke geflogen war. Schmunzelnd über meine wütende Reaktion Vick gegenüber, der für diese Schramme verantwortlich war, wandte ich mich um. Es hatte glückliche und weniger glückliche Augenblicke in diesen, meinen Vierwänden gegeben.

Jetzt war die Zeit gekommen, ein großes Kapitel hinter mir zu lassen und ein neues aufzuschlagen. Mit der Erkenntnis, dass ich alles genau so wieder machen würde, wie ich es bis dato getan hatte, zog ich die Wohnungstür hinter mir zu. Es gab kein Zurück mehr. Wie auf Wolken glitt ich die Treppenstufen hinunter, auf dem Weg in ein neues, ungewisses aber längst ersehntes Leben.

„Da wären wir." Tom setzte den letzten Karton im Hausflur ab.

Ich blickte mich um. Der Inhalt einiger Kisten wollte noch ausgeräumt werden. Es roch fremd, neu, anders, doch es fühlte sich an wie zu Hause. Ich hatte das Gefühl, angekommen zu sein.

Ob unsere Beziehung tatsächlich halten würde? Hatten wir unsere Klamotten nicht umsonst zusammengeworfen? „Was soll's?", dachte ich und wandte mich lächelnd an den starken, liebevollen Mann neben mir. Selbst wenn es nicht ewig halten würde, es ließ sich eh nichts ändern und die Tatsache, dass ich nichts in meinem Leben so sehr bereute, dass ich es gern rückgängig machen wollte, sprach doch für sich.

Man musste nicht nur Chancen ergreifen, sondern sich auf die Chancen, die das Leben für einen bereithielt, einlassen. Hin und wieder etwas wagen. Garantie gibt es auf elektronische Geräte, aber auf die Liebe gibt es keine Garantie.

„Was denkst du?", fragte Tom, den ich die ganze Zeit über angestarrt hatte, während ich so in Gedanken versunken war.

„Dass ich dich liebe." Ich zog ihn zu mir und schmiegte meine Wange an seine Brust.

„Ich liebe dich auch." Er gab mir einen Kuss auf den Scheitel. Dann machte er sich daran, zwei Kartons übereinander zu stapeln und sie ins Wohnzimmer zu bringen.

Mein Herz klopfte. Ich hätte Luftsprünge machen können, zückte mein Geschäftshandy, das zurzeit nur für den Kontakt mit meinem Ballonfinder bestimmt war, und schrieb ihm eine Nachricht: *Mir scheint, die Suche hat ein Ende. Ich könnte nicht glücklicher sein. Hast du SIE schon gefragt?* Ich klickte auf „senden".

Tom rief aus dem Wohnzimmer: „Verrückt, in unserer riesigen CD-Sammlung ist nur eine doppelt."

„Ist es nicht eher verrückt, dass wir überhaupt noch CDs besitzen? Ich dachte, die wären schon längst Schnee von gestern." Ich steckte das Handy in die hintere Po-Tasche und brachte den letzten Karton nach oben. „Leg die CD doch mal auf!", rief ich und stellte die Kiste auf dem oberen Treppenabsatz ab. Ich war gespannt, welche CD es war. Langsam stieg ich wieder herab und fuhr mit der Hand über das glatte Holzgeländer. Perfekt.

Während ich das Wohnzimmer betrat, wo Tom mit seinem Smartphone in der Hand vor der Musikanlage stand, aus der Philipp Poisels sanfte Stimme erklang, vibrierte meine Hosentasche. „Hallo wie geht's dir? Denkst du manchmal an mich? - Manchmal. Wie sieht der Himmel aus, der jetzt über dir steht?" Mein Handy verstummte, doch von den Boxen kam die Fortsetzung: „Dort wo die Sonne im Sommer nicht untergeht. Wo fängt dein Himmel an..."

Tom hob den Blick. Seine grauen Augen lächelten. Er war es.

Valentina Foster
wurde1989 geboren und studierte Sprachen.
Sie lebt mit ihrer Familie vor den Toren Kölns,
liebt es mit Sport in den Tag zu starten,
gemütliche Lesestunden mit Schokolade und
einer Tasse Tee im Garten zu verbringen sowie
die Welt zu bereisen und dabei in neue
Kulturen einzutauchen.